KB124361

로크미디어가
유혹하는
재미있는 세상

ROK
MEDIA
로크미디어

신컨의
원코인
클리어

신컨의 원 코인 클리어 2

2023년 2월 14일 초판 1쇄 인쇄
2023년 2월 17일 초판 1쇄 발행

지은이 아케레스
발행인 강준규

기획 이기헌 왕소현 박경무 강민구 조익현
책임편집 오영란
마케팅지원 이원선

발행처 (주)로크미디어
출판등록 2003년 3월 24일
주소 서울시 마포구 마포대로 45 일진빌딩 6층
Tel (02)3273-5135 **Fax** (02)3273-5134
홈페이지 rokmedia.com **E-mail** rokmedia@empas.com

신컨의 원코인 클리어

아케레스 퓨전 판타지 장편소설 ②

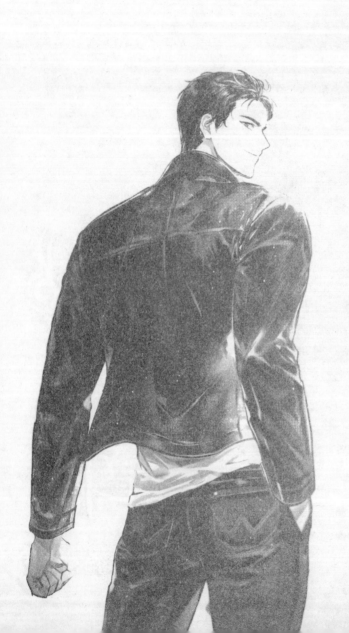

Contents

검사의 성 (2)

온통 잿빛이었던 성의 내벽은 선홍빛의 핏물에 적셔져 검붉게 굳어졌다.

반듯하고 딱딱한 벽돌 바닥은 널브러진 시신 덕에 굴곡을 이루고, 흘러넘친 핏물 때문에 진득해졌다.

서늘했던 지하 던전의 입구는 후끈한 핏물과 플레이어들의 비명으로 한껏 달아올랐다.

지금 이곳은 말하자면 지옥도였다.

플레이어들이 지옥도를 빠져나가기 위해 필사적으로 몸부림쳤다.

"비켜! 여길 나가서 최대한 빨리 해금 작업을 하면 살 수 있을지도 몰라!"

"검사가 내려오면서 계단을 죄다 박살 내 놨어!"

"어떻게든 올라가! 벽에 칼이라도 꽂아 가면서 올라가라고!"

지금 검사의 능력치를 생각하면 의미 없는 짓이다.

먼저 도망가 봐야 능히 따라잡아 목을 참할 테니까.

콰아아아아앙!

널브러진 시체들 사이에서.

피투성이가 된 근육질의 검사, 토비가 초월적인 근성으로 미치광이 검사의 검격을 또 한 번 버텼다.

위태위태한 것이 거의 한계에 다다른 것 같았다.

뒤에서 란이 특유의 풍술로 견제를 해 보려고 했지만, 움직임을 잠시 멈추는 정도에 그쳤다.

갑옷이 실시간으로 박살 나는 걸 보아하니 파괴력이 약한 건 아닌데, 폭주로 인한 스탯 차이가 그냥 압도적인 게 분명했다.

'그래도 저게 없었으면 토비는 진작 죽었지.'

후웅.

미치광이 검사의 갑옷에 잠깐 빨간 빛이 감돌았다.

폭주의 이펙트다.

진작 미치광이 검사의 검에 베여 쓰러져 있던 플레이어 하나가 또 숨을 거둔 모양이다.

-5차 폭주. 현재 3중첩. 현재 시간 39분.

"5차 폭주면 업적이 있던가?"

-잡으면.

이제 채팅 창은 반쯤 불타고 있었다.

-윤태양 뭐 하냐고오오오오!

-지금이라도 안 늦었음. 토비랑 같이 힘 합쳐야 됨.

-ㅅㅂ. 개답답하네. 아무리 업적 때문이라지만 저걸 지켜만
보고 있나?

-괜히 자존심 부리는 거 같은데.

-걍 닥치고 보면 안 되냐? 윤태양이 생각이 있겠지.

-없는 것 같으니까 이러는 거 아니야. ──

-어휴.

"으아아아아아아!"

토비가 우렁찬 비명과 함께 대검을 휘둘렀다.

그렇게 얻어터지고, 나가떨어졌는데도 아직 소리를 지를 힘
이 남아 있다니.

전사의 투혼.

태양의 눈이 동그랗게 변했다.

토비는 스킬을 사용하지 않는 NPC였다.

확실했다.

만약 사용할 수 있었으면 진작 사용했어야 했다.

"와, 이거."

-스킬 각성? 와. 진짜 흔치 않은 장면인데.

죽기 직전 깨달음이라도 얻은 걸까.

스킬의 발현과 동시에 토비의 움직임이 한층 빨라지고, 한층

거세졌다.

하지만 의미 없는 강화다.

그 상대인 미치광이 검사의 발걸음이 더 빠르고, 그의 검격이 더 매서웠으니까.

토비는 죽음을 담보로 깨달음을 얻었지만, 이미 미칠 듯이 폭주해 버린 미치광이 검사 앞에선 더 단단한 샌드백일 뿐이다.

"크아아아아아악!"

지나간 일이지만, 토비가 처음부터 일행을 이끌고 가서 막았다면 상황이 조금 더 나았을 수도 있다.

하지만 토비는 나서지 않았고, 검사는 다른 플레이어를 베며 폭주 스탯을 충분히 쌓아 버렸다.

콰앙, 콰앙, 콰드득.

피투성이가 된 토비가 검사 앞에서 무릎을 꿇었다.

하도 피를 많이 흘려서 그가 어떤 표정인지 보이지 않았다.

-와, 다른 플레이어 놈들은 벌써 다 나갔네.

-토비 개불쌍하다.

-ㄹㅇ 초반에 총대 메고 애들 나서서 방 해금시켰더니 웬 천둥벌거숭이가 판 다 망쳐 놓네.

-이게 조별 과제 팀장의 현실입니다. 여러분. 대학교에서 손들라고 하면 절대 손들지 마세요!

-처참하다 진짜.

-윤태양도 나가야 하는 거 아님?

-그니까, 왜 안 나가?

-답답하다 증말.

태양이 채팅 창을 가볍게 무시하며 중얼거렸다.

"현혜야, 지금 시간이 어떻게 되지?"

-41분. 3차 폭주 1분 남았고, 4차 폭주는 3분. 5차 폭주는…….

"한참 남았겠고."

-응, 5분.

-그 와중에 시계만 보고 있네.

-뭔가 노림수가 있나?

지옥도가 되어 버린 지하 던전에 입구에 남은 플레이어는 이제 단 둘이었다.

태양, 그리고 풍술사 란.

토비를 참수한 미치광이 검사의 다음 목표는 당연히 란이었다.

미치광이 검사가 허공에 칼을 휘둘렀다.

후웅!

초월적인 신체 능력은 기의 도움도 없이 살인적인 검풍(劍風)을 쏘아 낼 수 있게 만들었다.

"까악!"

콰드드드드득!

풍술사가 바람을 피해 부채를 휘두르는 모습.

역설적이다.

"후우."

그 모습을 보던 태양이 차분하게 몸을 풀었다.

태양이 이곳을 빠져나가지 않은 이유는 간단했다.

다른 겉절이 플레이어들이 빠져나감으로 추가 폭주의 여지가 없었으니까.

검사를 상대하기 가장 좋은 타이밍이 있다면 바로 지금이다.

낭풍.

후웅.

처음으로 검사에게 유의미한 타격을 줬던 풍술(風術).

하지만 바람에 노출된 검사는 꿈쩍도 하지 않고 제 움직임을 수행했다.

"이익!"

필사적으로 부채를 휘둘러 자리를 이탈하는 란.

가냘픈 팔로 거대한 부채를 휘둘러 가며 도망치는 모습이 애처롭기 그지없었다.

풍아.

콰드드드득!

이번에는 송곳과 같은 바람이 갑옷을 꿰뚫었지만, 역시 꿰뚫리는 건 갑옷뿐이었다.

"크아아아아아악!"

오히려 미치광이 검사의 화만 돋우는 결과가 되었다.

한바탕 소리를 지른 미치광이 검사가 벽을 딛고 란에게 쏘아져 나갔다.

란이 다시 한번 부채를 휘둘러 자리를 이탈했다.

이번에는 정말 아슬아슬했다.

"이쪽도 생각만큼 버텨 주지는 못하겠네."

-3중 폭주야. 이만큼 버틴 것도 대단한 거라고.

후웅.

란이 부채를 휘두르며 이를 갈았다.

"이럴 줄 알았으면 나서지 않는 거였는데."

토비와 힘을 합쳐 검사를 잡아내지 못한 순간부터 게임은 끝났다.

더 정확히 말하자면 태양과 대치하던 중, 참지 못하고 먼저 나선 순간 진 거다.

그 순간 미치광이 검사의 어그로는 토비 일행에게 끌려 버렸고, 도망칠 수 없게 되어 버렸다.

실제로 란은 싸우는 도중에 몇 번이나 도망칠 기회를 엿봤지만, 대놓고 줄행랑을 치기에 검사의 움직임이 너무 빨랐다.

콧속으로 비릿한 피 냄새가 밀려 들어왔다.

이 냄새를 피하려고 머리를 굴려 토비와 손을 잡았는데, 오히려 피바람의 한복판에 들어와 버렸다.

쐐액!

"흐읏."

란이 허공에서 아슬아슬하게 방향을 틀었다.

이번에는 어깨 너머로 검날이 스쳐 지나갔다.

터져 나간 어깨 부위 옷감에서 피가 묻어났다.

그때 란이 태양을 발견했다.

그녀의 동공이 확장됐다.

"도망치지 않았다고?"

다른 플레이어들은 진작 모두 나간 이 시점에?

그녀의 머리가 빠르게 굴렀다.

토비는 죽었고, 이 동공 안에 남은 건 저 남자뿐.

다른 플레이어가 도망갈 동안 혼자서 움직이지 않고 있는 이유는 무엇일까.

이윽고 생각이 결론으로 도달하고, 란의 동공이 확장됐다.

저 남자에게는 방법이 있는 거다.

후웅!

미치광이 검사의 검격이 사납게 짓쳐 들었다.

란이 검격을 피하며 소리쳤다.

"제발! 도와줘!"

처음의 시크함과 대조되는 절박한 목소리.

"어, 나한테 하는 말인가?"

"너 말고 여기에 누가 있어!"

후웅!

날카로운 검풍이 1층의 천장이면서 2층의 바닥을 이루고 있는 석면을 또 한 번 깎아 냈다.

"제발 도와줘! 공략 방법을 안다고 했잖아!"

태양이 어깨를 으쓱였다.

"굳이? 널 왜 도와줘야 하지? 이렇게 시간을 벌어 주기만 해도 내 입장에서는 편해지는데?"

"검사를 잡을 때 내가 지원해 줄게! 토비랑 같이 상대할 때 봤잖아! 나 꽤 쓸모 있어!"

후웅!

입을 놀리는 란의 어깨 너머로 칼이 쑤욱 들어왔다.

검격을 간신히 피한 란이 다시금 거리를 벌렸다.

태양이 나긋하게 반박했다.

"내가 널 뭘 믿고?"

맞는 이야기다.

태양에겐 란을 믿을 근거가 없었다.

란이 입술을 깨물었다.

자존심상 더 재고 싶었지만, 상황이 도저히 그녀를 도와주지 않았다.

결국 그녀가 포기했다.

"바람에 대고 맹세할게! 어린 시절 콧잔등을 쓸고 지나갔던 산들바람에! 내 폐부에 들어찬 칙칙한 이끼 바람에! 네 주변에 휘몰아치는 피바람에 대고 맹세할게!"

"……갑자기 무슨 소리야."

그때 마나가 반응했다.

–잘은 모르겠는데, 풍술사 특유의 맹세법인가?

그럴지도 모르겠다.

무협계 차원인 창천 역시 지구와는 다르게 원래부터 기(氣)라는 것이 존재하는 차원이었으니까.

확실한 건 희망이 생긴 란이 더 얄미운 움직임으로 검사의 공격을 피해 내고 있다는 것이다.

태양이 더 재촉하듯 입을 놀렸다.

"날 해하지 않고, 오직 돕기만 하겠다고 맹세해?"

"맹세해!"

"죽을 때까지 날 위해서 살겠다고 맹세해?"

"그건……. 꺄악!"

–미친놈이 뭐라는 거야ㅋㅋㅋㅋㅋㅋ.

–노예 계약. ㅋㅋㅋㅋㅋㅋㅋㅋㅋ.

–미친 새끼ㅋㅋㅋㅋㅋㅋ.

–와, 놀라운 인성에 할 말을 잊었습니다.

–잊었습니다. X 잃었습니다. O

–둘 다 써도 상관없는 거 아님?

–조용히 하세요. 현직 국어 교사입니다.

–아... 네...

태양이 태연하게 말을 이었다.

"아님 말고. 쫄리면 뒈지시든가."

사실 태양도 지금 자기가 무슨 말을 하고 있는지 잘 몰랐다.

입에서 나오는 대로 막 하는 거지 뭐.

"지금 내가 죽으면 너도……."

"응. 난 상대할 방법 있어. 넌 모르지?"

-참나……. 어이가 없어서.

결국, 란이 눈물을 머금고 외쳤다.

"맹세할게!"

"뭐?"

"맹세한다고! 죽을 때까지 너를 위해 살 것을! 바람에 대고 맹세한다고!"

"크아아아아아악!"

후웅.

란이 다시금 아찔하게 검을 피해 냈다.

부채를 휘두르는 팔이 바들바들 떨렸다.

음, 누가 봐도 더 이상의 전투는 무리였다.

"오케이, 계약 성립."

-ㄷㄷㄷㄷ 풍만한 몸매의 시크 부채녀 get.

-히토미 꺼라.

-미친;

-인 게임 내에서 할 수 있음?

-해 봤자 의미도 없음. 감각이... 어?

-어?

-싱크로율 100%?

─여기까지 계산했다고?

─미친;

부언하자면 계산한 건 아니다.

그냥 분위기를 타서 입을 놀리다 보니 이렇게 된 거다.

……진짜로.

태양이 몸을 날렸다.

"크아아아아아아악!"

엄청난 기세로 달려 들어오는 미치광이 검사를 보니 잡념이 순식간에 지워졌다.

태양이 마주 달려 들어가며 진각을 밟았다.

쐐액.

횡으로 휘둘러오는 검을 허리를 접어 피하고.

초월 진각 ─ 염라각(閻羅脚).

그대로 올려 찼다.

꽈아아아앙!

투웅.

태양의 발차기가 검사의 턱에 클린 히트로 꽂혀 들어갔다.

마나를 듬뿍 담아낸 일격.

"크아아아아악!"

하지만 미치광이 검사가 가당치도 않다는 듯 검을 휘둘러왔다.

왼쪽 아래에서 그어 올라오는 사선 베기.

오른쪽으로 한 발자국 스텝을 밟아 흘린다.

본래 이 타이밍이라면 태양의 턴이다.

턴이어야 했다.

그런데 신체 능력의 차이가 너무 극심했다.

검사가 검을 든 채 어깨로 태양을 들이받았다.

"쿨럭."

압도적인 신체 능력 차이.

심지어 검사가 나가떨어지는 태양을 쫓아 검을 찔러 왔다.

태양이 몸을 비틀었다.

퍼억.

"크윽."

─태양아!

검이 태양의 오른 옆구리를 꿰뚫었다.

필사적으로 몸을 비튼 탓에 주요 장기 부위는 피했다.

태양이 검을 붙잡은 채 울컥 올라오는 핏물을 억지로 삼켰다.

"와, 상대가 안 되네."

─되겠냐? 폭주 3중첩이면 15층 이후 네임드 몬스터랑도 비빌 걸?

하, 15층 이후엔 이런 녀석들이 즐비하다는 건가.

재밌겠네.

태양이 작게 코웃음 치며 중얼거렸다.

"지금 몇 분이야?"

-45분. 10분 전으로 돌리면 돼.

태양이 안주머니에 손을 넣어 회중시계 '위대한 기계장치'를 꺼내 들었다.

"크아아아아아악!"

태양이 미치광이 검사를 보며 시계의 두 번째 버튼을 눌렀다.

그 두 번째 버튼이 의미하는 바는.

되감기.

-버프 하는 건가.

-그러겠지.

-근데 10분 전 어쩌고 하는 걸 보면 되감기하겠다는 거 아님?

-?

-왜?

-?

-?

'위대한 기계장치'를 얻었던 플레이어는 극소수이고, 이 아티팩트가 사용되는 장면은 그야말로 손에 꼽았다.

그래서 이 아티팩트의 기능을 '제대로' 알고 있는 플레이어는 몇 없었다.

정보를 알고 있는 사람이 쉽사리 생기지도 않았다.

단탈리안의 정보는 랭커들에게 고가로 팔리는 경우가 비일비재했기 때문에 더욱 그랬다.

신전의
원코인
클리어

빨리 감기의 기능이 5단계까지 있다는 것도 플레이어 포스트 아크가 방송에서 대놓고 설명해 줘서 그나마 퍼졌다.

여담으로 포스트 아크는 그 설명 방송에서 아티펙트를 헛되이 쓴 대가로 목숨을 잃었다.

여하간, 이 사기적인 아티펙트는 아직 제대로 분석되지 않았다.

되감기 기능은 특히 더 그랬다.

되감기 기능을 통한 여분 목숨은 언제 어디서 목숨을 가져갈지 모르는 차원 미궁에서 헛되이 쓰기에는 너무 귀했으니까.

되감기의 설명 텍스트.

신체를 최상의 컨디션으로 되돌린다. (쿨타임 12시간)

플레이어들은 이 '신체'를 플레이어 자신이라고 생각했다.

아니다.

타인도 됐다.

파티원도 되고 심지어는 적도 됐다.

45분.

검사가 처음으로 등장했던 시간이 18분 전이고, 첫 번째 폭주가 일어난 건 13분 전이다.

두 번째 폭주는 11분 전.

그리고 일곱 번째 희생자가 나타난 건 10분 전.

현혜가 말한 10분은 바로 그 시각을 뜻했다.

툭.

버튼이 눌리고, '위대한 기계장치'가 거꾸로 돌아가기 시작했다.

[위대한 기계장치(The Greatest Machinery)의 태엽이 되감깁니다. (쿨타임 12시간)]

[플레이어 에볼라 크레이머의 시간이 10분 전으로 돌아갑니다. (최대 한도 12시간)]

똑딱, 똑딱, 똑딱.
순간 시간이 정지했다.
똑딱.
아니, 정지한 것처럼 보였다.
이 순간 움직이고 있었던 건 미치광이 검사뿐이었으니까.
"이게 무슨?"
란의 당혹 어린 소리와 함께 미치광이 검사가 되감기기 시작했다. 마치 비디오테이프를 되감으면 볼 수 있는 그런 장면 같았다.
콰드드득.
부서졌던 미치광이 검사의 갑옷이 다시 수복됐다.
후두둑.
갑옷에 튀었던 피가 역으로 떨어져 나갔다.
스르륵.

신권의
원코어
클리어

그렇게 한참을 되감기고.

피가 엉겨 새빨갛다 못해 검붉어졌던 검이 다시 새빨개졌다.

정확히 검사가 일곱 명을 베었던 시점으로 돌아간 거다.

2차 폭주 상태로 되돌아간 검사를 보며 란이 홀린 듯이 중얼거렸다.

"이게 무슨."

어쨌든, 이러면 할 만하지.

ㅡ윤태양 센스 플레이 미쳤다 진짜;

ㅡ달님이 미친 거지.

ㅡ시간 계산 깔끔한 것까지. ㄷㄷㄷㄷㄷ.

ㅡ뇌지컬 고인물 달님!

ㅡ달님! 달님! 달님! 달님!

ㅡ저 고연수는 스트리머 달님의 캠 방송을 기다립니다.

태양이 신경질적으로 입술을 훔쳤다.

억지로 삼켰던 핏물 일부가 손등에 진득하게 묻어 나왔다.

5중첩 폭주를 한 미치광이 검사가 얼마나 강한지 궁금해서 괜히 한 번 덤벼 봤다가 상처를 입었다.

"넌 뒈졌다."

태양이 손가락을 튕겼다.

스톰브링어(Storm Bringer): 폭풍 소환(暴風 召喚).

[폭풍의 정령 군주 아라실이 플레이어 윤태양의 신체에 임합니다.

(지속 시간 60초)

스톰브링어.
지하 던전에서 얻은 유니크 등급의 카드 스킬.
후우우우웅!
태양의 주위로 강력한 돌개바람이 휘몰아쳤다.
-와, 맞다. 이것도 있었네.
-ㅈ간지;
-포스 뭐냐고!
-거의 뭐 소년 만화 주인공이네.
-아, 그래서 마지막에 등장한 건가?
태양이 고개를 꺾었다.
우드득.
근육 풀리는 소리가 시원하게 울린다.
"자, 드가자!"

  [스킬 스톰브링어(U): 민첩 +2, 영웅 +1, 검사 +1]

  [스킬 – 스톰브링어(Storm Bringer): 폭풍 소환(暴風 召喚), 폭풍의 정령

군주 아라실이 플레이어 윤태양의 신체에 임한다. (쿨타임 48시간)]

스톰브링어.
스킬 '보구 탐색(R)'으로 얻어 낸 스킬 카드다.

붙어 있는 시너지는 민첩 2에 영웅 1, 그리고 검사 1.

검사 시너지가 아쉽지만, 아마 이름 자체가 폭풍을 불러오는 검에서 따온 전승이 아닐까 싶다.

그리고 스킬, 스톰브링어(Storm Bringer): 폭풍 소환(暴風 召喚).

–이건 그냥 정령을 소환하는 기술인 줄 알았는데, 자버프였네.

"그러게. 우리 예상이랑은 다르네."

쿨타임이 48시간이 되는지라 확인해 볼 수가 없었다.

어떤 기술인지 확인도 하기 전에 자신감부터 넘친 건, 이 게임의 등급은 성능에 비례하기 때문이다.

"크아아아아악!"

미치광이 검사가 달려들지 않고 소리를 질러 댔다.

태양의 달라진 기척을 느낀 걸까.

혹은 갑자기 힘이 빠진 탈력감에 당황한 걸까.

–너 혹시...

–분노 조절 장애인 줄 알았는데.

–옆집 헬창 보면 갑자기 조용해지는 스타일?

–분노 조절 잘해. ㅋㅋㅋㅋㅋ.

확실한 건, '미치광이' 검사라는 이름값에는 걸맞지 않다는 것.

안 들어와?

그럼 이쪽에서 가야지.

후우우우웅!

주먹을 쥐기만 했는데도 바람이 미친 듯이 휘몰아쳤다.

'와우.'

그것보다 더 대단한 건 이 바람 한 올, 한 올이 모두 마력의 집합체라는 것.

"크아아아악!"

검사가 붉은색의 카타나를 휘둘렀다.

아까의 5차 폭주 상태보다는 못했지만, 2차 폭주 상태의 검격도 충분히 빠르고 거칠었다.

다만,

"다 보인다고."

사실 3중첩 폭주 상태 미치광이 검사의 검도 보이긴 했다.

너무 빨라서 대처할 수가 없었을 뿐이지.

카타나가 허공을 휘두르고, 그 틈을 타 태양이 검사의 품으로 파고들었다.

하, 이게 맞지.

이 최소한의 대거리가 안 돼서 너무 속상했다.

이게 옳게 된 싸움이지!

하이퍼 드래곤 블로(Hyper dragon Blow).

쿠웅.

파지지지직.

발바닥에서부터 퍼 올리는 전자기가 바람과 함께 태양의 신체를 타고 올라왔다.

그리고 이내 마나가 용의 형상을 그리며 태양의 오른 주먹으로 수렴했다.

　후우우우웅!

　폭풍의 정령 군주 아라실의 바람이 태양의 동작에 반응해 시너지를 일으켰다.

　"와."

　주먹을 뻗는 태양이 저도 모르게 감탄사를 내뱉었다.

　뻗어 내는 주먹이 한없이 무거운 동시에 깃털처럼 가벼웠다.

　폭풍처럼 거친 동시에 바람 한 점 없는 들판처럼 평화로웠다.

　말로 표현하기 어려운 역설적인 감각.

　쿠웅.

　주먹이 미치광이 검사의 복부에 도달했다.

　콰아아아아앙!

　"이게 무슨……."

　그 모습을 지켜보던 풍술사 란이 침음을 내뱉었다.

　단단하기 그지없던 미치광이 검사의 갑옷이 움푹 우그러들어 있었다.

　또한.

　"쿨럭."

　도깨비 가면 밑으로 검붉은 액체가 주르륵 흘러내렸다.

　단 일격.

일격으로 미치광이 검사에게 유의미한 수준의 타격을 입힌 거다. 이는 토비가 미친 듯이 대검으로 내리찍고, 그 뒤에서 란이 수십 번 부채를 휘두르면서도 내지 못한 성과였다.

"끝내자."

'스톰브링어(Strom Bringer)'의 지속 시간은 고작 60초였다.

힘의 우위는 확인했으니 시간을 더 끌 이유는 없다.

태양이 검사에게 달려들었다.

등장한 이후 처음으로, 검사가 마주 달려들지 않았다.

이지를 상실했지만, 전투 본능만큼은 살아 있다는 걸까.

미치광이 검사가 검을 휘둘렀다.

태양이 들어가는 그 궤적에 깔아 놓듯이.

버티겠다는 의도가 다분히 노골적이었다.

태양이 슬쩍 웃었다.

버티려는 적을 찍어 눌러 박살 내는 것.

태양의 주특기 중 하나다.

모든 기술을 '보고 막는' 아이작도 태양 앞에서는 무너져 내렸다.

태양이 왼손을 휘둘렀다.

태양의 왼손이 새빨간 카타나를 정확히 수직으로 쳐 냈다.

정확히는 태양의 손등이, 카타나의 검 등을.

ー나왔다! 미친 패링!

ー이건 스킬화도 안 되네.

신전의
원코어
클리어

-킹피에서도 스킬로 구현 안 됐던 기술이잖음. ㅋㅋ

-진짜 감탄밖에 안 나오네. ㅋㅋㅋㅋㅋㅋ

기술이라고 할 것도 없다.

정확한 타이밍에 정확히 휘두르면 되는 거니까.

아, 그게 기술인가?

태앵!

이후로는 쉽다.

쿠웅.

몸에 익어 버린 진각을 자연스럽게 밟고.

초월 진각 – 승룡권(乘龍拳).

몸에 익어 버린 기술을 자연스럽게 쓴다.

태양이 몸을 잠시 구부렸다가, 이내 용수철 같은 탄력과 함께 튀어 올랐다.

콰앙.

흠결 하나 잡을 수 없는 어퍼컷이 미치광이 검사의 턱에 꽂혔다.

적중과 동시에 검사가 카타나를 놓쳤다.

전투의 승패가 갈린 순간이었다.

태양이 튕겨 나가는 검사의 몸을 붙잡았다.

"뭐든지 확실하게."

그러고는 다시 주먹을 휘둘렀다.

어떤 기술이 들어가지 않은, 무자비한 주먹질.

콰앙! 콰앙! 콰앙!

정령 군주의 바람이 그 주먹질을 스킬만큼이나 대단한 것으로 만들었다.

태양의 주먹이 작렬할 때마다 미치광이 검사의 몸이 연어처럼 털렸다.

콰아앙!

곧 검사의 도깨비 가면이 부서졌다.

태양이 부서진 도깨비 가면을 내려다보며 중얼거렸다.

"안타깝지만, 컨티뉴는 없어."

[폭풍의 정령 군주 아라실이 플레이어 윤태양의 신체를 떠납니다.]

태양이 몸을 웅크렸다.

"X발…… 존나 아파."

전투 상황이 지나가자 통증이 뒤늦게 몰려왔다.

특히 검상을 입었던 오른쪽 옆구리 부분이.

쿨럭.

치명적인 상처는 피한다고 피했는데도 내부 장기가 상했는지 식도에서 비릿한 혈액이 역류해 올라왔다.

"이, 이봐. 괜찮아?"

란이 뒤늦게 다가왔다.

그러고는 어쩔 줄 몰라 하며 발만 동동 구른다.

바람에 대고 한 맹세가 그녀에게서 힘을 빼앗아 갈까 봐 걱정되는 모양이었다.

하여간 시크해 보였던 초면과는 달라 보여 인상 깊었다.

—……좋냐?

"뭐가."

—하.

"지금 아파서 뒈지겠는데 뭐가 좋다는 거야."

—귀엽네. ㅋ

—부럽다. ㅋ

—^오^

—웃음이 절로 나오네.

반쯤 쓰러져 있던 태양이 입술을 달싹였다.

"재생의 힘."

재생의 힘.

보주 찾기 스테이지에서 아크샤론을 잡고 나온 스킬 카드.

후웅.

일순간 녹색 빛이 태양을 휘감았다.

거대 뱀 아크샤론의 가공할 재생력이 태양의 신체에 임했다.

지속 시간은 고작 3초였지만, 태양의 상처를 모두 회복하고도 남았다.

"휴, 죽다 살았다."

"뭐, 뭐야. 회복할 수 있었어?"

란이 깜짝 놀란다.

3초 전까지만 해도 다 죽어 가던 플레이어가 갑자기 일어났으니 그럴 만도 했다.

태양이 피 칠갑이 된 제 신체를 이곳저곳 만져 보며 대답했다.

"있으니까 덤볐지."

―ㄷㄷ 저런 스킬도 있었음? 개사기네.

―ㄴㄴ 빛 좋은 개살구임.

―? 딱 봐도 너무 좋은데?

―쓰면 무조건 마나 오링인데 뭐가 좋음.

쿨타임 1,200초에 옵션만 보면 순간 완전 회복.

하지만 이 스킬엔 숨겨진 조건이 하나 더 붙어 있었다.

'체내에 남은 마나를 전부 소비한다.'

단탈리안의 스킬 카드들은 마나를 소비하는 스킬도 있고, 소비하지 않는 스킬도 있었다.

하지만 일괄적으로 소비 코스트가 붙어 있지 않았다.

이유는 모른다.

제작사 단탈리안의 숨겨진 의도가 있다고 추측할 뿐이다.

아무튼, 그 덕분에 탄생한 대표적인 함정 카드가 바로 이 '재생의 힘'이었다. 그래서 이 기술은 모든 전투 상황이 끝났다고

신간의
원코인
클리어

확신했을 때에만 사용할 수 있었다.

태양이 제 손바닥을 물끄러미 쳐다봤다.

신체의 수복은 완벽했다.

하지만.

파르르르.

손끝이 미세하게 떨렸다.

은백색 검날이 신체를 몇 번이나 헤집었다.

얕게, 혹은 신체 깊숙이.

상처는 나았지만, 그 감각이 생생했다.

육체보다는 정신적인 문제다.

"무슨 강시도 아니고."

반대편에서 태양을 지켜보던 란이 헛웃음을 지었다.

강시보다 더했다.

한때 무림의 존망을 위협했던 생강시도 스스로 상처를 회복하는 수단은 없었다.

"……."

"……."

잠시 둘 사이에 정적이 흘렀다.

-숨 막히는 정적.

-뻘쭘해서 죽고 싶어지네.

-야, 쪽팔려야 하는 건 윤태양인데 왜 내가 숨이 막히지?

-ㅋㅋㅋㅋㅋㅋㅋ.

태양이 먼저 움직였다.

란이 화들짝 놀란다.

"자, 잠깐. 다가오지……."

태양이 란에게 악수를 청했다.

"인사나 하자고."

생각해 보니 이번 스테이지에 와서 누구와 제대로 말을 섞어 본 건 지금이 처음이었다.

"아, 난 윤태양. 그쪽은?"

란이 잠깐 윤태양의 오른손을 노려보다가 조심스럽게 맞잡았다.

"란, 풍술사 란이야."

—ㅈㄴ 부럽다.

—우리가 기대하는 그거 하나요?

—미친 ㅋㅋㅋㅋㅋㅋ 지금 시청자 5만 명 넘김. ㅋㅋㅋㅋㅋ 이거 실화냐?

—미쳤네.

—하. 달님도 모자라서 이제 NPC한테까지 꼬리를 치시겠다?

—네가 킹피 좀 잘하면 다야?

—저 고연수는 스트리머 달님의 캠 방송을 기다립니다.

['섹무새' 님이 100,000원을 후원하셨습니다!]

[하면 백만 원.]

['나 못 기다리겠어' 님이 50,000원을 후원하셨습니다!]

[하면 10만 원.]

미친놈들이.

뭘 하라는 거야.

인사를 마친 태양이 그녀를 지나 미치광이 검사의 시신에게
다가갔다.

"뭐 하는 거야?"

"파밍."

"파밍?"

스르릉.

태양이 란의 반문에 대답하지 않고 핏빛으로 물든 카타나를
집어 들었다.

태양이 집어 들자 카타나가 카드화(化)했다.

[피를 먹은 카타나(R): 민첩 +1, 근력 +1, 흡혈 +1 (추가 스킬: 혈기충천
(血氣充天)]

태양은 망설이지 않고 바로 카드를 슬롯에 장착했다.

[스테이터스: 업적(20) – 솔로 플레이어, 퍼펙트 클리어(No Hit)……]

[보유 금화: 35]

[카드 슬롯]

1. 피를 먹은 카타나(R): 민첩 +1, 근력 +1, 흡혈 +1

2. 수도승의 허리띠(R): 민첩 +1, 근력 +1, 신성 +1

3. 재생의 힘(R): 맷집 +2, 흡혈 +1

4. 스킬 – 스톰브링어(U): 민첩 +2, 영웅 +1, 검사 +1

5. Closed

6. Closed

7. Closed

[스킬 – 혈기충천(血氣充天): 통각을 마비시키고 신체 전반의 기능을 강화한다.]

[스킬 – 재생의 힘: 3초간 거대 뱀 아크사론의 재생력을 얻는다. (쿨타임 1,200초)]

[스킬 – 스톰브링어(Storm Bringer): 폭풍 소환(暴風 召喚), 폭풍의 정령 군주 아라실이 플레이어 윤태양의 신체에 임한다. (쿨타임 48시간)]

[시너지]

근력(2): 힘 보정

맷집(2): 체력, 물리 방어력 보정

민첩(2/4): 민첩 보정/민첩 추가 보정

흡혈(2): 준 피해에 비례해 체력 회복

1번 슬롯을 차지하고 있던 신념의 귀걸이를 잠시 빼고 그 자리에 피를 먹은 카타나를 장착했다.

이로써 근력, 맷집, 민첩, 흡혈.

4개의 시너지를 완성했다.

"이렇게 되면……."

[5번 카드 슬롯이 해금되었습니다.]

다섯 번째 카드 슬롯이 열리지.
태양은 다시 신념의 귀고리를 장착했다.
최종적인 시너지 현황은.

[시너지]
근력(2): 힘 보정
맷집(2): 체력, 물리 방어력 보정
민첩(2/4): 민첩 보정/민첩 추가 보정
흡혈(2): 준 피해에 비례해 체력 회복
신성(2): 모든 공격에 20% 추가 피해

이렇게 되었다.
-진짜 꽉 채웠네.
-보기만 해도 배부르다.
란이 팔짱을 끼며 물었다.
"그거 하나 얻자고 사람을 이렇게 다 죽인 거야?"
"내가 죽였다고?"
태양이 되물었다.

란이 단호하게 대답했다.

"네가 죽인 거지."

"난 토비밖에 안 건드렸는데."

"생선에 독을 발라 놓고 길고양이 앞에 던져두면 그건 길고양이를 죽인 거나 다름없어."

태양이 어깨를 으쓱였다.

"근데 네가 한 거 있잖아. 그, 바람에 대고 맹세?"

란의 어깨가 움찔거렸다.

"그걸 어기면 어떻게 되는 거야?"

"알 필요 없어."

란이 슬쩍 고개를 돌렸다.

태양이 고개를 꺾었다.

"어허, 너는 '나를 위해 살겠다'고 했어. 지금 난 궁금하고, 넌 알려 줄 의무가 있어."

"무슨 억지를……."

란이 반박하려는데, 주변 마나의 움직임이 느껴졌다.

이걸 어쩌나.

'바람'은 태양의 말이 타당하다고 생각하는 모양이었다.

란이 앵두 같은 입술을 짓씹었다.

"……지금까지 쌓아 온 풍술(風術)을 잃어."

"풍술을 잃는다고? 전부?"

"……전부는 아니고. 일부."

신컨의
원코어
클리어

"그럼 어겨도 되는 거 아니야?"

란은 섣불리 대답하지 못했다.

—힘을 완전히 잃지는 않는데 유의미한 정도로 잃는다. 이 정도로 생각해 두면 되겠네.

"음."

—배신할 가능성이 아주 없는 건 아니지만, 태도를 보니 어지간하면 믿어도 될 것 같아.

차원 미궁은 발전에 발전만 거듭해도 생존에 힘이 붙이는 환경이다.

이런 환경에서 오히려 퇴보하는 건 엄청난 페널티이긴 했다.

—이 시점에서 동료 하나 정도 더 생기는 건 나쁘지 않은 것 같아.

특히 이렇게 태양에게 유리한 조건이라면 더욱 나쁘지 않았다. 란의 쓸모는 직접 몸으로 확인하기도 했고, 또 관계의 주도권이 온전히 태양에게 있었으니까.

태양이 슬쩍 물었다.

"짜증나지?"

"어. 너 매력 없는 건 알았는데, 그걸 넘어서 싫어지려고 해."

고양이같이 앙칼진 모습.

태양이 피식 웃었다.

"어라, 통했네. 나도 너 진작부터 싫었는데."

—깔짝깔짝 뒤에서 부채질할 때 진짜 짜증 나긴 하더라. ㅋㅋ

—일단 장비 갈리는 것부터 선 넘었음.

—얼굴이 예쁘긴 한데 마음이 못돼먹었어! 신부 후보 탈락!

—신부 할 필요 없지. 종신 메이드인데. ㅋㅋㅋㅋㅋ

태양과 란은 혹시 모를 전투 상황에 대비해 충분히 휴식을 취하고 위층으로 올라왔다.

'클리어 룸'은 이미 개방되어 있었다.

난장판이 된 6층 복도가 당시 플레이어들의 심리 상태를 아주 효과적으로 표현하고 있었다.

"진작 이렇게 열심히 방을 해금했으면 미치광이 검사를 만날 일도 없었을 텐데."

"참나. 그게 누구 때문인데."

란이 코웃음을 쳤다.

태양이 클리어 룸을 열었다.

"이제야 왔군."

한쪽 팔에 거대한 뱀을 휘감은 창백한 인상의 남자.

안드로말리우스가 건조한 목소리로 태양을 반겼다.

마왕 벨리알

태양은 안드로말리우스를 앞에 두고 잠시 당황했다.

마나 인지 감각 때문이다.

이제까지 만났던 그 어떤 생명체와 비교해도 압도적인 수준의 파장.

'마왕은 마왕이구나.'

태양은 새삼 깨달았다.

동시에 허리를 빳빳이 세웠다.

그래 봤자 게임의 NPC.

좀 강해 보인다고 숙이고 들어가는 건 태양의 성미에 맞지 않았다.

나무 의자에 팔을 괴고 앉아 있던 안드로말리우스가 물었다.

"뭐지?"

"뭐가?"

"흐음."

안드로말리우스가 눈을 가늘게 뜨더니, 이내 화제를 바꿨다.

"보구 탐색은 잘 써먹었더군."

"그걸 네가 어떻게……."

"내가 줬는데 왜 모르겠나."

"네가 줬다고?"

태양이 눈썹을 찡그리며 반문하자 안드로말리우스가 피식
웃었다.

"문 앞에서 자빠져 자고 있더군. 본래라면 스킬을 설명해 줄
생각도 있었으나, 네 태도가 방만한 관계로 그냥 던졌다."

─그렇게 된 거였구나.

태양이 되물었다.

"왜 준 건데?"

태양의 되물음에 옆에 죽은 듯이 서 있던 란의 눈이 동그래
졌다.

마왕과 같은 초월적 강자에게 저런 언사라니.

그녀로서는 상상도 하지 못할 일이었다.

안드로말리우스가 잠시 고민하다가 귀찮다는 듯 눈을 감아
버렸다.

"앞으로도 받을 수 있을 거다. 이제까지 해 왔던 것처럼만 하

면.”

　……이 자식 이거.

　설명해 주려다가 귀찮아서 대충 둘러대는 게 분명했다.

　ㅡ슬슬 보상인가.

　ㅡ업적 몇 개나 먹을지 기대된다.

　ㅡㄹㅇ. 이번에 진짜 역대급인 것 같은데.

　ㅡ별의별 짓 다 했잖아.

　ㅡ확실히 존재감이 있긴 했는데, 업적 많이 먹을지는 모르겠
는데.

　ㅡ그걸 왜 모름 당연히 많이 먹지. 달님이 오더로 다 떠먹여
주는 거 + 윤태양 피지컬로 못 먹을 것도 만들어 먹는데.

　ㅡ이거 ㅇㅈ.

　ㅡ바나 리뷰 방송 보니까 이번 스테이지에서 최소 7개던데.

　이번 스테이지는 태양과 현혜도 꽤 자신하고 있었다.

　7층 혹은 8층.

　랭커들이 업적을 쓸어 담기 시작하는 기점이다.

　유능한 플레이어라면 이 시기에 다른 플레이어보다 먼저 각
종 카드와 아티팩트의 파밍을 끝마쳤다.

　그리고 그걸 기반으로 업적을 쓸어 담고, 쓸어 담은 업적을
또 경쟁력으로 삼아 더 위로 성장하는 것이다.

　그리고 태양에게는 이번 6층이 바로 그런 기점이었다.

　달님의 정보력과 압도적인 경쟁력으로 스테이지를 쓸고 다

넜다.

안드로말리우스가 가볍게 손을 흔들자, 곧 태양의 눈앞에 시스템 창이 떠올랐다.

[2-3 검사의 성: 성을 빠져나가라.]

[획득 업적: 요검(妖劍) 탈취, 악몽 대면, 비정한 생존자(3), 기적적인 생존자(5), 보물 사냥꾼, 이기적 유전자, 불화의 씨앗, 노동 1인분, 최후 탈출, 검사의 성 클리어.]

[금화: +16, 현 보유: 51]

─홀리 쒸이잇!
─저질러 버린 거냐고!!!!!
─몇 개임?
─딱 보기에 세어지지도 않네. ㅋㅋㅋㅋㅋ.
─ㅅㅂ 무슨 글줄이 주르륵 올라오냐. ㅋㅋㅋㅋㅋ.
['KKThebest' 님이 1,000,000원을 후원하셨습니다!]
[Well Played :)]
─백만 원!
─오졌다.
─KK좌 이제 윤태양 방송에 사나 보네.
─ㅋㅋㅋㅋㅋ 요즘 윤태양 방송 방송하는 게 유행이자너.
─KK도 분석 방송 오지게 하던데.

-분석이라기보다 감탄 방송 아님? 하루 종일 홀리, 갓뎀!!!
뻑!! 뤼얼리?? 이러고 있던데. ㅋㅋㅋㅋ.

-it is 'the korean fighter'.

-근데 이거 법적으로 문제없나?

-윤태양이 대처를 안 하니까 문제가 없을 수밖에 없지.

-대처해야 하는 거 아님?

-채팅도 안 읽는데, 대처를 하겠냐?

-ㅋㅋㅋㅋㅋㅋ 그 전에 저 안에 들어가 있는데 대처를 어떻게
함.ㅋㅋㅋㅋㅋ.

현혜가 시스템 창을 보며 만족스럽게 웃었다.

-이거 2개가 진짜 컸다.

비정한 생존자(3), 그리고 기적적인 생존자(5)

저 괄호 사이의 3과 5는 폭주에 대한 카운트였다.

보통은 위험 부담이 너무 커서 생략하고 지나가는 업적인데,
운이 따라 줬다.

-검사 안 잡고 지나갔으면 어쩔 뻔했냐? ㅋㅋㅋ

-그니까.

미치광이 검사에서 파생된 업적만 해도 요검 탈취, 악몽 대
면에 생존자 둘.

4개다.

"윽."

그때 태양이 휘청거렸다.

"가, 갑자기 왜 그래?"

옆에 서 있던 란이 놀라서 물어 왔다.

곧 정신을 차린 태양이 낮은 목소리로 대답했다.

"아, 잠깐 어지러워서."

안드로말리우스가 애완 뱀을 쓰다듬으며 말했다.

"그럴 만도 할 거다. 업적을 10개나 얻었으니 확장된 영혼에 적응하기가 쉽지 않겠지."

"여, 10개?"

경악할 만한 수치다.

태양 자신도 얼떨떨했다.

—미쳤다.

—지금 6층. 현재 업적 30개.

—층당 5개. ㅋㅋㅋㅋㅋㅋㅋ.

—개 미친 페이스 ㅋㅋㅋ.

—이제 탑 중반으로 가면 갈수록 페이스 더 미칠 거임.

—특히 노다지 스테이지 몇 개 찾으면…

—각인 때까지 업적 몇 개나 모으려나.

—그거보다 등급이 더 궁금함. A급 뚫으려나.

—이제야 6층인데 진짜 15층까지 가면…

태양이 짐짓 아쉬운 듯 손을 쥐었다 펴다를 반복했다.

업적 15개를 기점으로 마나 인지 감각이 열렸기 때문에 30개째에도 무언가 있을 것 같지만, 안타깝게도 없는 모양이었다.

"50개에는 뭐 있나?"

–없을걸. 아마 15개 때 얻는 그게 끝일 거야.

태양이 란에게 물었다.

"넌 이번에 업적 몇 개나 먹었어?"

"5개."

"오."

나쁘지 않은 성과다.

솔직히 고작 여섯 층을 오른 시점에서 5개 이상의 업적을 얻는 것도 굉장히 힘든 일이었다.

음.

다만 비교 대상이 나라서 조금 초라해 보이기는 하는군.

"……눈빛이 재수 없어."

란이 태양을 괜히 째려봤다.

안드로말리우스가 자리에서 일어났다.

"자부심을 느껴도 좋다. 적어도 내가 보기엔……. 같은 조건에서 너처럼 할 수 있는 플레이어는 많지 않으니까."

마왕답지 않은 호의적인 표현.

–극찬. ㄷㄷ

–마왕도 칭찬.

–속보) 윤태양 두유노 클럽 가입.

–ㅋㅋㅋㅋㅋㅋㅋ 이건 진짜 가입할 만하지.

–두유노 태양윤?

안드로말리우스가 가볍게 손을 휘저었다.

쿠구구궁.

그의 손짓에 따라 커다란 석면이 올라왔다.

"확인해라."

─이거 그거네.

태양도 눈을 번쩍였다.

단탈리안의 층을 졸업할 때에도 봤던 것.

마왕의 평가다.

업적을 하나가 기본에 추가 보상까지.

─이번에도 S겠지?

"아무럼. 내가 이번 층에서 한 게 얼만데."

단탈리안의 층보다 잘했으면 잘했지 못하지는 않았다.

"빠지는 스테이지가 없지. 없어."

"하, 자화자찬은."

실제로 그랬다.

보주 찾기 스테이지에서는 레이드 몬스터로 분류되는 거대 뱀 아크사론을 '혼자' 잡았다.

살인의 거리 스테이지에서는 히든 스테이지 시계탑을 클리어하고 아티팩트 '위대한 기계장치'를 얻어 냈으며.

심지어 이번 검사의 성 스테이지에서는 피하라고 만들어 둔 보스를 정면으로 깨부수기까지 했다.

태양과 란이 동시에 석판에 다가갔다.

신의
원코인
클리어

석판에는 글씨가 새겨져 있었는데, 아마 보는 이마다 적혀 있는 글씨가 다르게 보이는 모양이었다.

[이미 같은 스테이지의 플레이어들과는 격이 다른 전투력. 배틀 로열보다는 보스 레이드 형식의 시련에서 그 기량이 더 드러난다. 고층에 올라가서의 활약이 기대된다. 이왕이면 죽지 말고 올라가길.]

[획득 업적: 안드로말리우스 공인 S등급.]

[추가 보상: 100골드.]

-크;;

-당연히 S지.

-ㅇㅈㅇㅈ.

그나저나 100골드라.

카드 슬롯도 다 채웠는데, 어디에다 쓴담.

❦

"안 무서워?"

"뭐가?"

"마왕."

"마왕이 왜 무서운데?"

태양의 반문에 오히려 란이 할 말을 잃었다.

"그, 안 느껴져?"

"느껴지지."

"느껴지는데도 그렇게 말할 수 있단 말이야?"

안드로말리우스의 주위를 휘감고 있던 엄청난 밀도의 마나.

그것은 존재만으로 사람을 질리게 하는 무언가가 있었다.

란은 특성상 그런 것에 특히 더 예민한 모양이었다.

"그건 생명체라기보다 자연재해의 수준이야."

"무슨. 말 통하면 다 사람이지."

둘은 간단한 대화를 나누며 쉼터로 돌입했다.

6층과 7층 사이.

마왕 벨리알의 층으로 진입하는 위치에 있는 쉼터는 굉장히 특별했다.

특히, 주점이 그랬다.

벨리알's 펍

이름 그대로다.

7층부터 9층을 관장하는 마왕, 벨리알은 쉼터에서 주점을 직접 운영했다.

덕분에 벨리알은 플레이어들에게 가장 친숙한 마왕 중 하나로 자리매김했다고.

뭐, 일단 몇 없는 예쁜 여성형의 마왕이라는 점 때문에 남자 플레이어들에게 먹고 들어가는 부분이 없지 않아 있는 듯했다.

딸랑.

펍은 어둑하고, 아늑한 보랏빛 분위기였다.

전체적으로 세련되고, 곳곳에 아기자기한 여성적 감각이 묻어 있는 인테리어가 인상 깊다.

아, 또 하나 특이한 점.

벨리알의 주점은 공간 중첩 마법이 걸려 있어서 다른 플레이어를 만날 수 없었다.

따라서 대작하려면 마왕 벨리알과 하거나, 같이 들어온 동료 플레이어랑만 할 수 있었다.

다르게 말하면 새로 동료를 영입하는 일이 불가능했다.

적어도 주점에서는.

새로운 사람과 친해지는 데 알코올이 차지하는 비중을 생각하면 이건 꽤 의미 있는 제약이었다.

"어서 오세요."

벨리알의 나긋한 목소리가 주점에 울렸다.

-벨리알 눈나~~

-나 죽어ㅓㅓㅓㅓㅓㅓ.

-변함없이 아름다우십니다!

벨리알의 등장과 동시에 채팅 창이 좌르륵 내려갔다.

동시에 란이 '히익' 하며 목소리를 죽였다.

벨리알의 기파(氣波)에 또 기가 죽은 모양이다.

벨리알은 붉은 벨벳 재질의 슬립 드레스를 입고 있었다.

태양은 저도 모르게 눈을 돌렸다.

"어, 음."

그래야만 할 것 같은 몸매다.

"플레이어 윤태양, 반가워요. 기다리고 있었어요."

"무슨 만나는 마왕마다 다 알아보네."

란이 질린 목소리로 중얼거렸다.

사실 마왕이 특정 플레이어의 이름을 기억하는 건 꽤 드문 일이었다.

태양은 전혀 체감하지 못하고 있었지만.

"날 알아?"

"알죠. 얘기 많이 들었거든요. 5층의 플레이는 직접 구경하기도 했고."

벨리알이 대답과 함께 싱긋 웃었다.

그러자 그녀의 긴 속눈썹이 나긋하게 접혀 들어갔다.

―예쁘긴 해.

―햐.

"제 층에서도 좋은 활약을 보여 주길 기대하고 있어요."

"아, 뭐. 보상이나 확실했으면 좋겠네."

"어머. 그거라면 걱정하지 않아도 좋아요. 제 층이 다른 건 몰라도 그거 하나는 확실하거든요."

―그건 맞지.

벨리알이 관장하는 3개의 스테이지는 보상이 후하기로 유명했다. 말하자면, 게임할 맛이 나게 해 주는 스테이지랄까.

─생각해 보니까 우리 초반에 너무 파밍을 열심히 해 두는 바람에 상대적으로 여기서는 꿀을 좀 덜 빨겠네.

정확히 말하자면 효율이 안 나온다.

"뭐, 업적 열심히 벌어야지."

스륵.

벨리알이 종이를 내밀었다.

"구경이라도 하실래요?"

온갖 아티팩트와 고등급 카드들이 적혀 있는 카테고리.

"그쪽 아가씨도."

벨리알이 란에게도 카테고리를 내밀었다.

용왕의 동맥, 드래곤 슬레이어, 파초선.

긴고아, 트라우마 랜딩(Trauma Landing), 웨더 컨트롤(Weather Control).

카테고리 안에는 별의별 아이템이 다 적혀 있었다.

공통점은 척 봐도 좋아 보인다는 것.

"몇몇 유명한 아이템 같은 경우는 이미테이션(Imitation)이에요."

이미테이션. 모조품.

아마 원본의 절반 효율도 안 나오는 아이템이다.

물론 절반의 성능으로도 저층 구간에서는 절하고 사용한다.

카테고리를 읽어 본 란이 곧 고개를 저었다.

"저는 이런 물건을 살 돈이……."

벨리알이 빙긋 웃었다.

"없어도 돼요."

"네?"

"이 카테고리는 당신이 7층의 시련을 이겨 내고서 받을 보상이에요. 미리 고르게 해 주는 거죠."

"이, 이 물건이 보상이라고요?"

란의 조그만 목소리로 되물었다.

벨리알이 고개를 끄덕였다.

벨리알은 플레이어가 고른 아이템을 7층 클리어의 보상으로 내줬다. 물론 당연한 이야기이겠지만, 플레이어가 고른 아이템의 성능, 등급에 따라 스테이지의 난이도도 천차만별이다.

"고르셨어요?"

태양이 고개를 저었다.

"아직."

벨리알이 눈웃음을 지었다.

"편히 고르셔도 돼요."

"아니, 난 일단 쉬어야겠어."

말과 동시에 태양이 자리에서 일어났다.

안드로말리우스의 층에서 쌓인 피로가 상당했다.

괴조의 발톱이 찔리고, 심지어 마지막에는 칼에 연거푸 베이기까지 해서 이번에는 특히 정신적 피로가 더 심한 것 같았다.

"방을 준비해 드리면 될까요?"

"될 수 있으면 목욕물도."

"아, 그건 당연하죠."

그때 벨리알이 짓궂게 웃으며 되물었다.

"방은, 1개만?"

"아니요!"

란이 이례적으로 큰 목소리로 대답했다.

"어머, 어떡하죠? 방이 1개밖에 안 남았는데."

벨리알의 말에 란이 돌덩이처럼 굳었다.

곧 벨리알이 픕 웃었다.

"농담이에요. 반응이 격하시네."

―0고백 1차임.

―흔한 일이지.

―야. 야. 눈물 닦고 다시 말해.

―훌쩍. 흐, 흔한 일이라고. 빼애애애앵!

"어머, 실례. 제가 착각했네요."

"앞으로 조심 좀 하셔야 되겠네. 그거 진짜 많이 실례거든."

태양이 짐짓 태연한 안색으로 열쇠를 받아 챙겼다.

자연스럽게 2개의 방이 준비되자 채팅이 좌르륵 내려갔다.

―이걸 안 하네.

―은제 하냐~ 그때 올란다~

―어쩌고저쩌고.

―그래도 화면에 예쁜 여자가 계속 있으니까 확실히 볼 맛이

다르긴 함. ㅎㅎ

-ㅇㅈ. 달님 캠 안 켜 줘서 숨이 안 쉬어졌는데 살짝 숨통 트인 느낌.

-저 고연수는 스트리머 달님의 캠 방송을 기다립니다.

어휴 미친놈들.

-방송 끈다. 잘 쉬어.

"내일 보자고."

현혜, 란의 말에 태양이 고개를 끄덕였다.

"그래."

방송이 꺼져도 좌르륵 내려가는 채팅 창을 보며 현혜가 중얼거렸다.

"하, 매니저라도 구해야 하나."

작금 태양의 방 평균 시청자 수는 만을 넘어 2만에 가까워지고 있었다. 심지어 미치광이 검사를 잡을 땐 5만도 넘겼다. 그만큼 이상한 채팅이나 게임에 관련되지 않은 채팅도 많았다.

"……차라리 비공개로 돌릴까?"

잠시 생각하던 현혜가 고개를 도리도리 저었다.

역기능도 있었지만, KK나 아녀와 같은 사례도 분명 있었다.

그런 한두 번의 도움만으로도 방송을 켠 값어치는 충분했다.

목숨을 걸고 게임을 하는 태양에겐 작은 팁도 천금처럼 소중했으니까.

"구한다면 몇 명이나 구해야 하지?"

신컨의
원코인
클리어

이 정도 규모의 방송은 짬이 찰대로 찬 현혜에게도 낯설었다.

그때.

위이이잉.

현혜의 스마트폰이 울렸다.

슬쩍 화면을 바라보니 11개의 숫자가 덩그러니 떠 있었다.

주소록에 저장되어 있지 않은 번호.

"또네."

들어 보지 않아도 뻔했다.

MCN, 혹은 다른 인터넷 방송인, 혹은 다른 미디어 크리에이터들의 섭외 전화다. 아니면 돈이 궁한 옛 친구이거나.

옛 친구라면 아마 높은 확률로 얼굴도 기억나지 않은 수준일게 분명했다.

요즘 현혜의 스마트폰은 그야말로 바람 잘 날이 없었다.

이전에도 나름대로 연락이 많이 오긴 했지만, 요즘은 받지도 않는 전화 때문에 배터리가 죽어 버릴 정도로 심각했다.

"하나 더 만들든가 해야지."

태양이 때문에 왜 내가 고생을 해야 하는 거야.

현혜가 투덜거렸다.

사실 투덜거릴 계제는 아니다.

태양의 방송으로 현혜도 돈을 벌고 있었기 때문이다.

방송은 태양의 명의로 하고 있었지만, 영상 소스는 현혜에게도 지분이 있었다.

현혜는 영상 소스들을 적당히 편집해 동영상 플랫폼에 올리는 것으로 수익을 창출하고 있었다. 그게 아니라면 이렇게 온종일 태양에게만 붙어서 방송을 서포트하고 있지는 못했으리라.

"요즘 오히려 더 버는 게 자존심 상하긴 하는데."

현혜가 문득 캡슐 안을 바라봤다.

캡슐 안의 태양은 죽은 듯이 누워 있었다.

현혜의 눈동자가 가라앉았다.

괴조 스탄의 발톱에 찍혔을 때, 미치광이 검사의 검에 복부를 찔렸을 때.

이외에도 전투 도중 상처를 입을 때.

그때마다 캡슐 안에서 태양의 신음이 터져 나오곤 했다.

심할 땐 캡슐이 덜컹거릴 정도로 떨기도 했다.

"버틸 수 있을까? 버텨야 할 텐데……."

현혜가 저도 모르게 포옥 한숨을 내쉬었다.

⸻

벨리알이 건네는 카테고리는 회차마다 그 목록이 바뀌었다.

심지어 일정 시간마다 목록이 '새로 고침' 되기까지.

고난과 역경을 딛고 올라온 수많은 플레이어가 카테고리 앞에서 머리를 감싸 쥐었다.

이게 나한테 가장 필요한 아이템일까?

이것보다 좋은 아이템이 나오면 어떡하지? 기다릴까?

이 아이템을 고르면 나타날 스테이지를 내가 감당할 수 있을까?

욕심과 차가운 현실 앞에서 냉정해지기란 어려운 법.

그래서 태양은 일부러 카테고리를 보지 않고 방에 들어갔다.

카테고리를 보면 저도 모르게 고민하느라 제대로 휴식을 취하지 못할 것 같았기 때문이다.

충분히 휴식을 취한 태양이 주점으로 내려오자 벨리알이 그를 맞았다.

"밤새 기다린 거야?"

"그랬겠어요?"

벨리알이 의미 모를 미소를 지었다.

하긴, 그건 말이 안 되지.

태양은 문득 공간 중첩 마법에 대한 메커니즘에 대한 상념에 빠졌다.

이 수많은 공간 속에서 벨리알은 모두 진짜인가?

아니면 더미인 건가?

물론 고민해 봤자 마법에 대해서도, 단탈리안의 시스템에 대해서도 문외한인 태양이 낼 수 있는 결론은 없었다.

"으윽."

곧이어 란도 머리를 부여잡으며 나타났다.

창백한 얼굴, 짙게 내려온 눈 밑의 음영.

딱 봐도 카테고리를 보며 고민하느라 밤을 지새운 모양이었
다.

─잠 못 자면 피부 나빠지는데.

─게임 캐릭터 걱정을 하고 자빠졌네. ㅋㅋ

─근데 저거 처음 보면 진짜 고민되긴 해.

─행복회로 미친 듯이 돌아가 버리잖아. ㅋㅋ

─아 ㅋㅋ 벨리알 카테고리가 사실 단탈리안 메인 콘텐츠인
거 모르는 사람 없지?

─우리도 빨리 보자!

태양이 란에게 슬쩍 물었다.

"결정은 했어?"

"아직."

것 봐. 이럴 줄 알았지.

태양이 속으로 카테고리를 보지 않고 들어간 제 선택을 칭찬
하며 벨리알에게 카테고리를 건네받았다.

"선택은 신중히 하세요. 무를 수 없으니까."

"아, 예."

태양이 고혹적인 목소리를 흘려들으며 카테고리를 펼쳤다.

파라라락.

대충 훑어봐도 눈이 돌아갈 만한 이름의 아이템들이 지천이
었다.

모든 장비는 고위급 아티팩트 수준이고, 유니크 등급의 카드도 종종 보였다.

"레전드급은 없네."

"레전드 등급 카드는 마왕들도 함부로 내줄 수가 없거든요."

레전드 등급.

단탈리안에서 가장 높은 등급이다.

공식적으로 그 어떤 유저도 레전드 등급의 카드를 소유한 적이 없었다.

아, 유저 랭킹 1위. KK가 처음으로 카드를 소유할 뻔했었다.

동료였던 NPC에게 뒤통수를 얻어맞고 카드를 빼앗긴 에피소드가 당시 온갖 게임 관련 커뮤니티를 뒤집었던 기억이 태양의 뇌리에 설핏 남아 있었다.

젠장.

그때가 아마 내가 킹피 월드 챔피언십 3회째 우승했을 때였을 거다.

-레전드 등급... 듣기만 해도 가슴이 웅장해진다...

-그림의 떡 ㅋㅋ.

-윤태양이라면 한 번쯤 먹어 보지 않을까?

-유저 최초로 마왕 평가 S등급도 받았잖아.

-언젠가 먹겠지?

-궁금하긴 하다.

-위대한 기계장치보다 좋음?

-위대한 기계장치에 시너지 5개 붙여 놓으면 그게 레전드 등급 장비 카드 아님? ㅋㅋ

　-뭔가 더 있겠지. 등급이 레전드인데.

　태양은 카테고리를 훑기 전에 먼저 상태 창을 먼저 확인했다.

　현재 태양은 일반 등급의 카드 하나, 레어 등급의 카드 셋, 그리고 유니크 등급의 카드 하나를 장착하고 있었다.

　태양이 고를 아이템은 아이템 하나를 빼고 최대한 시너지를 많이 챙길 수 있는 카드였다.

[스테이터스: 업적(31) - 솔로 플레이어, 퍼펙트 클리어(No Hit)……]

[보유 금화: 151]

[카드 슬롯]

1. 피를 먹은 카타나(R): 민첩 +1, 근력 +1, 흡혈 +1

2. 수도승의 허리띠(R): 민첩 +1, 근력 +1, 신성 +1

3. 재생의 힘(R): 맷집 +2, 흡혈 +1

4. 스칼: 스톰브링어(U): 민첩 +2, 영웅 +1, 검사 +1

5. 신념의 귀걸이: 신성 +1

6. Closed

7. Closed

[스킬 - 혈기충천(血氣充天): 통각을 마비시키고 신체 전반의 기능을 강화한다.]

[스킬 - 재생의 힘: 3초간 거대 뱀 아크사론의 재생력을 얻는다. (쿨

타임 1,200초)]

　[스킬 - 스톰브링어(Storm Bringer): 폭풍 소환(暴風 召喚). 폭풍의 정
령 군주 아라실이 플레이어 윤태양의 신체에 임합니다. (쿨타임 48시간)]

　[시너지]

　근력(2): 힘 보정

　맷집(2): 체력, 물리 방어력 보정

　민첩(2/4): 민첩 보정/민첩 추가 보정

　흡혈(2): 준 피해에 비례해 체력 회복

　신성(2): 모든 공격에 20% 추가 피해

"이렇게 보니까 수도승의 허리띠, 재생의 힘, 피를 먹은 카타
나는 셋이서 거의 연결되어 있네."

하나를 빼기만 하면 시너지가 2개 혹은 3개가 사라질 정도다.

이것도 고려해야 할 요소였다.

단순히 더 좋은 등급의 카드로 갈아 낀다고 해서 반드시 전
력의 강화가 되는 것이 아니었다.

스킬이나 장비의 성능도 전투에 중요했지만, 그것만큼이나
중요한 게 바로 시너지이기 때문이었다.

"일단 신념의 귀고리를 뺀다고 생각하고 찾아보는 게 맞겠
지?"

-그래야지.

"신성 시너지가 워낙 희귀하고 효율이 좋은 탓에 약간 아쉬

운 감이 있긴 한데."

─카테고리 찾아보자. 그렇다고 스톰브링어를 뺄 수도 없잖아.

태양이 현재 얻어 놓은 시너지는 남는 것 없이 2, 4단위로 딱 딱 맞춰져 있었다.

덕분에 즉시 전력이 될 만한 카드를 찾기가 꽤 어려웠다.

재생의 힘이나 스톰브링어처럼 한 카드에 시너지 2개가 몰려 있는 경우가 흔하지 않기도 했다.

['바나' 님이 10,000원을 후원하셨습니다!]

[영웅 시너지도 맞출 수만 있으면 진짜 좋은데.]

영웅 시너지.

적 스탯 총합이 플레이어의 스탯 총합보다 높으면 모든 스탯 이 50% 증가하는 시너지다.

말하자면 언더독 시너지.

조건부지만 사기적인 능력치 보정이 있는 만큼 구하기도 어려운 시너지였다.

신성만큼이나 구하기 힘든데다가 근력이나 민첩 같은 스탯 시너지와는 다르게 3개를 모아야 효과를 발휘했다.

"미래를 보자면 영웅 시너지 있는 카드 하나 구해 두는 것도 나쁘지 않고."

태양은 현혜와 그의 방송을 보고 있는 몇몇 고인물, 그리고 시청자들과 함께 머리를 맞대 카테고리의 목록들을 하나하나 걸러 나가기 시작했다.

최종적으로 남은 목록은 3개였다.

노스페라투의 망토(U): 타락 천사 +1, 버서커 +2, 흡혈 +1
광휘의 파편: 신성 +1, 영웅 +1
슬롯 확장권: 플레이어의 여섯 번째 슬롯을 해금합니다.

노스페라투의 망토.

첫 번째 시너지인 타락 천사는 활용도가 적은 시너지이긴 하지만, 버서커 시너지가 2개나 뭉쳐 있는 게 합격점이다.

버서커는 잃은 체력에 비례해 추가 공격력을 얻는 시너지였다. 흡혈과 같이 사용하면 피 관리를 할 수 있다는 전제하에 높은 효율을 낼 수 있는 시너지로 컨트롤에 자신 있는 랭커들 사이에서 평가가 좋았다.

심지어 +2였기 때문에 장착만 하면 가용 시너지가 하나 늘어나는 것도 가점 요소다.

이 망토는 입으면 주인의 그림자에 스며들었는데, 등 뒤로 꽂히는 물리, 마법적인 공격을 스스로 막아 주는 기능도 있었다.

–다만 등급이 문제지.

–유니크 등급 스테이지 난이도는 걍 지옥이라고 보면 되니까.

–시너지 몰린 카드는 난이도도 올라가지 않음?

–아마도.

-윤태양이 그거 못 깨겠음?

　-깨겠지. ㅋㅋ.

　-운 나쁘면 못 깰 수도 있음. 6층 같은 조별 과제 나와서 몰살당하거나 해서.

　-ㅇㅈ. 특히 유니크 등급 먹으려고 눈 벌게져서 주제도 모르고 스테이지 들어오는 플레이어 개 많음.

　-앗, 그거 내 얘기네.

　두 번째 광휘의 파편.

　시너지가 2개 달린 일반 등급의 카드.

　희귀하기 그지없는 신성과 영웅 시너지.

　척 보기에도 알차다.

　게다가 슬롯에 장착하면 정신 방벽이 생겨 마법, 주술적인 정신 공격에 어느 정도 면역이 생겼다.

　육체적인 전투는 잘해도 마법이나 주술적인 부분에 지식이나 감각이 아직 부족한 태양인지라, 이런 마법 공격에 대한 대비는 나쁘지 않았다.

　-이건 근데 등급이 또 너무 아쉽지.

　-레어 등급 정도만 되면 딱 좋았을 텐데.

　-신념의 귀고리 완전 상위 호환이긴 한데, 당장 시너지 추가되는 것도 없고 해서.

　-아쉽다. 아쉬워.

　-나라면 무난하게 이거 선택했을 듯.

그리고 마지막.

슬롯 확장권.

카테고리에서 굉장히 흔하게 발견되는 목록이었다.

다른 목록은 한 번 지나가면 같은 다시 발견되는 경우가 굉장히 드물었는데, 이 슬롯 확장권은 이례적으로 자주 등장했다.

"이거 진짜 고민해 볼 만해."

–우린 벌써 슬롯이 다 찼으니까.

여기서 슬롯 확장권을 지나치면, 다음에 얻을 기회는 15층 이후에서야 나왔다. 오히려 지금 슬롯을 열어 놓는 게 장기적으로 보면 현명한 선택일 수 있었다.

사실 슬롯 확장권에 대한 유저들의 선택률은 처참했다.

당연하다면 당연한 이야기다.

벨리알이 보장하는 7층 스테이지는 못 해도 레어, 유니크 등급의 카드를 얻을 기회였다.

당장 강해져도 다음, 혹은 다다음 스테이지에서 생존하기가 어려운데 그걸 포기하는 대신 미래를 보장받는다?

하루 벌어 하루 먹고 사는 일용직 노동자가 10년 만기 적금을 넣는 꼴이다. 심지어 슬롯 확장권의 난이도는 유니크 등급의 카드를 골랐을 때와 비슷한 수준이었다.

미친 듯이 어렵다는 것.

–나는 슬롯 확장권은 진짜 아니라고 봄.

–페이스 보면 확실히 있는 게 나을 수도 있지 않나?

―들이는 수고에 비해서 얻는 게 너무 없잖아.

―차라리 유니크 등급 먹으면 20, 30층 넘어서도 쓸 텐데.

―유니크 등급은 기량도 기량인데, 운도 받쳐 줘야 함. 먹을 수 있을 때 먹어 두는 게 낫지.

―ㅇㅇ 노스페라투의 망토도 나쁘지가 않은데.

―근데 윤태양 이 악물고 금화 방만 들어가는 거 보면 또 모르겠긴 해.

고민하던 태양이 란에게 물었다.

"그쪽은 골랐어?"

"어, 대충 결정했어. 너는?"

"나도."

벨리알이 둘에게 물었다.

"다음 스테이지는 같이 도전하실 건가요?"

"네."

란이 먼저 대답하고는 태양의 눈치를 살폈다.

태양도 고개를 끄덕였다.

애초에 같이 활동할 때 괜찮을 것 같아서 데려온 거다.

"그럼 두 분 중 더 높은 등급의 카드를 선택한 플레이어의 시련에 둘이 같이 배속될 텐데 괜찮으시겠어요?"

벨리알의 물음에 태양이 피식 웃었다.

마왕답지 않은 배려라고 여겼기 때문이다.

란이 태양에게 물었다.

"무슨 등급 골랐어?"

"넌 유니크지?"

"어? 어. 어떻게 알았어?"

견물생심(見物生心).

선인들의 말씀이 틀린 것 하나 없더라.

"그럼 신경 쓸 거 없어."

물론 태양도 피해 가지 못하는 이야기였다.

회담

"장비 이름이 뭐라고?"

"북풍의 수정."

란이 고른 유니크 카드는 장비.

더 정확히는 장신구였다.

이름만 들어 보면 그랬다.

파라락.

태양이 카테고리를 넘겼다.

란이 고른 장비는 당연히 태양의 카테고리에도 있었다.

"아, 찾았다."

북풍의 수정.

사진을 보아하니 장신구라고 하기도 어려웠다.

일단 너무 컸다.

못해도 태양의 주먹 정도 되어 보이는 크기의 보석.

값어치 나가는 현물로서 따지자면 큰 가치를 지니고 있겠지만, 무기로 사용할 수도 없고, 보관하기도 애매해 보였다.

전투 중에 거슬리는 건 말할 것도 없고.

"이거 크기가 정말 이 정도 맞아?"

"맞을걸."

"시너지를 받으려면 현물화를 해야 할 텐데. 괜찮겠어?"

"부채 끝에 매달 생각이야."

시너지는 '민첩 +1, 지력 +1, 마법사 +1, 마나 동결 +1'이 붙어 있었다.

시너지 2개 이상이 뭉쳐 붙어 있지 않은 게 좀 아쉽지만, 객관적으로 시너지 자체는 나쁘지 않았다.

태양이 란의 세팅이야 알 수 없는 노릇이지만, 민첩, 지력, 마법사. 모두 란에게 어울리는 시너지다.

특히 눈이 가는 시너지는 마나 동결이었다.

마나 동결은 굉장히 특이한 시너지에 속했다.

보통 시너지는 조건이 충족되면 추가 스탯을 주거나(근력, 민첩, 영웅 등), 특수한 효과(흡혈, 신성 등)를 부여했는데, 마나 동결은 조건을 충족하면 스킬을 부여해 줬다.

스킬: 마나 동결 – 1분간 마나를 사용할 수 없다. 내가 지정한 공간

신전의
원 코인
클리어

의 마나가 1분간 얼어붙는다.

척 봐도 극단적인 양날의 검이다.

동시에 믿을 수 있는 동료만 있다면 효과적으로 사용할 수 있는 전술적 무기이기도 했다.

"마나 동결, 사용할 수 있어?"

마나 동결은 2개만 모으면 효과가 발휘되는 시너지였다.

태양의 물음에 란이 고개를 설레설레 저었다.

"없어. 이게 처음이야. 얻어 놓으면 요긴할 것 같아서."

"사용하면 너도 치명적일 텐데?"

마나는 에덴에서의 마나, 창천에서의 기(氣)를 모두 망라하는 단어였다. 그리고 란은 바람을 다루는 주술사이고, 당연히 바람을 다루기 위해선 기를 이용했다.

태양 같은 격투가나 전사같이 육체를 기반으로 하는 직종들은 기를 동결해도 어느 정도 역할을 할 수 있지만, 란은 마나 동결을 사용하면 말 그대로 허수아비가 될 수밖에 없었다.

란이 어깨를 으쓱였다.

"그러니까 이 기술의 중요성을 더 잘 아는 거지."

마지막으로, 북풍의 수정에는 스킬이 하나 붙어 있었다.

　스킬: 콜 아이스 필드(Call Ice Field).

주변의 대지를 얼음으로 뒤덮는 기술이라는데, 역시 기동성이 좋은 란에게는 꽤 적합한 스킬처럼 보였다.

"넌 어떤 카드를 선택했어?"

"슬롯 확장권."

"흐응."

란은 별 반응이 없었다.

태양이 워낙 많은 카드를 가지고 있으니 그런가보다 하는 모양이었다.

오히려 반응이 격한 건 채팅 창 쪽이었다.

─이거 맞아?

─난 모르겠다.

─윤태양 특) 이거 맞음? 이거 됨? 이거 뒈진 거 아님? → 다 맞음. 다 됨. 안 뒈짐.

─ㅋㅋㅋㅋ 썬잘알이누.

─하나 추가. 이걸 죽여? → 죽임.

─ㅋㅋㅋㅋㅋㅋㅋㅋㅋㅋ.

벨리알이 물었다.

"그럼, 바로 스테이지에 입장하시겠어요?"

"그럴까?"

그때 현혜가 조용히 일러 왔다.

─태양아. 그래도 상점 한번 보는 게 좋지 않겠어?

"아, 맞다."

별생각 없이 움직이려던 태양이 걸음을 멈췄다.

상점.

100골드 이상을 소지하고 있으면 쉼터마다 카드 3장을 볼 수 있었다.

상점에서 레어 등급 이상의 카드를 발견하는 건 정말로 극악한 확률이긴 했지만,

'손해는 없으니까.'

태양의 요청에 벨리알은 순순히 카드를 가지러 들어갔다.

짜증이나 성가심이 하나도 묻지 않은 표정으로 돌아가는 벨리알을 보며 태양은 반쯤 확신했다.

'이건 더미가 분명해.'

느껴지는 기파(氣波)는 마왕의 것임이 분명하지만, 하는 행동이 너무나 마왕답지 않았다.

이건 차라리 플레이어를 위해 배치된 NPC다.

곧 벨리알이 태양 앞에 3장의 카드를 늘어놓았다.

　지혜의 요람: 지력 +1

　경비병의 손때 묻은 손수건: 민첩 +1

　마계 병사의 요대: 근력 +1

─음. 예상대로.

현혜의 말 그대로, 정말 예상대로의 상점이었다.

뭐, 기대하지도 않았다.

"그쪽에는 뭐 있어?"

태양의 물음에 란이 심드렁한 목소리로 대답했다.

"근력 1 검, 근력 1 각반, 민첩 1 신발."

저쪽도 마찬가지군.

-와, 상점 카드들 이렇게 보니까 완전 쓰레기들이네.

-확률 엄청 극악임. 15층 넘어가야 그나마 좋은 등급 좀 뜨고.

-첫 번째 쉼터 특전이 진짜 대박이었지.

-사실 15층 밑에서 카드 상점 여는 것도 윤태양 아니면 되게 흔치 않은 일인데. ㅋㅋ

-ㅇㅇ 누가 15층 전부터 100골드, 아니 200 골드를 모아. ㅋㅋ ㅋㅋ.

"드디어 스테이지에 돌입하네요."

벨리알의 나른한 목소리가 방 안에 나직하게 깔렸다.

태양의 예상은 맞았다.

주점을 지키고 있는 벨리알은 '진짜' 벨리알이 마력을 공급해 만들어 낸 인형이었다.

'진짜' 벨리알은 방에서 그녀가 맡은 7~9층의 플레이어를 관찰하고 있었다.

더 정확히 이야기하자면 지금 그녀는 태양을 관찰하고 있었다.

"세인트 아포칼립스. 12시간 동안 타천사 군단을 상대로 살아남아야 하는 스테이지죠."

반대편에 앉아 있는 남자가 중얼거렸다.

"안드로말리우스 님의 평가에서는 배틀 로열보다 보스 레이드 형식에서 더 기량을 발휘한다고 들었는데. 이런 서바이벌 장르에선 또 모르겠습니다."

"어머. 배틀 로열에서 보여 준 기량이 그나마 덜 드러난 거였다고요?"

똑똑똑.

"더 올 사람이 있었습니까?"

"그러게요. 언질을 준 마왕은 당신뿐이었는데. 오늘따라 손님이 많네요."

벨리알이 손님을 맞기 위해 자리에서 일어났다.

반대편에 앉아 있던 또 다른 남성이 투덜거렸다.

"고작해야 7층 스테이지인데 뭐 볼 게 있다고 이렇게 모이는 건지."

벨리알이 문을 열었다.

그녀의 앞엔 중절모를 쓴 기다란 남자가 서 있었다.

오른손에 쥐고 있는 붉은 보석이 박힌 책이 인상적이었다.

"어머, 단탈리안 씨?"

"하하. 안녕하세요. 저번에 안드로말리우스 씨와 마주친 이후로는 처음이죠?"

"여긴 무슨 일로?"

"무슨 일이겠어요. 스테이지가 어떻게 되고 있나 구경하려고 왔죠. 괜찮을까요?"

벨리알이 슬쩍 눈썹을 들썩였다.

"윤태양 플레이어 때문인가요?"

단탈리안이 웃었다.

"슬슬 7층 스테이지에 돌입했을 것 같아서요. 요즘 제가 예의 주시하고 있는 인물이거든요."

"들어오세요."

"감사합니다."

단탈리안이 중절모를 벗으며 그녀의 방 안으로 들어왔다.

"그나저나 7층이라. 당신의 카테고리를 보상으로 하는 층인가요?"

"네."

"재미있겠네요. 그는 어떤 카드를 골랐죠?"

"뭘 골랐을 것 같은데요?"

벨리알이 고혹적으로 되물었다.

단탈리안이 미소를 지었다.

"흠. 제가 맞춰 보죠. 내기라도 하실래요?"

"저번에 따 놓고, 또 가져가고 싶은 게 있어요?"

"그런 건 없지만, 동기부여 측면에서?"

벨리알이 어깨를 으쓱였다.

단탈리안이 작게 입맛을 다셨다.

저번에 데인 탓인지 넘어올 낌새가 보이지 않았다.

"그럼, 뭐. 간단히 예상이나 해 볼까요?"

단탈리안이 카테고리를 집어 들었다.

잠시 카테고리를 훑은 단탈리안은 곧 답했다.

"뭐 없네요. 바로 고르죠. 슬롯 확장권."

"슬롯 확장권? 바꾸지 않으실 거죠?"

"내기 걸린 것도 아닌데요, 뭐."

그때 안에서 굵직한 남자의 목소리가 들려왔다.

"단탈리안. 요즘 당신이 마왕들 주머니를 털고 다닌다는 소문이 헛소문이 아니었나봅니다?"

"어, 안에 손님이 있습니까?"

단탈리안의 물음에 벨리알이 가볍게 고개를 끄덕이며 긍정했다.

굉장히 의외의 일이었다.

마왕들은 자극적인 장면을 원했고, 그런 장면은 저층보다 중층인 15층. 그리고 36층 이상의 고층에서 훨씬 많이 연출되었다.

저층의 장면도 물론 아주 수요가 없는 것은 아니었으나 대부분 녹화된 영상을 느긋하게 즐겼다.

그러니까, 생중계를 보기 위해 마왕이 친히 움직이는 일은 흔치 않은 일이었다.

방에는 마왕이 둘이나 더 있었다.

둘이라니 놀라기에는 적은 듯싶지만, 고작 7층 스테이지를 관람하는 것치고는 많은 수다.

"유명하다는 이야기를 들어서 말입니다. 곧 내 층에도 올라올 새싹이라기에 구경하러 왔습니다."

"오, 키메리에스. 당신이군요."

66계위 마왕. 키메리에스.

그는 탄탄한 육체가 인상적인 흑인이었다.

반듯하고 꼿꼿한 자세와 특유의 딱딱한 기운이 보는 군기가 바짝 든 군인을 연상시켰다.

그는 10~12층의 스테이지를 맡은 마왕이기도 했다.

"나는 뭐. 이 녀석이 오자 그래서 따라왔다."

키메리에스에 이어, 또 한 명의 자리에서 남성이 일어나 단탈리안에게 악수를 청했다.

키메리에스도 작은 덩치가 아니었는데 옆의 남자가 일어서니 존재감이 상대적으로 죽었다.

"오, 발락. 오래간만이군요."

"그래. 반갑진 않군."

거대한 손이 악수 대신, 단탈리안의 손을 툭 치는 것으로 대신했다.

62계위 마왕, 용왕 발락.

16~18층의 스테이지를 맡은 동시에, 마계에 사는 모든 용이 고개를 조아리는, 용의 군주다.

키메리에스에게서 군인이 연상된다면, 발락에게서는 폭군이 연상되었다.

정확히는 전쟁에 미친 폭군이랄까.

그 분위기와 실제 성향이 다르지도 않았다.

발락은 제 감정에 숨김이 없고, 성정이 급하고 흉포하여 항상 시끄러운 인물이었다.

"크흠."

발락은 매사 빙글거리고 어떤 생각을 하고 있는지 가늠이 되지 않는 단탈리안을 좋아하지 않았다.

물론 단탈리안도 겉으로는 웃고 있지만, 발락을 딱히 좋아하지 않았다.

인사를 마친 네 마왕은 의자에 앉았다.

벨리알이 손짓하자 커다란 영상이 그들 앞에 투영됐다.

"뭐야. 벌써 시작했어?"

"발락, 시작한 지는 꽤 됐습니다. 단탈리안 씨가 노크했을 때 이미 스테이지에 들어서지 않았습니까?"

7층 스테이지, 세인트 아포칼립스는 도시에 들이닥친 타천사 군단으로부터 살아남는 콘텐츠였다.

스테이지의 기원을 파악한 발락이 나직하게 읊조렸다.

"잘도 써먹는군. 고돔이지?"

"맞아요."

벨리알이 긍정했다.

세인트 아포칼립스 스테이지는 마계 변방의 도시 하나가 천사의 침공에 당해 멸망한 사건을 모티브로 한 것이었다.

이는 마계에서 실제로 있었던 사건이었다.

"이거, 군단장급 타천사가 들이닥치지 않았어요?"

"저도 그렇게 기억하고 있습니다."

벨리알이 가슴을 펴고 자신 있게 말했다.

"그거 구현하느라 힘 좀 썼죠. 3세기 전 군단장급 타천사의 무력을 고증하느라 7서클 마법사의 영혼을 6개나 태웠다니까요?"

"스테이지 하나에 영혼을 6개나 태워? 미쳤군."

"요즘 마왕, 마족들이 까다롭긴 합니다. 별것도 아닌 고증가지고 물어뜯는 일은 비일비재하기도 하고. 저도 얼마 전에 클레임이 들어와서 고생 좀 했습니다."

"굉장히 어려운 결정을 했네요. 이렇게 역사에 관련되면 더 따지고 드는 사람들이 많을 텐데."

마왕들이 잡담을 나누는 사이에도 태양과 란은 스테이지를 진행했다.

영상 속의 태양은 빠르게 주위를 파악하고, 란과 함께 돌아다니며 타천사 군단을 상대로 게릴라전을 펼쳤다.

태양의 움직임을 본 키메리에스가 눈을 반짝였다.

"확실히. 다른 마왕들이 감탄한 이유를 알 것 같습니다. 전투 감각이 날카롭습니다. 저 플레이어."

발락은 심드렁한 얼굴이었다.

"나는 잘 모르겠군. 층에 비해 스펙이 너무 과하지 않나?"

"그 역시 그의 능력이죠."

"맞는데. 위층을 가서도 이런 경쟁력을 보여 줄 수 있냐. 그건 잘 모르겠단 말이지."

단탈리안이 무릎을 톡톡 두드렸다.

"군단장급 타천사. 윤태양 플레이어가 군단장급 타천사도 이길 수 있을까요?"

단탈리안의 말에 발락이 피식 웃었다.

"불가. 놈의 스펙이 7층에서 과하다고는 하나, 그뿐이다. 3세기 전이라지만 군단장급 타천사 정도 되면 내 스테이지에서도 써먹을 수 있을 정도의 스펙이야."

키메리에스가 고개를 끄덕였다.

"18층의 보스. 적절한 비유입니다. 감각은 있다지만, 체급을 극복할 수 있을 정도로는 보이지 않습니다."

"저도 동의해요."

벨리알도 키메리에스의 의견에 동의를 보탰다.

이에 단탈리안이 눈을 반짝이며 다시 물었다.

"내기하실래요?"

단탈리안의 말 이후, 방에는 잠시간 적막이 감돌았다.

벨리알이 잠시 고민하다가, 이내 거들었다.

"하실래요? 잠깐의 여흥으로 괜찮을 것 같은데."

발락이 사납게 콧방귀를 뀌었다.

"하, 저 플레이어 놈이 어지간히 마음에 들었나 보군그래?"

"한다면, 무엇을 걸고 하시겠다는 겁니까? 이번 스테이지에서는 '내기'를 할 수 없습니다."

마왕끼리 하는 '내기'는 플레이어에게 보상을 줄 구실로 작용할 수 있었다.

애초에 마음에 드는 플레이어의 성장을 가속하기 위해 생긴 제도이기도 했다.

다만 문제가 있었다.

내기는 대상이 될 플레이어가 여럿 있어야 했다.

스테이지의 보스, 군단장은 마왕의 내기 대상이 될 수 없었고, 란은 태양에게 이미 패배한 플레이어다 보니 당연히 내기가 성립하지 않았다.

키메리에스가 지적한 건 바로 이 부분이었다.

괴물 버섯 하나만 잡아도 수십, 수백 개의 레벨이 올라가는 게임은 1시간 정도 즐길 때는 재미있지만, 금방 질려 버리는 것이다.

단탈리안이 능글맞게 웃으며 어깨를 으쓱였다.

"그거야 우리끼리 정하기 나름이지요."

키메리에스의 눈썹이 들렸다.

신인
원코인
클리어

"지금 규칙을 어기자는 이야기를 하는 겁니까?"

"그렇게 빡빡하게 생각할 게 아니라……."

"저는 빠지겠습니다."

키메리에스는 꼿꼿한 자세만큼이나 대쪽 같은 태도로 단탈리안의 제안을 거절했다.

발락도 마찬가지였다.

"꽤 재미있는 제안이지만, 발안이 단탈리안 네놈이 했다는 것이 거슬리는군. 놀아나는 것 같아 거절이다."

둘의 반응에 벨리알이 작게 혀를 찼다.

그녀는 두 사람이 군단장에게 걸면 단탈리안과 같은 쪽에 걸 생각을 했었다.

단탈리안이 싱긋 웃었다.

"아쉽네요."

단탈리안의 내기 제안은 간단한 해프닝으로 끝났다.

곧 그들은 영상에 시선을 집중했다.

발락이 새삼스러운 눈으로 화면 속의 태양을 바라봤다.

'왜 이렇게까지 저놈을 밀어주려고 하는 거지?'

화면에서 태양과 타천사 병사들이 마주쳤다.

제대로 훈련을 받은 병사들 군더더기 없는 움직임으로 태양을 압박했다.

태양은 유려한 움직임으로 집단의 틈으로 들어가서 균열을 만들고, 곧 그들을 찢어 냈다.

"확실히, 기본기는 제대로 되어 있군. 다인전(多人戰)에 대한 개념도 몸으로 체득하고 있고."

"순간순간 번뜩이는 상황 판단력이 눈에 띕니다."

감탄하는 두 마왕과 달리, 단탈리안과 벨리알은 잠자코 지켜만 봤다.

발락의 눈이 가늘어졌다.

태양의 무위.

확실히 같은 층의 플레이어에 비하면 대단하긴 하다.

하지만 엉덩이가 무겁고 제 의도를 드러내는 걸 꺼리기로 유명한 단탈리안이 이렇게 나설 정도인가?

생각해 보면 그렇지도 않은 것 같았다.

이 정도 수준의 플레이어는 흔하진 않지만 분명 존재했다.

특히 이렇게 낮은 층에서 두각을 보이는 플레이어는 많았다.

'뭐지? 뭘 본 거냐?'

이후로도 태양은 놀라운 기지와 대처로 그리고 흠잡을 곳 없는 깔끔한 전투로 스테이지를 풀어 나갔다.

그 와중에 업적을 6개나 획득하기까지.

"확실히 성과 하나는 알뜰하게 챙기는 녀석이군."

"벌써 6개라니. 스테이지를 마칠 때쯤엔 몇 개나 더 달성할지 궁금해집니다."

"그러게요. '지구' 출신이라지만 이렇게까지……."

"지구?"

신전의
원 코인
클리어

발락이 인상을 찌푸렸다.

뒤늦게 기억이 났다.

단탈리안은 지구의 인간들을 차원 미궁의 플레이어로 편입시키기 위해 꽤 수고를 들였다.

발락은 곧 단탈리안의 의도를 알아챘다.

'하. 제가 들인 수고가 틀리지 않았다고 증명하고 싶은 건가?'

그럴 만도 했다.

특정 차원 출신의 플레이어에게만 특전이 주어져야 한다는 의견이 마왕 회의에서 통과된 건 이례적인 일이었다.

큰 수고를 들여 뚫어 낸 차원에서 얻어낸 게 고작해야 이례적인 수준의 쓰레기라니.

게다가 특전의 기간이 끝난 이 순간 '지구' 출신 플레이어들의 겁에 질린 행태 역시 역겹기 그지없었다.

수완가로 통했던 단탈리안이다.

지구 플레이어들의 생각 이상의 무능. 그리고 실패.

따로 말은 하지 않았지만 참담한 기분이었으리라.

키메리에스 역시 의문이 풀렸다는 듯 무릎을 쳤다.

"어쩐지. 스펙이 과도하게 좋다 싶었습니다."

발락이 신경질적으로 중얼거리기 시작했다.

"이럴 줄 알았어. '그' 발안이 올라왔을 때부터 마음에 안 들었다고."

"발락?"

"이런 녀석이 나올 줄 알고 처음부터 반대한 거야. 애매하게 특출 난 녀석들이 특전으로 까불고 다닐 것 같았으니까."

단탈리안이 별 시답잖은 소리를 한다는 듯이 반박했다.

"뭐, 상관없지 않습니까? 플레이어 윤태양도 인간족의 전력이 될 겁니다. 당신도 결국 인간 쪽에……."

쿠웅.

용왕의 기백이 사위를 짓눌렀다.

동시에 발락의 동공이 파충류의 그것처럼 세로로 쭈욱 찢어졌다.

"그게 마음에 안 드는 거다."

"……또 해 보자는 겁니까?"

단탈리안이 고개를 삐딱하게 꺾었다.

콰드드드드득.

발락과 단탈리안의 기세가 충돌하자 공간이 깨질 듯이 떨리기 시작했다.

"나는 내기와 싸움, 전쟁. 모든 종류의 경쟁을 즐겨. 하지만 혐오하는 것이 하나 있지. 뭔 줄 알아?"

순식간에 살얼음판이 된 분위기.

벨리알이 일어나서 중재하려 했지만, 발락의 말이 먼저였다.

"부정한 행동이다. 계략이 아닌 치졸한 배신과 협박과 같은 것 말이야."

단탈리안이 코웃음을 쳤다.

"그거 참 이상한 말씀이시군요. '지구' 출신 플레이어들에게 간 특전은 모든 마왕의 동의하에 이루어진 일입니다."

"말 돌리지 마. 방금 네놈이 한 짓거리가 바로 그 치졸한 협잡질이 아니더냐."

'내기'로 가장한 플레이어 몰아주기.

키메리에스와 발락이 거절했지만, 단탈리안이 몰아주기를 시도했다는 사실은 변함없었다.

단탈리안은 아무 말도 하지 않았다.

그 부분에 대해서는 표면적으로 발락이 옳긴 했다.

사실 할 말은 많았다.

엘프, 오크 측의 마왕들 역시 이런 암묵적 몰아주기를 비일비재하게 했다.

'인간 측에는 왜 이렇게 고리타분한 마왕만 모인 건지.'

단탈리안이 속으로 한숨을 내쉬었다.

"저 윤태양이라는 녀석이 저런 특전 없이도 지금의 저 모습이었을 것 같나?"

"가능성이 보이는 플레이어에게 몰아주는 건 당연한 일입니다."

"천문(天門)의 허공, 아그리파의 카인. 그리고 유리 막시모프. 특전 없이도 저 정도의 모습을 보여 준 플레이어는 많아. 단탈리안."

끼이익.

발락이 자리에서 일어났다.

"흥이 끊겼다. 먼저 돌아가겠어."

발락은 다른 이들이 별다른 말을 덧붙이기도 전에 먼저 움직였다.

콰앙!

문은 용왕의 불같은 성정을 대변하듯 거칠게 닫혔다.

키메리에스가 벨리알에게 사과했다.

"벨리알. 무례를 용서해 주십시오. 원체 성격이 거친 분이시지 않습니까."

"키메리에스. 당신이 사과할 일은 아니죠. 마룡(魔龍)족 특유의 포악한 성정을 제가 모르는 것도 아니고요."

"아뇨. 올 생각이 없던 발락 씨를 부른 건 저였습니다. 마땅히 사과드려야 할 일이 맞습니다. 큼. 저는 발락 씨를 따라가 보겠습니다."

"그러시겠다면야."

벨리알이 고개를 끄덕였다.

키메리에스가 발락을 따라 나가고, 단탈리안이 벨리알에게 사과했다.

"죄송합니다. 제가 섣불리 입을 놀려서 분위기를 엉망으로 만들었군요."

"아뇨. 굳이 따지자면 저에게도 잘못은 있으니까요."

단탈리안의 내기 제안에 아닌 척 동의했던 건 벨리알도 마찬가지였다.

간단한 사과 이후에 둘은 아무렇지도 않게 보던 영상에 눈을 돌렸다.

실제로 별일도 아니었다.

마족은 싸움을 당연시하고, 동시에 결투를 신성시하는 존재들이었다.

태어나면서부터 쟁취하고, 경쟁자를 밟으며, 참는 것은 약자나 겪는 굴욕이라고 배웠다.

기본적으로 야성이 굉장히 짙은 존재인 것이다.

마족의 정점에 선 마왕 역시 마족이었다.

즉, 이 정도의 언쟁은 간단히 넘길 만한 흔한 일이었다.

발락의 평소 행실을 생각하면 전투로 이어지지 않은 것이 오히려 의외였다.

벨리알과 단탈리안은 태양의 관찰을 계속했다.

태양은 아슬아슬하게 군단장을 피하며 시간을 끄는가 싶더니, 이내 란의 도움을 받아 군단장의 부관을 죽였다.

거기에 분노한 타천사 군단장과 잠깐이지만 맞수를 이루기까지.

이후의 장면은 더욱 놀라웠다.

"이 장면을 봤어야 했는데 말이죠."

단탈리안이 중얼거렸다.

"……볼 겁니다. 어차피 녹화본은 모든 마왕이 볼 수 있게 되어 있으니까."

"아뇨. 이 장면을 보는 발락의 얼굴 말입니다."

내기가 성립되었었다면 재미있었을 텐데.

군단장의 움직임에 적응하기 시작한 태양이 오히려 군단장을
몰아붙이기 시작했다.

"허공, 카인. 확실히 대단하죠. 실제로 인간족 플레이어들을
이끌고 있기도 하고. 하지만 제가 보기엔, 이 플레이어의 가능
성이 더 위입니다."

"……확실히. 단탈리안. 당신이 윤태양 플레이어의 어떤 점
을 가능성으로 봤는지 알 것 같아요."

벨리알이 감탄했다.

저 타천사 군단장과 맞수를 이뤘다.

하지만 진짜 중요한 건 그게 아니었다.

가진 힘을 온전히 사용하고 있다는 것.

그게 요점이었다.

플레이어, 특히 인간은 기본적으로 나약하기 그지없었다.

특히 '지구' 출신의 플레이어들은 더욱 그랬다.

당연히 강한 힘을 다루는 것도 익숙하지 않았다.

차원 미궁을 오르면서 주어지는 급격한 힘에 적응하는 것 역
시 마찬가지다.

고작 한 층 올라갈 때마다 신체 출력이 바뀌는 것이다.

보통 10의 힘을 가진 플레이어는 보통 7~8 정도의 힘을 제어

했다.

목숨이 경각에 달한다면 10에 가까운 힘을 제어해 내기도 하지만 그건 극히 드문 경우.

10의 힘을 가졌던 플레이어가 어느 날 갑자기 20의 힘을 가지면 어떻게 될까?

마왕들이 관찰한 결과, 대부분 플레이어는 12, 13 정도의 힘을 내는 데 그친다. 문제는 20의 힘에 적응하기도 전에 플레이어들의 전력은 더 늘어났다.

그렇게 힘이 30, 40이 되면? 50이 되면?

업적이 쌓이고, 카드 슬롯이 채워질수록 새는 힘도 많아졌다.

다루는 힘의 규모가 달라질수록 다루는 요령도 달라져야 했다.

태양은 이 부분에서 완벽했다. 정확히 서술하자면, 자기 제어라는 측면에서 말도 안 되는 수준이었다.

업적 3개를 얻었다면, 늘어난 한계치만큼 자신의 능력을 확장한다.

5개를 얻었다면, 또 그만큼 맞춰서 움직인다.

급속도로 늘어나는 업적, 위대한 기계장치, 빨리 감기를 통한 버프.

거기에 더해 스톰브링어로 인한 폭풍의 정령 군주 강신까지.

지금 태양은 이것들을 마치 처음부터 가지고 있었던 능력인 것처럼 사용하고 있었다.

다른 플레이어들보다 성장하는 속도가 압도적으로 가파른데도 불구하고.

"포식 계열 마수들도 이 정도 적응력은 보여 주지 못했어요. 어떻게 이럴 수가 있죠?"

"익숙한 겁니다. 자신의 한계에 도전하는 것이."

킹 오브 피스트는 단탈리안과는 다른 종류의 게임이었다.

단탈리안에서 높은 층으로 가려면 여러 조건 중 하나를 만족하면 된다.

압도적인 무력을 지녔거나, 스테이지와 미션의 구조를 이해하는 데 특출 나거나, 친화력이 좋거나. 강한 동시에 배려 깊은 동료 플레이어를 만났거나.

혹은 하다못해 운만 좋아도 어떻게든 올라올 수 있는 구조다.

이렇게 간단히 정리하기엔 죽어 나가는 플레이어들이 많았지만, 결론은 그랬다.

하지만 킹 오브 피스트는 달랐다.

격투 게임의 특징.

서로를 제외하면 변수가 없다.

도망칠 구석도, 운이 작용할 구석도 없었다.

그렇게 8년이다.

마나라는 기운이 없었을 뿐, 지구에도 괴물은 있었다.

모든 움직임에 반응이 가능한, 이론상 인간의 한계에 도달했다고 평가받는 인간. 아이작 아킨페프.

일대일 전투 상황에 한정하지만, 다음 행동을 통산 98%의 정확도로 예측하는 줄리아 터너.

그리고 그들 위에 선 게 바로 태양이었다.

개발진이 인간의 한계라고 결론지어 둔 기술들을 완벽히 화했다.

심지어 시스템이 지원하지 않는 동작, 패링을 개발했다.

이외에도 태양은 끊임없이 한계에 도전했고, 극복해 냈다.

보통 사람이라면 불가능한 이야기.

하지만 태양은 해냈다.

단탈리안이 히죽 웃었다.

차원 미궁은 고독이다.

무자비하지만, 살아만 남으면 존재의 한계를 끊임없이 확장해 주는 곳.

"이보다 더 차원 미궁의 취지에 어울리는 존재가 어디에 있겠습니까."

콰아앙!

화면 속의 태양이 타천사 군단장의 골통을 쳐부쉈다.

Endless Express

태양은 놀라운 페이스로 탑을 클리어했다.

[3-1 세인트 아포칼립스: 살아남아라. – Pass]
[획득 업적: 빈집털이, 대도, 살아 있는 보물 상자, 구조물 전문가, 잔당 규합, 파랑새의 밤, 히트맨, 영웅, 세인트 아포칼립스 클리어]

7층에서는 9개의 업적과 함께 걸치고 있던 장비를 대대적으로 교체했다.

타천사들에게 쫓기느라 갈아입어야 하는 상황도 많았고, 장교급 타천사와의 전투 중에 훼손된 장비도 많았기 때문이다.

차고 있던 방어구를 대대적으로 교체한 것이기에 커다란 전력 증강은 없었다.

5층, 6층, 7층.

얻을 수 있는 장비에 커다란 품질 차이는 없었기 때문이다.

장비의 외형도 딱히 차이가 나지 않아서 7층을 클리어할 시점의 태양은 다시 레더 아머 차림이긴 했다.

7층에서 이득은 많이 본 건 오히려 란이었다.

란은 현혜가 해 주는 가이드에 따른 장비 풀세팅의 맛을 보고 해롱해롱한 상태가 되어 버렸다.

그리고 7층에서 확신한 것.

태양과 현혜의 선택은 틀리지 않았다.

란의 전투 조력은 확실히 유의미한 것이었다.

란의 풍술(風術)은 효율적으로 적의 움직임을 방해할 수 있었고, 태양이었다면 도달하지 못했을 장소에 도달할 수 있게 도와주었으며, 원거리 공격에 대해 대처도 할 수 있었다.

마법적인 공격은 아크샤론의 허물로, 물리적인 원거리 공격은 감각 아니면 몸으로 때워 왔던 태양에게는 란의 이런 조력이 천금과 같았다.

또 바람의 흐름을 읽어 내는 것으로 간헐적인 미래 예지나, 주변 생명체, 지형 탐색 역시 굉장히 요긴했다.

-진짜 달님은 뭐 있다.

-인맥 원툴 달님. 부족한 게 없어 보이던 윤태양한테 결국 이런 플레이어를 붙여 주네.

-이게 왜 달님이 한 거임. ㅋㅋ 그냥 게임 도중에 일어난 해 프닝이지.

-Wls.

-원래 달님이 파티원 복이 많음.

지켜보던 시청자들도 인정할 정도라니.

말 다 했다.

[6번 슬롯이 해금되었습니다]

6번째 카드 슬롯도 해금했다.

[3-2 트레이드 포커: 플레이어들과 카드를 교환해 좋은 등급의 패를 만들어라. - Pass]

[획득 업적: 달변가, 위장 평화주의자, 풀 하우스(Full House), 빈털터리, 거상의 재질, 트레이드 포커 클리어]

[금화: +9, 현 보유: 156]

8층에서 태양은 업적을 5개밖에 얻지 못했다.

8층의 스테이지, '악마와의 거래'는 차원 미궁에서 굉장히 드물게 발견되는 전투가 거의 없는 스테이지였다.

플레이어들은 트럼프 카드 5장을 무작위로 받은 채 스테이지를 시작했다.

다른 플레이어와 카드를 교환해서 100명의 플레이어 중 상위 50% 안에 드는 패를 만드는 게 스테이지의 목표였다.

폭력을 아예 사용할 수 없는 스테이지는 아니었지만, 다른 플레이어에게 포착될 경우 카드 한 장을 잃는 치명적인 페널티를 감수해야 했다.

태양은 8층에서 거의 허수아비였다.

아니, 허수아비보다는 앵무새.

현혜가 하는 말을 따라서 했고, 하라는 행동 역시 그대로 했다. 심지어 시간이 지나선 그도 모르게 현혜에게 밥 먹는 것까지 허락을 맡을 정도였다.

태양은 전투에 관해서라면 심리전도, 행동도 자신이 있었지만 이렇게 온전히 머리만 쓰는 장르에는 자신이 없었다.

아, 심지어 현혜는 태양에게 식사를 허락하지 않았다.

당시 타깃 중 한 명이 다른 플레이어와 거래를 할 낌새를 보이고 있었기 때문이다.

뇌지컬만큼은 랭커급이라고 인정받던 현혜는 그 명성에 걸맞은 성과를 냈다. 제한 시간이 종반에 치달을 때까지 주변을 돌아다니며 정보만 수집하다가 단 세 번의 교환으로 무려 '포커'를 만들어 낸 것이다.

"너도 단탈리안 짬바가 있긴 하구나."

―나 참. 어이가 없어서.

―ㅋㅋㅋㅋㅋㅋㅋㅋㅋㅋㅋㅋㅋㅋ.

-달님 내다 버린 시간이 얼만데. ㅋㅋㅋㅋㅋㅋㅋㅋㅋ.

-내다 버린 건 아니죠? 영상으로 수익 냈죠?

-내다 버린 건 우리죠? 그동안 허송세월 보냈죠?

-팩트 ㄴ

-아닌데? 난 그동안 취직했는데?

-ㅎㅎ 달님 방송을 보면서 취직을 했다고?

-구라 ㄴ

-난 여자 친구 만들었음.

-망상 ㄴ.

한 장의 여유분이 생긴 태양은 한 플레이어를 무력으로 제압하고 카드를 빼앗아 란에게 주는 여유까지 보일 수 있었다.

물론 란을 도와주는 의미보단 업적을 하나라도 더 달성하기 위함이었지만, 아무튼 란은 이후로 태양을 좀 더 믿게 된 것 같았다.

"업적이 고작 5개라. 실망스러운데."

-야, 이 정도도 잘한 거야! 어딜 나 없으면 그대로 죽었을 녀석이!

9층 스테이지 '예행연습'.

벨리알의 마지막 층은 천계 배경의 지휘관급 NPC를 암살 후 탈출하는 미션의 스테이지였다.

9층에서도 태양은 대대적으로 장비를 교체했다.

잦고 격한 전투에 일반적인 장비가 남아나질 않았기 때문이다.

고위 천족의 신성한 광선은 강력했다.

대(代) 마법 방어구랍시고 얻어 놓은 아크샤론의 허물도 직격 당하면 버티지 못할 만큼 강력했다.

스치기만 해도 갑옷이 타거나 녹아내리는 전장이었다.

실제로 아크샤론의 허물도 조금이지만 태워 먹기도 했을 정도였다.

―근데 천족 NPC 잡는 게 예행연습?

―더 올라가면 나옴?

―근데 한 50층까지 가도 천족 언급은 없었는데.

―ㅇㅇ 이후에도 안 나옴.

―안 나올 것 같은데. 36층부터 콘셉트가 너무 바뀌잖음.

―멕거핀인가?

9층, '예행연습' 스테이지에서는 7개의 업적을 획득했다.

['트레이드 포커' 스테이지에서 보여 준 모습이 윤태양 플레이어의 다재다능함을 증명했습니다. 그는 단순히 전투만 잘하거나, 임무 수행 능력만 좋은 것이 아닙니다. 이 전까지와 다르게 사회성과 번뜩이는 기지를 발견한 것이 기껍습니다.]

[획득 업적: 벨리알 공인 S등급.]

[추가 보상: 100골드.]

신권
원코인
클리어

벨리알에게도 공인 S등급을 받았다.

이로써 태양은 업적 총 53개. 층 평균 6개에 해당하는 업적 페이스와 함께 소지 골드가 총 250이 넘어가게 되었다.

−참 놀랍네. 9층에서 이미 200골드를 넘게 모으다니. 심지어 100골드를 썼는데도 말이야.

"원래 계획대로라도 300골드 정도 모아서 갈 수 있는 거 아니었어?"

−희망 수준이었지. 솔직히 15층까지 100골드만 모아 가도 감지덕지라고 생각했는데.

태양이 헹하고 장난스럽게 웃었다.

"내가 생각보다 너무 잘하지?"

−이대로라면 15층 쉼터에 입장하자마자 아크샤론의 허물을 가공할 수 있겠어. 돈이 생각보다 너무 남네.

−곧 죽어도 칭찬은 안 하지.

−가끔 보면 애들이 진짜 찐 친인가 싶다.

−하... 아싸는 웁니다.

−뭐? 평균 시청자 1만이 넘는 예쁘고 말 잘하는 여자 소꿉친구라고?

−라는 내용의 애니는 없습니다, 여러분.

−적당히 판타지여야 웃고 넘어가 주지. 이건 뭐 개연성이 있는 거야 없는 거야!

−기만자 녀석들...

―근데 달님 진짜 캠 안 켜냐?

―저 고연수는 스트리머 달님의 캠 방송을 기다립니다.

태양의 성장세는 검은 피부의 군인 마왕, 키메리에스가 담당하는 층에서도 이어졌다.

10층, 스테이지 '10인 결투'에서는 무려 10개의 업적을 얻어내며 스테이지를 마쳤고, 11층의 '고양이 목에 방울 달기' 스테이지에서는 6개의 업적과 함께 레어 등급의 카드를 얻었다.

[혈귀(血鬼)의 사념(R): 민첩 +1, 무투가 +1, 흡혈 +1]

혈귀의 사념은 이름에서 유추하기는 어렵지만 '정신 방벽'의 기능을 가진 스킬 카드였다.

정신 방벽은 마인드 컨트롤이나 환각, 환술 등의 정신계 마법, 주술을 막는 데 도움이 됐다.

혹은 최면도.

부작용으로는 가끔 피를 마시라는 등의 헛소리가 들려오고는 했다.

―와, 씨. 깜짝이야.

―진심 혼자 들으면 완전 소름 돋을 듯;

―아, 오늘은 엄마랑 같이 자야겠다.

―ㅋㅋㅋㅋ 이게 무섭다고?

―듣다 보니 목소리가 좋은 것 같기도 하고.

-쉿소리 너무 심한데.

-센 척 오지네. 혼자 듣는다고 생각해 보셈;;

-응, 안 무서워~.

이런 종류의 부작용은 의외로 일반적인 유저에게 아주 크게 작용했다.

특히 게임에 '갇혀' 있는 작금의 유저들에게는 더욱 그랬다.

실제로 단탈리안에 접속해 있는 많은 유저가 정신적 질환에 시달리거나 그에 해당하는 증상을 호소하고 있다는 사실이 알려져 바깥 사회에서 큰 파문이 일기도 했다.

다행히 태양에게는 헛소리를 헛소리라고 교차 검증해 줄 수 있는 현혜와 수많은 시청자가 있었다.

층을 올라갈수록, 봤던 플레이어를 다시 만나는 경우가 많아졌다.

일반적으로 한 스테이지를 치를 때마다 절반 이상의 플레이어가 죽어 나가는 걸 생각하면 당연한 일이었다.

덕분에 태양과 란은 꽤 유명해졌다.

란의 외모와 능력, 그리고 태양의 압도적인 무력.

모르는 플레이어들이 태양이나 란을 먼저 알아보고 호의적으로 대하거나 굽실거리는 등, 대놓고 친해지려 하는 경우도 생겼다.

물론 태양은 능력 없는 플레이어들은 칼같이 무시했다.

또, 이런 변화는 게임 밖에서도 일어났다.

태양이 무려 4개의 층을 파죽지세로 치고 올라가는 동안, 방송 시청자는 점점 늘어났다.

9층과 10층 사이의 쉼터에서는 유저들이 태양을 찾으려고 난동을 부리기까지 했다.

이제 태양의 방송은 시청자 10만 단위의 방송이 되었다.

한국뿐만 아니라 전 세계 각지에서 크게 화제가 될 정도의 방송이 된 것이다.

일부 시청자들은 태양이 이제 한류 열풍의 주역이라며 킥킥대다가 현혜가 고용한 매니저들에게 강제 퇴장 조치를 당했다.

태양의 동생인 별림이 단탈리안에 갇혀 있을 가능성이 크다는 기사가 한국 공영방송 9시 뉴스에 방송되기도 했다.

심지어는 어떻게 알았는지 태양의 집 앞에 기자들이 깔리기까지 했다.

현혜는 집순이 생활이 숨 쉬는 것처럼 익숙하고 배달 음식으로 끼니를 챙기는 프로 스트리머였기에 기자들에게 시달리는 일은 없었다.

사실 그것보다 더 곤란한 건 단탈리안에 갇힌 피해자의 가족, 친지였다.

친구가 6층에 있었다고 했는데 혹시 본 적 있냐는 물음부터 우리 아들이 12층 쉼터에 갇혀 있는 것 같은데 연락 한 번 해 줄 수 있겠느냐는 부탁까지.

현혜는 일련의 이야기를 조심스럽게 전했다.

본래라면 태양의 멘탈을 흔들까 염려해 전하지 않았겠지만, 채팅이 있는 이상 감출 수도 없었기 때문이다.

태양이 현혜의 말을 듣고도 별다른 행동을 취하지 않았다.

태양은 생판 남인 사람들의 부탁을 제 일보다 먼저 생각해 줄 만큼 도덕적인 사람은 아니었다.

알고 싶다면 당신이 목숨 걸고 게임에 접속하든가.

왜 나한테 명령질이야?

태양의 냉정한 태도에 일각에서는 이것으로 그를 문제 삼기도 했지만, 그것뿐.

접속을 억지로 끊지 않는 이상, 태양의 행동을 강제할 수는 없었다.

"그것보다는, 이번 스테이지가 더 문제네. 하. 그동안 좋았는데."

후욱.

태양의 입에서 새하얀 입김이 뿜어 나왔다.

덜컹, 덜컹.

태양과 란은 기차에 타고 있었다.

다른 플레이어도 마찬가지였다.

"바람이 차갑다. 보통 차가운 게 아니야. 어디 극지방이라도 되나 본데?"

"더 껴입고 왔어야 했는데."

"그러게. 이럴 줄 알았다면 말이야."

알았다면 옷도 더 껴입고, 온갖 준비를 해 왔을 텐데.

아쉽지만 감수해야 할 일이다.

12층, 66 계위 마왕 키메리에스가 담당하는 마지막 스테이지.

─그동안 너무 쉽게 왔다 했어.

현혜는 들어오자마자 이 스테이지가 무엇인지 알아챘다.

시청자도, 그리고 태양도 마찬가지였다.

종합 선물 세트로 유명한 스테이지였다.

플레이어들과 협력을 해야 하는데, 틈만 나면 배신자가 나오고, 층 수준에 걸맞지 않은 괴수들이 즐비한.

무려 '랭커 생환율'이 10%를 밑도는 극악한 스테이지.

[4-3 Endless Express: 기관실에 도달하라.]

"휴, 고생 좀 하겠는데."

12층 중 클리어율 최악의 스테이지. Endless Express.

열차 바깥은 빙하기라도 온 듯한 극지방인 데다가 괴수의 천국이다.

플레이어는 거대한 열차 안에서 살아남고, 적응해서 기관실로 가야 했다.

이번 스테이지의 특이한 점은 스테이지에 플레이어가 아닌, 살아 움직이는 지성 생명체가 있다는 것이다.

말하자면, Endless Express라는 차원에 사는 원주민.

NPC는 NPC인데, 플레이어가 아닌 NPC라고 할 수 있겠다.

열차는 거대했다.

인간 수천 명을 수용할 수 있을 정도로 거대했다.

원주민들은 기차 속에서 사회활동을 하고, 괴수로부터 기차를 지켰다. 그리고 세상 곳곳을 돌며 자원을 수급했다.

"그러니까 여긴 커다란 하나의 사회란 말이지."

기차에 떨어진 플레이어들의 목표는 간단했다.

'기관실에 도달하라.'

기관실. 이 커다란 기차의 가장 선두다.

기차를 운전하는 '기관사'가 머무는 곳.

기차가 사회의 유지 근간임을 생각하면 엄청난 권력이 있어야 도달할 수 있는 곳이다.

결론부터 말하자면, 기관실에 도달하는 것은 끔찍하게 어려웠다.

기차 내부는 단단하고 절대적인 계급제로 운영되었다.

가장 높은 계급은 두 부류였다.

기관사를 비롯해 기차의 기계적 운영을 담당하는 엔지니어.

괴수를 상대로 열차를 지켜 내는 가디언.

다음 계급은 부유층이다.

말 그대로 가진 것이 많은 사람들.

엔지니어나 가디언처럼 기차 운영에 필수적인 기능을 가지진 못했지만, 대신 이들에겐 정치적 입지와 관계가 있었다.

기차 운영 초기에 많은 양의 식량을 들여왔다든가, 인간들 사이의 분쟁을 현명하게 해결했다든가.

가장 많은 부류는 엔지니어나 가디언의 가족, 친지들이다.

여기까지가 중세 계급으로 치면 왕족과 귀족.

이들은 기차에 사는 인구의 30% 정도 되는 이들이었지만, 90% 이상의 공간을 자유롭게 다닐 수 있었다.

나머지는 두 부류로 나뉘었다.

인구의 70%를 차지하는 이들.

노동자, 그리고 쥐새끼.

노동자는 말 그대로, 기차 운영을 위해. 그리고 상위 계급 인원들의 쾌적한 생활을 위해 노동력을 착취당하며 살아가는 이들이었다.

가디언이 괴수를 사냥할 때 이들은 고기 방패가 되고, 엔지니어들의 작업할 때 허드렛일 혹은 고강도의 노동력을 요하는 일에 투입되었다.

마지막으로 쥐새끼.

멸망한 세상의 마지막 구원인 기차에 '허락 없이' 들어온 이들.

노동자가 평민이라면 쥐새끼는 천민이었다.

모든 원주민은 쥐새끼를 보면 박멸하려 했다.

노동자들만으로도 기차에 필요한 노동력은 충분했다.

기차의 크기는 한정되어 있었고, 쓸데없이 많은 인구는 자원

신린의
원코인
클리어

의 소모 속도를 높이고 괴수의 습격을 부를 뿐이었다.

"당연한 이야기지만, 우리는 지금 '쥐새끼'인 거네?"

─그렇지.

배경을 모르는 란이 되물었다.

"쥐새끼?"

태양은 대답하지 않고 자리에서 일어났다.

"일단 현재 위치가 어디인지 파악부터 해야겠어."

무시당했지만, 란은 별다른 반응을 하지 않았다.

같이 여러 스테이지를 경험하면서 태양이 그녀로서는 인식할 수 없는 '귀신'과 소통한다는 사실을 알았기 때문이다.

놀랍게도 '귀신'은 차원 미궁에 아주 빠삭한 존재인지라, 저렇게 소통할 때는 방해하지 않는 것이 상책이었다.

플레이어마다 스테이지 시작 위치가 달랐다.

인구의 65~70%를 차지하는 노동자들의 거주지, '꼬리 칸'이 가장 흔한 위치였고, '엔진룸', '화물칸', '객실' 등의 위치에 떨어질 수도 있었다.

'기관실'은 기차 선두에 있는 곳이므로, '꼬리 칸'에 떨어진 플레이어는 '객실'에 떨어진 플레이어보다 더 많은 거리를 나아가야 하는 셈이다.

하지만 기관실 가까이에 떨어졌다고 꼭 좋은 것은 아니었다.

기득권에 속한 원주민들은 그들을 제외한 모두를 배척했다.

또한, 모든 구역은 형식적으로든 엄중하게든 이동 시 신원을 조회했다.

괜히 가디언의 거주 구역인 '군사 섹터'에 떨어지기라도 한다면 뭘 해 보기도 전에 죽어 나가는 경우도 있었다.

후우욱.

숨만 쉬어도 새하얀 김이 피어났다.

―주변 온도를 보니까 꼬리 칸이든가, 꼬리 칸 주변이야.

"그건 다행이네."

노동자 역시 '쥐새끼'를 발견하면 박멸하려 들고 텃세를 부렸지만, 부유층을 비롯한 고위 계급의 인간들보다는 나았다.

그들 역시 하루 벌어 하루 먹고 살기가 고달프기 때문이었다. 게다가 워낙 많은 인구가 분포해 있어서 그들 역시 서로를 완벽하게 알지 못하기 때문에 플레이어를 발견하고도 '쥐새끼'임을 알지 못하는 경우가 많았다.

―크, 엔드리스 익스프레스. 이번 스테이지는 볼륨 장난 아니겠네.

―일주일 넘게 갈 수도?

―와. 일주일이 넘는다고? 다른 유저들은 이거 어케 깼음?

―로그아웃할 때 나름 안전 지역 찾아서 갔다 오는 거지. 로그아웃하면 인 게임 캐릭터는 계속 자니까.

―근데 눈 떠 보니까 허허벌판이고 이런 경우 ㅈㄴ 많음. ㅋㅋ.

―다음 접속할 때 다시 1층이고 막 ㅋㅋㅋㅋ.

-애초에 12층쯤 왔으면 거의 단탈리안이 인생인 애들 아님?

-ㅋㅋㅋㅋㅋㅋㅋ 맞음. 볼륨? ㅈ까고 로그아웃 안 하고 풀타임으로 플레이함.

-단탈리안이 캡슐에 필수 영양소 공급 장치 붙여 준 이유가 이거 때문임. ㅋㅋ.

'Endless Express' 스테이지에 떨어지는 플레이어는 대략 이백 명 정도로 추정됐다.

사실 이를 구분하기는 굉장히 어려웠다.

'플레이어' NPC와 '원주민' NPC를 구분할 방법이 마땅찮았기 때문이다.

확실한 건 수천 명의 사람이 살아가고 있는 '기차'에 적지 않은 인구가 갑작스럽게 더해진다는 것.

스테이지 초반부마다 '쥐새끼 박멸' 운동은 거의 필수적으로 일어났고, 여기서 성공적으로 살아남는 게 플레이어들의 1차적인 목표였다.

-가장 대중적인 건 '가디언 루트'이긴 한데.

가디언 루트.

괴수 방어전이나 괴수 토벌을 할 때 참여해서 무력을 뽐내는 것이다.

목숨을 걸고 괴수와 싸우는 가디언은 존경을 받고 누리는 것도 많았으며, 그만큼 죽어 나가기도 많이 죽어 나갔다.

그렇기에 그들은 종종 잘 싸우는 노동자를 그들 사이에 편입시켰다.

괴수 방어전, 토벌전은 노동자가 신분 상승을 노려볼 수 있는 가장 넓은 기회의 장이었다.

가장 넓다고 하지만 사망자 수백이 넘어갈 때 한 명 픽업할까 말까 하는 수준이지만.

"상황 보자고. 일단 가장 급한 건 '쥐새끼' 딱지부터 떼는 거니까."

'쥐새끼' 딱지를 떼는 법은 간단했다.

단 한 명이라도 좋으니까, 나를 아는 사람을 만드는 거다.

그걸 기반으로 인간관계 네트워크를 만들고, 거기에 녹아 들어가면 노동자들의 행동 범위로 편입해 들어갈 수 있었다.

태양과 란은 운이 꽤 좋은 편이었다.

그들이 떨어진 곳에 인적이 드물었기 때문이다.

덕분에 그들은 주변과 사태를 파악할 시간을 가질 수 있었다.

태양과 란이 떨어진 곳은 꼬리 칸의 '식량 보관 칸'이었다.

더 정확히는 식량이 다 떨어진 식량 보관 칸.

주변에는 몇몇 사람이 드나드는 기척이 있었지만, 그들이 있는 곳에는 들어오지 않았던 것으로 보아 아마 식량이 떨어진 지 꽤 된 모양이었다.

그때 란이 눈을 번뜩였다.

"누가 온다. 이쪽 방향."

그녀의 말에 태양이 숨을 죽였다.

신권의
원 코인
클리어

곧 남성으로 보이는 두 사람이 두런두런 이야기를 나누며 걸어왔다.

"하아. 빌어먹을. 8칸 왼쪽 벽은 대체 언제 고치는 거야? 잘 때마다 바람이 새어 들어와서 뼈가 시려 죽겠어."

"고쳐 주기를 기대해? 병신. 위에 놈들을 아직도 몰라? 네가 직접 판자 들고 못 박아."

—플레이어는 아니네. 말투가 거친 거로 봐서는 노동자 계급의 원주민일 듯?

태양도 동의하는 바였다.

"말 X같이 할래? 그럴 여력 있었으면 진작 고쳤어. 대가리 닿으면 바로 눈이 감길 정도로 일만 하고 있는데."

"그건 그렇지. 빌어먹을. 기차 고치는 것도 아니고 '객실'에 테마파크를 만든다니. 의욕도 안 나."

태양과 란이 동시에 눈을 번뜩였다.

객실, 테마파크.

기차 내부의 상황에 무지한 그들에게는 요긴한 정보였다.

뚜벅 뚜벅.

거리가 가까워지는지 목소리가 점점 선명해졌다.

"그나저나, 또 그 시즌인가 본데?"

"뭐? 무슨 시즌."

"그거 있잖아. '쥐새끼'들. 강철 연마소에 한 20마리 가까이 나타났다던 모양이던데."

"아, 벌써 그럴 때인가. 하. 한동안 고기 못 먹겠네."

"난 그거보다 냄새 안 빠지는 게 걱정이야. 씨발. 왜 '쥐새끼' 시체는 못 치우게 하는 거야?"

Endless Express를 하나의 차원으로 구분했던 또 한 가지 이유.

이곳은 차원 미궁의 스테이지인 동시에 하나의 '세계'로 기능했다.

뚜벅 뚜벅.

란이 부채를 집어 들고, 태양이 근육을 수축시키기 시작했다.

태양이 란에게 가볍게 눈짓했다.

들어오면 바로 죽인다.

소리 없이.

란이 고개를 끄덕였다.

여러 번 함께 사선을 넘으며 이제는 눈빛만으로도 간단한 의사소통은 될 정도가 됐다.

치익.

문 앞에서 부싯돌 마찰하는 소리가 났다.

"후우."

"야. 살살 피워. 냄새 퍼지면 거지 같은 새끼들이 한 모금 달라고 몰려온단 말이야."

"오기 전에 다 태우면 되지 뭘."

문 반대편에서 뿌연 연기가 넘어왔다.

란이 고운 아미를 찌푸렸다.

신의
원코인
클리어

냄새가 상당히 독했다.

"후우. 하. '쥐새끼'들. 초장부터 참룡검(斬龍劍)께서 한 번에 싹 다 치워 버리면 안 되나?"

"글쎄."

태양의 눈이 깊어졌다.

참룡검 구휼.

가디언의 대표.

기차에 군림하는 3인의 초월자 중 한 명이었다.

기차를 노리는 포식자급 괴수를 상대할 때에 모습을 드러내고는 했다.

"저번에도 그렇게 치웠잖아. 그분은 시체도 빠딱 치워 주시고. 좋은데."

"난 싫어. 목숨이 아깝거든. 알리랑 마루도 그때 운 없이 휘말려 들어간 거 못 봤어?"

"……그건 그렇지."

후우욱.

문 너머로 매캐한 담배 연기가 계속 넘어왔다.

둘은 끽연에 심취하고 있는지 한참이나 말소리가 들리지 않았다.

란이 반대편에서 입 모양으로 물었다.

'복장은. 확보. 하는 게. 낫지. 않을까?'

태양이 고개를 저었다.

'쥐새끼'가 나타났다는 소문이 벌써 돈 이상, 한동안은 아예 원주민들과 만남을 피하는 게 상책이었다.

게다가 란의 외모가 쓸데없이 너무 아름다운 것도 문제였다.

그녀의 피부는 노동자 계급의 여성이라기에 너무 곱고 희었다.

─란은 엔지니어 루트를 밟아야 할 것 같은데.

엔지니어는 기차를 유지 보수하는 기술자를 지칭하기도 했지만, 동시에 마법사를 지칭하기도 했다.

기차 자체가 거대한 마도구이기 때문에, 만지려면 마법에 대한 조예가 필수적이었기 때문이다.

─늙은 엔지니어가 말년에 거둔 노동자 출신 제자? 이 정도로 가면 되겠다.

문제는 란은 NPC이기 때문에 기차 'Endless Express'의 배경에 관한 이해가 아예 없다는 것.

그때 다시금 두런두런 말소리가 들려왔다.

"후, 그나저나. 이번에 토벌전 나가면 편입되는 녀석들 좀 생기려나?"

"전통이긴 하지. 쥐잡이 전후로 가디언에 영입되는 녀석들 꽤 많은 건."

"루크 녀석도 이번에 한몫 잡을 거라고 단단히 소리치고 다니던데."

"그 머저리 새끼가? 괴수한테 팔다리 중 하나 먹히고 질질 짜면서 돌아온다에 담배 한 다스 건다."

"나도."

"어느 쪽? 올라간다는 쪽?"

"당연히 질질 짜면서 돌아온다는 쪽이지."

"뭐야. 그럼 내기가 안 되잖아."

"젠장, 뻔한 얘기로 내 주머니 빨아먹으려고?"

"크흠."

그때 반대편에서 큰 소리가 들려왔다.

"야 이 버러지 새끼들아! 남들 개처럼 일하는데 숨어서 담배
를 태워?"

권위적인 목소리에 분노가 가득한 게, 작업반장 정도 되는
직위의 인물인 것 같았다.

"X됐다."

"갑째로 들고 온 거 아니지?"

"일단 혹시 몰라서 네 개비 들고 오긴 했는데, 우리가 두 대
는 태웠고. 두 대로 봐주려나?"

"좋다. 두 대. 믿을 만해."

빠르게 속닥거리는 소리와 함께 문이 '콰앙!' 소리를 냈다.

란이 저도 모르게 '히익!' 소리를 내고는 놀라서 입을 막았다.

"이 망할 자식들! '용 둥지'가 코앞이라고 몇 번을 말해! 유지
보수 안 하면 꼬리 칸이고 머리 칸이고 다 갈려 나간다니까? 오,
뭐야. 두 개비나 있어?"

"이게 전부입니다. 진짜예요."

"불."

"넵."

치익.

작업반장으로 보이는 놈은 일단 불부터 붙이고 봤다.

애초에 이걸 기대하고 왔나 싶었다.

"죄송합니다. 형님. 객실 테마파크 짓는다고 이 개고생을 하는 거 보니까 참. 뭐 때문에 이 고생을 하는 건지 싶어서……."

"후우. 야. 달다. 큼. 나도 이해한다. 아닌 게 아니라. 우리가 놈들 발닦개도 아니고 말이야. 씨팔. 똥 닦아 주는 것도 모자라서 이제는 턱받이도 만들어 달라니. 이게 뭐 하는 짓인지."

"저번 괴수 침공 때 뜯겨 나간 8번 방 벽도 아직 못 고치고 있습니다. 아침에 일어날 때마다 허리가 안 펴져요. 이러다 얼어 죽겠다니까요."

"후우. 그러게. 말씀이 없으시네. 그건 나도 반장님께 다시 건의 드려 볼게."

"꼭 좀 부탁드립니다, 형님."

곧 세 남자의 소리가 멀어졌다.

－뭘 해야 할지 대략 감이 잡히네.

"그러게."

대화에서 언급된 한 단어가 태양의 계획을 결정했다.

용 둥지.

기차는 지금 백룡 운타라의 영역으로 접어들고 있는 모양이었다.

태양과 란은 처음에 떨어진 곳을 벗어나지 않았다.

빈 식량 보관 칸에 떨어진 건 상상 이상으로 행운이었다.

주변의 다른 식량 보관 칸에서 식량을 수급할 수도 있었고, 다른 원주민들이 자주 드나들지도 않았다.

게다가 가끔 농땡이 치러 온 노동자들의 이야기를 통해 기차 내 정보까지 알아낼 수 있으니.

"하여간, 우리의 목표는 일단 계속 대기야."

"언제까지? 곧 식량 보급 조가 돌아온다고 했어. 만약 여기로 들어오면 우리는……."

"그때는 식량 충분히 확보하고 또 다른 곳으로 숨어 있으면 돼."

"차라리 노동자 신분으로 섞여 들어가는 게 낫지 않아?"

"너도 들었잖아. 요즘 '쥐잡이'가 한창이라고. 그 '쥐'가 누구겠어?"

란이 말을 삼켰다.

현시점의 '쥐새끼'는 당연히 플레이어다.

"보급 조가 들어올 때 타이밍 맞춰서 잠깐만 숨어 있으면 돼. 그러면 곧 '괴수 방어전'이 열릴 거야. 우리는 그때 나선다."

기차는 식량 보급 조가 돌아오고 곧 '용 둥지'에 진입했다.

애초에 식량과 물자 보급이 이 시기에 이루어지는 이유가 '용 둥지'에 진입했을 때를 대비하기 위함이었다.

"토벌전을 신청할 때, 그때가 노동자들이 가장 엉망으로 뒤섞일 때야."

"어차피 서로서로 못 알아보니까, 그때 섞이자?"

"응. 그때쯤이면 '쥐잡이' 열풍도 조금 가라앉았을 테니까. 경계심도 별로 없을 거야."

다른 '쥐새끼'들의 시체가 여기저기 널브러져 있는 현시점이 노동자들의 경계가 가장 강한 시점이었다.

평소라면 모르는 얼굴을 보고도 그러려니 넘어갔지만, 지금은 의심부터 하고 보는 수준이다.

잘못하다간 자신까지 '쥐새끼'를 덮어 준 혐의로 참살당할 수도 있기 때문이었다.

"만약에 가디언의 눈에 못 들면 어떻게 돼?"

"왜, 자신 없어?"

"물론 있지. 하지만 실패했을 때를 대비하는 건 중요해."

물론이다.

목숨이 달린 문제니까.

"만약 못 들면, 전투 중에 안면을 익혀 둔 노동자들이랑 섞여서 돌아가야겠지."

"흠."

"기억해야 할 건 A 섹터. 객실 앞 공장, 그리고 운동장이야. 노동자들의 출신에 따라서 다르게 말하면 돼. A 섹터 출신이 있으면 객실 앞 공장에서 왔다는 식으로. 참고로 우리가 있는 지역이 운동장이야."

"그걸로 돼?"

"노동자들은 생각 외로 자기 구역 공장 외엔 잘 안 다녀. 대충 같이 일하던 사람들이 다 죽어서 여기로 왔다. 이런 식으로 이야기해야겠지."

란이 고운 아미를 찌푸렸다.

"왠지 계획이 빈약한데."

태양이 어깨를 으쓱였다.

현혜와 시청자들의 도움을 받을 수 있는 태양 자신은 더 고차원적이고 반응적인 계획을 짤 수 있었지만, 란에게 해 줄 수 있는 설명은 이게 다였다.

"그때 반드시 가디언의 눈에 띄어야겠네?"

"그렇게 생각하고 가는 게 좋겠지. 플랜 B는 항상 A보다 못한 법이니까."

태양이나 란이나 전투 능력이 부족한 플레이어는 아니니 성공할 가능성은 꽤 컸다.

게다가 란은 외모까지 더해져 눈에 꽤 많이 띌 게 분명했다.

어쩌면 능력이 조금 부족하게 느껴지더라도 몇몇 남성 가디언이 그녀에게 영입을 권유할지도 몰랐다.

-실제로 여자 캐릭터는 그런 부분에서 조금 이득이긴 해. 애초에 성비가 남성이 더 많거든.

신체적으로 우월한 남성 플레이어가 더 많이 살아남는 건 어쩌면 당연한 일이었다.

　그래도 창천이나 에덴 출신 남녀의 육체적 격차는 우리가 생각하는 지구에서의 격차보다 훨씬 적었다.

　'마나'라는 극복 수단이 있기 때문이다.

　"너도 그런 적 있어?"

　-물론이지.

　"하, 아바타가 실제보다 훨씬 예쁘게 뽑혔나 보네."

　-ㅋㅋㅋㅋㅋ

　-그때 캐릭터 진짜 역대급이긴 했지.

　-왜요. 달님도 예쁘거든요. ──

　-윤태양한텐 그냥 거의 현실 여동생인 거 같음. 말하는 거 보면 ㅋㅋㅋ.

　-그니까. 첨엔 커플인 줄 알았는데. 알고 보니 남매였던 것 ㅋㅋㅋㅋㅋ

　['고연수' 님이 10,000원을 후원하셨습니다!]

　[저 고연수는 스트리머 달님의 캠 방송을 기다립니다.]

　-ㅋㅋㅋ 연수좌 오늘도 어김없누.

　-오늘은 후원까지 쏘네. ㅋㅋㅋㅋ.

　-마! 함 해 주라! 뭐 어렵나!

　-그니까! 결혼해 달라는 것도 아니고 캠 좀 켜 달라는데!

　-캠무새들아, 지겹지도 않냐? 안 켠 데잖아. 그만들 좀 해라.

―(사진).

['캠무새' 님이 10,000원을 후원하셨습니다!]

[저 캠무새는 스트리머 달님의 캠 방송을 기다립니다.]

태양과 란은 열차가 '용 둥지'에 진입할 때까지 쥐죽은 듯 조용히 지냈다.

물론 쥐죽은 듯 지냈다고 해서 아무것도 하지 않은 것은 아니었다.

우선 식량 보관 칸에서 쫓겨날 때를 대비해 식량을 훔쳤다.

수고스럽지만 여러 보관 칸을 동시에 돌아다니며 티 나지 않을 만큼씩만 떼어 비축했다.

또 업적이 될 만한 일을 찾아다니기도 했다.

예를 들면, 다른 '쥐새끼'를 처리한다거나, 숨어든 괴수를 처리한다거나.

아, 노동자들이 모두 일을 나간 틈을 타 8번 방의 박살 난 벽면도 자재를 구해서 고쳐 줬다.

고쳐 주는 김에 노동자 녀석들의 모포와 방한 용품 몇 개를 훔치는 것은 덤이었다.

"참, 별짓을 다 한다."

"업적을 준다는데. 못 할 것도 없지."

"도둑질도 업적을 줘?"

"이건 아니지. 왜. 이거 필요 없어? 내가 2개 덮지 뭐."

"그건 아니고."

란이 정색을 하며 모포를 빼앗아갔다.

"그 귀신은 뭐 하다 죽은 귀신이기에 이렇게 잘 알고 있는 거야?"

"그건⋯⋯."

태양이 설명을 하려다 말았다.

다른 이유는 아니고, 귀찮았기 때문이다.

단탈리안이 게임이라는 사실을 알면 란이 어떻게 반응할지부터 문제다. 게다가 그녀가 납득할 수 있게 모두 설명하기엔 볼륨이 너무 컸다.

그때 기차 후면부에서 굉음이 일기 시작했다.

쿠구구구구구구궁.

바닥, 벽면, 천장.

기차를 구성하고 있는 모든 부분이 통째로 흔들렸다.

태양이 균형을 잡기 위해 몸의 무게 중심을 낮췄다.

란은 아예 쪼그려 앉아 버렸다.

"뭐지?"

"보급 조가 돌아온 거야."

굉음과 흔들림은 기차 꼬리 칸 후면부의 뚜껑이 열릴 때 일어나는 현상이었다.

후욱.

주변에 서리가 끼었다.

란이 급하게 자리에서 일어났다.

신친의
원코인
클리어

"버, 벌써 여기도 냉동장치를 가동하려나 봐. 빠, 빨리 이동을……."

얼마나 추운지 말까지 더듬었다.

태양이 란을 진정시켰다.

"그렇게까지 급하게 움직일 필요는 없어. 여긴 냉동장치 안 써. 이건 그냥 문을 열어서 바깥의 냉기가 들어 온 거야."

"바깥의 냉기가 들어오다니? 여, 여기 난방이 안 되는 곳 아니었어? 으, 입 굳는다."

Endless Express의 세계는 이미 종말을 맞이했다.

정확히 표현하자면, 빙하기를 겪고 있었다.

기차 밖은 나약한 인간이 아무런 방한 대책 없이 벌판에 떨어지면 3분 이내에 저체온증으로 사망할 정도로 말도 안 되는 혹한이 몰아쳤다.

기차의 모든 구역은 12개 이상의 방법으로 방한 대책이 마련되어 있었다.

통짜 강철로 덮기, 벽 안에 벽을 만들기, 난방, 마법, 주술 등의 방법이다.

저번에 한 노동자가 투덜대었던 8번 방의 벽.

그 벽 역시 12개의 방한 대책 중 하나였다.

물론 노동자들이 지내는 꼬리 칸에나 방한 대책이 12개뿐이지, 부유층의 생활 구역으로 가면 30개 이상이 마련되어 있었다.

어떤 구역은 너무 덥다며 반팔만 입고 다닐 정도다.

아무튼, 지금 들이닥친 한기는 꼬리 칸의 뚜껑이 열리면서 12개의 방한 대책이 일순간 무력화가 되는 바람에 엄청난 추위가 들이닥친 것이었다.

쿠구구구구구구궁.

다시 한번 커다란 소란과 함께 진동이 찾아들었다.

뚜껑이 닫힌 것이다.

"슬슬 움직이자."

"응."

"훔쳐 온 방한 도구들 싹 다 챙기고. 우리가 지낼 곳은 아마 더 추울 테니까."

태양이 찾아 놓은 공간은 벽 사이의 벽이었다.

그곳은 방한 대책이 9개 정도밖에 해당하지 않아서 매우 추울 예정이었다.

끼익.

태양이 먼저 문을 열고 좌우를 살폈다.

아무도 없었다.

태양은 봇짐을 멘 채 태연한 기색으로 빠르게 움직였다.

란이 그 뒤를 따랐다.

ㅡ떨린다 떨려.

ㅡ지금 잡히면 어캄?

ㅡ아가리 털어야지.

ㅡ아니면 그냥 나가리.

면식을 터 둔 거주인도 없고, 복식은 누가 봐도 '쥐새끼'의 것.

기차에 떨어지고 가장 아슬아슬한 순간이 바로 지금이었다.

─여기서 왼쪽 코너 돌고 쭉 나가면 강철로 덧대어져 있는 벽면이 나올 거야.

"잠깐, 왼쪽에서 사람 나온다. 잠시 숨어서……."

란의 속삭임과 동시에 태양이 앞으로 달려들었다.

쿠웅.

초월 진각 ─ 승룡권(乘龍拳).

뻐억.

단단히 껴입은 중년 남성의 턱이 단번에 박살 났다.

"어쩔 수 없었어. 숨을 곳이 없잖아. 지금은 최대한 빨리하는 게 맞아."

이제 태양과 란은 뛰기 시작했다.

"코너 돌고 쭉 나가면."

빈 복도가 보였다.

그리고 복도 벽엔 강철로 덧대어져 있는 벽면이 보이지 않았다.

"현혜야, 강철이 덧대어진 벽 안 보이는데?"

─한참 더 가야 해.

태양이 쯧, 혀를 찼다.

란이 물었다.

"벽면을 뜯어내고 들어가는 거야? 다시 붙여야 해?"

"조립식이야."

이제 둘의 걸음은 거의 뛰다시피 하고 있었다.

아직 다른 원주민을 만나지는 않았지만, 멀리서 들려오는 소란스러움이 생각 이상으로 엄청난 압박이었다.

점점 더 커지는 것 같기도 했다.

"찾았다."

태양이 재빠른 손길로 벽면의 강철을 떼어 내기 시작했다.

그때 란이 걸음을 멈췄다.

"잠깐만."

"왜. 다른 사람들이 와?"

태양이 다시 다급히 강철을 붙였다.

"아니, 그건 아니고."

"깜짝이야. 뭔데."

"쉿."

란이 가느란 손가락을 입에 붙이고 눈을 감았다.

그리고 무언가 중얼거렸다.

태양은 알아들을 수 없는 풍술사(風術士)의 언어였다.

곧 란이 눈을 번쩍 떴다.

"토벌!"

"뭐?"

"지금, 바로! 토벌 지원을 받고 있어!"

노동자 거주지역 중앙 센터.

일명 운동장.

육십 명가량의 가디언들이 파리한 안색으로 앉아 있었다.

그들의 갑옷은 여기저기 파손된 채 서리가 껴 있었다.

가디언을 바라보는 노동자들이 수군거렸다.

평소 그들이 우러러보던 가디언의 모습이 아니었기 때문이다.

군것질거리를 노리고 온 어린아이들이 수군거렸다.

"무슨 일 있나?"

"축 처진 것 같은데."

"많이 힘드셨나 봐."

"항상 보이던 그 목청 좋은 대장님은 어디 가셨담? 또 만나면 사탕을 주신다고 하셨는데."

"진짜? 나도!"

분위기를 파악하지 못하는 몇몇 어린아이가 떠들어 댔다.

가디언들이 아이들을 쳐다보자 부모 노동자들이 아이를 데려갔다.

몇몇 노동자가 작은 소리로 웅얼거렸다.

"보급이 잘 안 됐나? 시발. 왜 상자가 안 보이지?"

"먼저 가져간 거 아니야?"

"처음부터 와서 보고 있었어. 먼저 가져간 사람 없었어."

"……거짓말이지? 곧 용 둥지라고. 지금 보급이 안 되면 우린 다 끝장이야."

"제발 그런 개소리는 생각만 하고 입 밖으로는 좀 내뱉지 않으면 안 돼?"

"너 그러다가 가디언들한테 진짜 크게 혼난다. 저번에도 아가리 털다가 불구 된 녀석 있어."

"그런데 저 몰골 좀 보라고. 꼭 패잔병 같잖아."

한 노동자의 말에 나머지 노동자들이 입을 딱 다물었다.

패잔병.

낯설고 어색한 단어였지만, 지금 가디언들의 모습은 꼭 그와 같았다.

끼이이익! 쿠구구궁!

노동자 계급과 부유층 계급을 나누는 문이 열렸다.

이내 반대편에서 흑색 제복을 입은 남자가 나타났다.

그의 뒤로 또 다른 가디언 부대가 각을 잡고 따라 나왔다.

아무렇게나 주저앉아 있던 가디언들이 남자를 발견하고는 후다닥 대열을 갖췄다.

냉막한 인상의 흑색 제복 남자가 그들 앞에 서서 나직한 목소리로 중얼거렸다.

"보고."

가장 앞에 서 있던 가디언 하나가 대답했다.

"3중대 보고! 총원 50……."

"잠깐."

흑색 제복 남자가 고개를 꺾었다.

"3중대장은 어디 가고 자네가 보고하지?"

보고자의 안색이 창백해졌다.

"이 새끼들이 빠져 가지고. 보자보자 하니까……. 3중대장 지금 어디 있어?"

보고자가 머뭇거렸다.

흑색 제복 남자의 새하얀 이마에 혈관이 돋았다.

"세 번 말하게 하지 마. 3중대장 지금 어디 있어?"

"……전사했습니다."

"……부중대장은?"

"전사했습니다."

흑색 제복 남자가 잠시 입을 닫았다.

노동자 거주 구역 중에서도 가장 유동 인구가 많은 '운동장'에 침묵이 감돌았다.

그가 다시 입을 열었다.

"보고."

"보고. 총원 50, 사고 21, 현재원 29. 사고 내용 사망 21. 이상입니다."

"상세히 보고."

"상세히 보고!"

보고자의 입에서 나오는 말이 길어질수록 흑색 제복 남자의 눈동자가 가라앉았다.

동시에 노동자들의 움직임이 부산스러워졌다.

"용 둥지. 빌어먹을. 토벌 기록이 근 30년간 없기에 거의 멸족한 줄 알았는데."

한두 마리 관측되는 일은 있었으나 대규모 이동이나 서식지가 관측되는 경우는 없었다.

백룡 운타라 역시 제 영역을 침범하면 형식적으로 브레스를 뿜을 뿐, 더한 액션은 없었고.

그런데 그게 아니었다.

그냥 전투를 잘 피해 갔던 거다.

아니. 피해 간 것도 아니지.

저 빌어먹을 마수 새끼들이 그동안 일부러 습격하지 않았던 게 분명했다.

세를 불리기 위해서.

"하필 내 때라니."

빌어먹을.

딱 이번 바퀴만 돌면 진급인데.

흑색 제복의 가디언이 이를 악물었다.

그리고 뒤에 도열해 있는 가디언들에게 일렀다.

"1대대 예하 전 중대 집합."

"1대대 예하 전 중대 집합!"

부관이 복명복창하며 부유층 구역으로 되돌아갔다.

다른 부관이 물었다.

"이번에 모집은 몇 명이나 하실 생각이십니까?"

"저번에 몇 명이나 했지?"

"오백 명 했습니다."

고민하던 흑색 제복의 남자가 고개를 흔들었다.

"다시 묻지. 최대로 몇 명이나 수용할 수 있지?"

"……못 해도 2천 명은 할 수 있을 것 같습니다."

"2천 명 모집. 가디언 차출 스물한 명. 전달."

부관이 머뭇거렸다.

"대대장님. 구멍 난 숫자를 전부 노동자에서 차출하시면 시민들의 반발이 거셀 겁니다."

"그 버러지들은 배에 기름이 너무 껴서 칼질할 여건이 안 돼. 모르나?"

신경질적인 대답에 부관이 즉시 고개를 숙였다.

사실 그도 동의하는 바이긴 했다.

부유층의 시민들은 가디언의 의무를 다하기엔 평화에 찌들었다.

곧 흑색 제복 남자의 명령이 노동자들에게 전달됐다.

"스물한 명! 스물한 명!"

"2천 명 지원이래!"

"X발! 지금이다! 지금이라고! 지금 아니면 저 안으로 못 들어가!"

"다 때려 쳐!"

"엄마! 내 검 어디에 뒀었지? 그때 꿍쳐 줬던 거 있잖아!"

운동장은 곧 광란의 도가니가 되었다.

"노동자 차출 2천 명 예정. 1대대 예하 전 중대 꼬리 칸 운동장으로 집결. 알아들었나?"

"노동자 차출 2천 명 예정. 1대대 예하 전 중대 꼬리 칸 운동장으로 집결. 숙지했습니다."

부관의 말에 복명복창하고 있는 이는 방금 복귀한 3중대 출신의 신입 가디언이었다.

일명 말단 가디언.

부관이 고개를 까딱였다.

"튀어 갔다 와."

"넵."

말단 가디언이 노동자 거주 구역을 지나 가디언 1대대 주둔 칸으로 향했다.

일반적인 노동자들은 평생 한 번도 넘어가 보지 못하는 곳이었지만, 거리는 가까웠다.

2중대장실 앞에 도착한 말단 가디언이 조심스럽게 문을 두드렸다.

똑똑똑.

하지만 반응은 나오지 않았다.

그때 옆에서 다른 가디언이 나타났다.

"2중대장님, 혹시 자리에 계십니까?"

"뭐야, 막내. 돌아왔어? 중대장님은 잠시 나가셨어. 곧 들어오실 거야."

2중대 소속의 선임 가디언이다.

그는 손에 커다란 고깃덩이를 들고 있었다.

"중대장님께 보고드릴 일 있는 거야?"

"그렇습니다. 대대장님께서 1대대 예하 전 중대 집합 명령 내리셨습니다."

"어우. X됐네."

선임 가디언의 얼굴이 일그러졌다.

"아마 곧 출전 준비하셔야 할 겁니다."

"그러게."

선임 가디언이 말단 가디언에게 고깃덩이를 내밀었다.

"저기 객실 있지? 거기 보면 우리가 하나 있을 거야."

"객실에 우리가 있습니까?"

말단 가디언이 어리둥절해졌다.

객실에 우리? 동물을 가둬 놓는 그 우리?

"너희 출정 나간 사이에 새로 들어온 동물인데 장난 아니야.

보면 너도 식겁할걸? 아무튼, 걔한테 그거 던져 주고 와."

"어, 상병님. 이거 긴급한 일이라······."

"쓰읍."

선임 가디언이 인상을 찌푸렸다.

말단 가디언이 말단다운 본능으로 입을 닫았다.

"저기 바로 앞이야. 얼마 안 걸려. 이해하지? 다른 애들 출전 준비하라고 좀 일러 놓고 해야 할 것 아니야."

선임 가디언은 몇 마디 말을 두서없이 내뱉고는 유유히 사라졌다.

말단 가디언이 한숨을 내쉬었다.

"그 와중에 짬을 때리네. 대단하다 진짜."

선임 가디언의 말대로 객실은 바로 앞이긴 했다.

말단 가디언은 빨리 끝내고 보고하러 갈 것을 다짐하며 급하게 걸음을 옮겼다.

객실에 들어선 말단 가디언은 놀라서 저도 모르게 입을 벌렸다.

"이게 무슨······."

뭐만 하면 청소를 했던 탓에 항상 깔끔하던 객실이 풍비박산이 나 있었다.

그리고 그 중심에 커다란 '우리'가 있었다.

"오, 호랑이 밥 주러 왔네."

"벌써 시간이 이렇게 됐나? 어쩐지 배고프더라."

"어? 저거 3중대 막내 아니야?"

"어우. 뭐야. 크롤! 너네 돌아왔냐?"

우리를 지키고 서 있던 가디언 둘이 말단 가디언, 크롤을 반갑게 맞았다.

그들 역시 크롤의 선임이었다.

다만 고깃덩이를 내준 선임만큼 기수 차이가 크지는 않았다.

크롤이 선임들에게 물었다.

"무슨 일이 있었던 겁니까? 왜 객실이?"

"야, 난리도 아니었어. 어디서 들어왔는지 이 호랑이 새끼가 객실 죄다 때려 부수고……."

"전사자도 다섯이나 나왔다니까?"

크롤의 눈이 확장됐다.

"전사자 말씀이십니까?"

"그래. 저거 봐. 저거."

크롤이 선임 가디언의 말에 따라 우리 안으로 시선을 옮겼다.

가장 처음 눈에 들어온 것은 흰색 털과 검은 줄무늬였다.

크롤은 저도 모르게 꿀꺽 침을 삼켰다.

가디언을 다섯이나 죽였다는 말 때문일까.

뒷모습뿐인데도 혼백을 짓누르는 위압감이 느껴졌다.

크롤은 곧 호랑이가 어지간한 가디언의 덩치 셋은 합쳐 놓아야 할 법한 덩치라는 것을 깨달았다.

"진짜 장난 아니야. 연대장님 없었으면 가디언 열댓은 더 죽었을걸?"

"저 새끼 하나 때문에 테마파크 만든다는 명목으로 요즘 노동자들 엄청나게 굴리고 있잖냐."

"게네도 어이없겠다. 테마파크를 만든다니. 최선두 칸에나 있다는 테마파크를."

한 선임이 호랑이에게 고깃덩이를 던졌다.

"밥시간이다. 고양아!"

철퍽.

호랑이의 넓디넓은 등판에 고깃덩이가 붙었다가 스르르 떨어졌다.

호랑이의 등이 옅게 떨렸다.

"이런 무례한 처사. 더 참지 않는다고 말했을 텐데."

낮게 깔리는 울음.

크롤이 놀라서 외쳤다.

"지금 사람 말을?"

"뒤로 나와!"

선임병이 크롤을 뒤로 밀쳤다.

크허어어어엉!

콰아아아아앙!

우리가 미친 듯이 흔들렸다.

마치 자신이 인간이라고 주장하기라도 하는 듯, 양발로 선 백호가 샛노란 눈으로 크롤을 노려봤다.

신민의
원 코인
클리어

자신에게 고기를 던진 것이 그인 줄 아는 것 같았다.

양 손발에 달린 두꺼운 쇠사슬이 거슬리는 쇳소리를 냈다.

선임 가디언이 침착하게 크롤을 뒤로 떼어 냈다.

"어차피 못 나와. 이거 연대장님께서 직접 마력을 주입한 우리거든."

"저, 저건 호랑이가 아니잖습니까!"

"호랑이지. 두 발로 걷고 앞발이……. 그래. 손을 쓸 줄 아는 호랑이."

다른 선임 가디언이 고개를 흔들었다.

"연대장님이 무슨 바람이 들었는지 저걸 안으로 가져가겠다고 하시더라고."

"휴. 덕분에 우리만 고생이지."

"기차 밖에는 진짜 별의별 것들이 다 돌아다닌다니까."

"저거 괜히 사람 닮아서 소름 돋아. 으."

한 선임이 다른 선임을 툭 치며 물었다.

"그게 '불쾌한 골짜기'라는 거야. 아냐?"

"불쾌한 골짜기? 풍만한 골짜기는 아는데."

"미친놈, 레드 섹터 A 거기?"

"어. 너도 아냐?"

이내 선임 둘이 낄낄거렸다.

크롤은 선임들을 이해할 수 없었다.

이런 괴물을 앞에 두고 낄낄거린다고?

백호. 정확히는 백호랑이가 인간인 크롤을 노려보며 그가 들고 온 고기를 생으로 씹었다.

호랑이의 입가로 새빨갛고 진득한 혈액이 흘러내렸다.

그 모습에 소름이 돋은 크롤이 뒷걸음질 쳤다.

"저, 저는 2중대장님께 보고드릴 사항이 있어서 먼저 가보겠습니다."

"잔뜩 겁먹었네."

"겁먹을 만하지. 넌 처음 봤을 때 오줌 지렸잖아."

"하, 너도 당해 봐. 그땐 족쇄도 없었다고."

크롤은 두 선임에게 인사도 하지 못한 채 중대장실 앞으로 돌아갔다.

2중대장은 자리에 있었다.

크롤은 2중대와 1중대를 모두 들려 보고한 후 서둘러 노동자 거주 구역으로 향했다.

명령 하달은 부드럽게 진행되었지만, 객실에서 시간을 약간 지체하는 바람에 마음에 부채감이 생긴 탓이었다.

그때 크롤의 등 뒤에서 진중한 목소리가 그를 붙잡았다.

"그렇게까지 급하게 가지는 않아도 된다. 병력은 출동 준비 시간이 필요하거든."

크롤이 자리에 우뚝 섰다.

이내 그의 고막을 타고 들어온 목소리가 누구의 것인지 파악한 순간, 그는 재빨리 뒤로 돌아 큰 소리로 경례 구호를 외쳤다.

신권의
원코인
클리어

"충성! 가디언 3대대 1중대 소속 이병 크롤! 연대장님을 뵙습니다!"

"쉬어."

"쉬어!"

연대장.

군단장인 참룡검 구휼을 제외하면 가디언이라는 조직의 꼭대기에 위치하는 계급.

애초에 군단장이 그의 무력과 업적을 기리기 위한 명예직이라는 걸 감안하면, 연대장이란 사실상 가장 꼭대기에 있는 거나 다름없었다.

꿀꺽.

'연대장님이 무슨 일로 이런 곳까지.'

연대장과 예하 직속 부대는 항상 기관실을 방어 범위 안에 넣어 두었다.

기차 최전방에 주둔한다는 뜻이었다.

꼬리 칸 옆에서 보급 임무를 수행하는 2대대와 3대대가 마주칠 일은 거의 없었다.

"변고가 있다더군."

크롤이 저도 모르게 고개를 숙였다.

"보고."

"보고! 총원 50. 사고 29 현재 인원 21! 사고 내용······."

상세한 보고 사항을 모두 들은 연대장이 턱을 쓰다듬었다.

"와이번 놈들이 보급품 컨테이너를 둥지로 가져갔다. 뭐, 이해 못 할 일도 아니지. 그것이 우리에게 중요한 자원이란 걸 이해하는 수준의 지능은 있는 놈들이니까."

"그렇습니다."

"그래서 보급품 컨테이너를 분실하고 사망자의 시신도 제대로 수습하지 못했다?"

"죄송합니다."

"네가 죄송할 일은 아니지. 머저리 같은 중대장이 제 할 일도 못 하고 죽어 버린 탓이니."

말단 가디언은 더욱 고개를 깊숙이 숙였다.

말 사이에 담긴 뼈가 그의 가디언 생활도 같이 잘라 버릴 것 같았다.

"쯧. 대대장에게 전해. 대대 절반이 죽어 나가도 좋으니까 반드시 수급해 오라고."

용 둥지의 변고는 연대장도 예상하지 못한 것이었다.

전쟁을 앞둔 상태에서 보급품의 수집은 무엇보다 중요했다.

"전달하겠습니다."

"가 봐."

덜컹. 덜컹.

트럭 안.

200명의 노동자가 가디언들의 지휘 아래 일사불란하게 도열했다.

그들은 트럭을 타고 기차를 빠져나온 상태였다.

태양과 란도 노동자들 사이에 끼어 있었다.

"너, 너무 추운데."

"그러니까. 이거라도 좀 덮을래?"

대대장과 직속 가디언들이 타고 있는 트럭은 커다랗고 튼튼했으며 방한도 잘되었지만, 나머지 트럭은 그렇지 않았다.

덩치는 컸지만, 잘 부서지고 승차감도 좋지 않았으며, 무엇보다 이 살인적인 혹한을 제대로 막아 주질 않았다.

어쩔 수 없었다.

대대장의 트럭은 요인을 보호하고 중요 자원인 물자 보급 컨테이너도 옮기는 역할을 할 트럭이다.

반면 노동자는 가디언 입장에서는 싸구려 자원이었다.

태양이 자신이 입고 있던 모포를 건넸다.

둘은 급하게 노동자 둘을 잡아 복장을 빼앗은 상태였다.

"어떻게 걸리지 않고 잘 넘어갔네."

"그나저나 부채. 티 나진 않지?"

"응. 여기까지 왔으면 이제 신경 안 써도 돼. 가디언에 차출되기만 하면 출신 성분 안 따지거든."

정확히 말하면 안 따지는 게 아니라 거의 안 걸린다.

부유층 이상의 계급에게는 쥐새끼나 노동자나 거기서 거기다.

이후로도 둘이 시시콜콜 속삭였다.

란은 너무 고급스러운 외모 때문에 얼굴에 검댕도 묻혔다.

-...왜 둘이 꽁냥거리냐?

-뒈지려고 진짜.

-분위기 파악 못 하네. 지금 까딱 잘못하면 쥐새끼처럼 처형되는 건데.

-배알 꼴려서 복장이 뒤집어진다.

-저 고연수는 스트리머 달님의 캠 방송을 기다립니다.

평소였으면 태양과 란에게 시선이 모였을 거다.

하지만 지금은 모든 노동자가 흥분해서 저들끼리 떠드느라 정신이 없었다.

"주목!"

가디언들 한 명이 소리를 지르자 주변의 소란이 일순에 잠잠해졌다.

"와, 이 많은 사람이⋯⋯."

"쉿."

태양이 손가락으로 란의 입을 틀어막았다.

가디언은 제 목숨을 바쳐 포악한 괴수로부터 기차의 안위를 지키는 존재였다.

그리고 기차 안에서 그들의 노고 덕분에 생명을 이어 가는 노동자는 명백하게 가디언보다 하급자였다.

이는 부유층의 시민 역시 마찬가지였다.

가디언과 같은 직위로 분류되는 계급은 '엔지니어'뿐.

가디언은 그들에게 기어오르는 하급자를 언제 어디서나 즉결 심판할 수 있었다.

특히 지금과 같은 '전시 상황'에서는 더했다.

가장 앞줄에 앉은 노동자들이 가디언으로부터 알약 꾸러미를 지급받았다.

"이 알약은 체내에 잠들어 있는 화염 속성 마나를 활성화시켜 주는 약이다. 혹한에서 약 5시간 버틸 수 있게 해 주는 약이지. 개인당 3개씩 챙기도록. 3개보다 더 가져가는 노동자는 발각될 시 즉결 심판이다. 분배 개시!"

"분배 개시!"

노동자들이 가디언의 말에 복명복창하며 알약 꾸러미를 뒤로 넘겼다.

"받으면서 들어! 우린 현 위치에서 3km 떨어진 곳에 위치한 컨테이너를 이곳으로 끌고 온다. 컨테이너는 빌어먹을 도마뱀 새끼들이 새로 깐 둥지에 있다. 다른 말로 하면 둥지 하나를 털어야 한다는 말이다. 이해 못 한 사람 있나? 거수."

아무도 손을 들지 않았다.

손을 들면 그대로 목이라도 잘릴 것 같은 분위기였다.

곧 모든 노동자가 알약을 분배받자 가디언이 다시 소리를 질렸다.

"모든 인원은 현 시간부로 지급받은 알약을 한 알씩 복용한다!"

"알약 복용!"

물도 없이 알약만 주는데도 노동자들은 불평 하나 없이 곧바로 알약을 삼켰다.

그만큼 트럭 안에 스며든 혹한은 심각했다.

태양 역시 명령 즉시 알약을 씹어서 삼켰다.

쿠과과과과광!

급작스럽게 트럭이 흔들렸다.

밖에서 사람 소리가 언뜻 넘어왔다.

"습격! 습격이다!"

끼에에에에에엑!

드래곤의 포효는 한층 선명하게 들려왔다.

현혜가 소리로 적의 정체를 가늠했다.

─음. 와이번? 드레이크? 둘 중 하나야.

"나가! 나가서 싸워!"

가디언이 트럭 문을 열었다.

후우우우우웅.

극한에 냉기가 휘돌며 트럭 내부에 서리가 끼었다.

알약을 복용했기 때문에 몸을 떠는 사람은 한 명도 없었다.

"오. 몸에 뜨거운 마나가 휘도는 게 느껴져."

란이 신기하다는 듯 제 몸을 쓰다듬었다.

마나를 다루는 직종이기에 그 흐름을 더 선명하게 느끼는 듯
했다.

반면 바깥 상황을 확인한 노동자들은 패닉 상태였다.

"너, 너무 큰데?"

"저걸 상대로 싸우라고?"

"나가! 나가서 싸워!"

"자, 잠시만요! 아직 마음의 준비가……."

퍼억!

한 노동자의 목이 트럭 바닥에 굴렀다.

잘린 목에서 더운 김이 피어났다.

"당장 나가지 않으면……."

콰아아아아아앙!

말이 끝나기도 전에 커다란 발톱이 트럭의 벽면을 뚫고 들어
왔다.

트럭의 벽면과 가디언의 가슴이 동시에 꿰뚫렸다.

발톱 하나가 어지간한 성인의 상반신만 한 크기였다.

"커헉."

땡그랑.

트럭에 타고 있던 유일한 가디언이 쥐고 있던 검을 떨어뜨렸
다.

이제 노동자들은 완전한 공황상태에 빠졌다.

"으아아아아아!"

"살려 줘!"

"시팔! 이렇게 말도 안 되는 녀석들이라는 이야기는 없었잖아!"

콰드드드드드득!

트럭의 짐칸이 그대로 찢겼다.

파충류 특유의 찢어진 눈이 트럭을 내려다보았다.

-와이번이네.

와이번.

아룡(亞龍), 드래곤과 신체 구조가 가장 유사한 종족.

Endless Express의 원주민들은 이 아룡들 역시 용으로 통칭해 불렀다.

플레이어들이 일반적으로 용이라고 부르는 절대적 무력의 괴수는 백룡 운타라뿐이다.

물론 그렇다고 아룡들이 약한 건 아니다.

모조품이라고는 하지만, 그 원본이 용이다.

약할 리가.

끼에에에에에에엑!

대상의 위치를 제대로 파악한 와이번의 앞발이 세 사람을 동시에 짓이겼다.

우드드드드득!

노동자 셋이 목숨을 잃는 것과 동시에 트럭이 완전히 개방형으로 그 형태를 바꾸었다.

"란, 가자!"

"준비하고 있었다고!"

어느새 옷 안에 숨겼던 부채를 꺼내 든 란이 커다랗게 팔을 휘둘렀다.

태양이 익숙하게 바람에 몸을 맡겼다.

사람 머리만 한 동공이 태양을 직시했다.

끼에에에에에에에엑!

"아, 거. 더럽게 시끄럽네."

태양이 공중에서 허리를 뒤틀었다.

스타버스트 하이킥(Starburst High Kick).

후웅.

은빛 별 무리가 태양에 발에 휘감기는 동시에.

뻐어어억.

와이번의 두개골이 함몰됐다.

태양이 주변을 살폈다.

와이번들의 습격 이후, 대대장은 망설임 없이 컨테이너 박스가 있는 와이번의 둥지로 진격했다.

"괜히 2천 명이나 모집한 게 아니네."

죽어 가는 노동자들.

란이 고개를 절레절레 흔들었다.

가디언 측에서 어떤 생각을 했는지 뻔히 그려졌다.

저들은 와이번 둥지를 병력 손실 없이 뚫고 싶었던 거다.

물론 저들이 생각하는 '병력'이란 가디언을 뜻했다.

비인륜적인 수준의 작전이었지만, 덕분에 상황 진전은 빨랐다.

노동자&가디언 연합 부대는 시체를 쌓아 가며 순식간에 둥지에 진입했다.

"전진! 여기가 마지막이다! 가디언들은 컨테이너 회수를 우선으로 하고, 노동자들은 몸으로 와이번을 막는다!"

둥지에 진입한 태양이 혀를 내둘렀다.

"그렇게 잡았는데. 징그럽게 많다 진짜."

그동안 그렇게 쳐 죽이면서 뚫고 들어왔건만, 수십 마리의 와이번이 또 그들에게 달려들었다.

키에에에에엑!

크아와와와와왁!

쿠우우우우우악!

수십 마리의 가디언과 수천의 노동자들이 맞붙었다.

"지금까지 한 것만으로도 픽업은 확정이겠지?"

"아마도."

낭중지추(囊中之錐)라, 다른 노동자보다 압도적인 기량을 가지고 있는 란과 태양은 눈에 띌 수밖에 없었다.

"빨리 끝내고 싶네."

란이 혈향에 코를 찡그리며 중얼거렸다.

잠깐 사이에 수십의 노동자가 죽어 나간 탓에 혈향은 진하기 그지없었다.

　-지금 제대로 된 거 한 번 보여 주면 좋아.

　"제대로 된 거?"

　-화려한 거. 이왕 이렇게 된 거, 최고 권력자 눈에 들자는 거지. 조금 무리하더라도 말이야.

　가디언으로 뽑힌다고 해도, 차출되는 부대는 능력에 따라 달라지기 마련이다. 능력을 인정받을수록 기차 선두 칸에 가까운 근무지에 배정받을 수 있었다.

　태양이 짓쳐들어오는 와이번 1마리를 쳐 내며 전장을 확인했다.

　시야에 커다란 녀석이 눈에 들어왔다.

　비늘도 화려하고, 덩치도 크다.

　입가와 앞발, 날개. 비늘.

　부위를 가릴 것 없이 선홍빛 액체가 흥건하게 묻어 있었다.

　짧은 사이에 몇 명이나 죽인 건지,

　아무튼, 딱 봐도 저 녀석이 우두머리다.

　"란."

　"응?"

　"딱 1마리만 더 잡자. 임팩트 있게."

　"임팩트?"

　"눈에 잘 띄게 하자고."

"오, 나 지금 좀 자신 있어."

태양의 말에 란이 웃었다.

혹한. 유리 조각처럼 날카롭게 내리는 눈.

동시에 서릿발같이 몰아치는 바람.

풍술사가 위력을 발휘하기 이보다 최적의 환경은 없었다.

"풍술사(風術士)의 주 종목은 바람을 만드는 게 아니라, 다루는 것이거든."

자신만만한 란의 모습에 태양이 피식 웃었다.

"바로 갈까?"

"응."

란이 부채를 휘둘렀다.

괴력난신(怪力亂神) − 갈고리 바람.

"끌고 온다! 마무리 준비해."

"저 큰 걸?"

"화려한 거 보여 달라며."

어느새 부채를 접은 란이 시크하게 팔짱을 끼고 와이번을 바라봤다.

후우웅.

본래 바람은 사람의 눈에 관측되지 않는 것이 정상이다.

하지만 세차게 내리는 눈이 바람의 흐름에 휩쓸려 따라가니 그 움직임이 정확하게 관측됐다.

"와."

바람은 삽시간에 와이번을 감싸고.

끼에에에에에엑!

끌어왔다.

주변의 다른 와이번보다 배는 커 보이는 육체가 마구 발버둥 쳐 보았지만 의미는 없었다. 그도 그럴 게 어떤 실체가 있는 물질이 와이번을 잡아당기는 것이 아니었으니까.

그 광경을 보면서 태양은 문득 자신이 저런 상황에 빠지면 어떻게 될지 고민했다.

"와. 저거 어떻게 빠져나오지? 방법이 없어 보이는데?"

"처리 안 해? 내가 할까?"

란의 독촉에 태양이 퍼뜩 고개를 들었다.

"와이번이 이쪽으로 온다!"

"가장 큰 놈이야!"

"왜 하필 이쪽으로!"

"끌려오는 것 같은데?"

"우리가 상대할 체급 아니야! 차라리 다른 놈한테 붙어!"

"피해!"

주변의 다른 노동자들은 대장 와이번을 보고 자리를 이탈했다.

모두 도망치는데 가만히 서 있는 태양과 란은 확실히 이질적이었다.

전장의 뒤편에서 상황을 관조하고 있는 대대장 크루소의 눈에 충분히 띌 정도로.

　태양이 목을 꺾었다.

　"'그거' 쓴다."

　"그거?"

　"저번에. 그 언제냐. 10인 결투 마지막에 썼던 거 있잖아."

　ㅡ오.

　ㅡ신기술 ㅋㅋ.

　ㅡ나와 주나.

　ㅡㄹㅇ 탈 유저급 스킬.

　ㅡ안 자고 방송 보길 잘했다. ㅋㅋ 이걸 라이브로 보네.

　ㅡㄹㅇㅋㅋ.

　채팅을 본 태양이 피식 웃었다.

　"신기술이라고 부르면 좀 부끄럽지. 그냥 하던 거 조금 바꿔서 하는 건데."

　쿠웅.

　태양이 진각을 밟았다.

　진각.

　초월 진각, 스타버스트 하이킥의 시작이다.

　스텝을 밟고, 발의 위치와 각도. 상체의 비틀림, 장딴지에 들어가는 압력과 같은 일련의 행동이 정확하게 맞아 들어가면 스킬화(Skill化)가 진행되기 시작한다.

　스르륵.

신편
원코인
클리어

태양의 발에 별 가루가 모여들었다.

일반적인 킹 오브 피스트의 기술을 사용할 땐 이대로 동작을 행했다.

그렇게 되면 마나는 알아서 태양의 신체를 타고 흘러가서 성과를 냈다.

그동안 태양의 마나 컨트롤은 이 과정에서 이탈하는 마나가 없게 붙잡는 정도였다.

'그것도 충분히 강하긴 해.'

거대 뱀 아크샤론, 호랑이 수인 무테, 미치광이 검사, 타천사 족의 군단장.

모두 이 기술들로 잡았다.

하지만 부족했다.

더 할 수 있을 것 같았다.

태양이 지금 하려는 짓은 그런 감각에서 출발했다.

태양은 발을 뻗어 올리지 않고 자세를 유지했다.

스르르륵.

별 가루가 모여들었다.

다음 동작이 이어지지 않으면 흩어졌을 마나의 흐름을 붙잡아 둔다.

'이 타이밍.'

태양이 정신을 집중했다.

그러자 별 가루가 태양의 발을 휘감으며 한 바퀴, 두 바퀴 회전했다.

마나가 휘돌면서 주변의 다른 마나를 붙잡아 오고, 반대급부로 흩어지려는 힘이 더 강해졌다.

태양은 흩어지려는 마나를 교묘하게 붙잡아 놓았다.

그러면서 계속 돌렸다.

어느 순간, 마나가 기하급수적으로 뭉치더니 동시에 태양의 발 주위에 뭉친 별 가루들이 발광하기 시작했다.

태양의 이마에 힘줄이 돋았다.

끼에에에에엑!

어느새 와이번이 지척까지 다가왔다.

지척이라고 해 봐야 10m는 떨어져 있는 거리이긴 했다.

"놓는다."

란의 대답에 태양이 고개를 끄덕였다.

그의 이마에 땀방울이 맺혔다.

"셋."

꽈드득.

축을 담당하는 태양의 왼발이 땅을 짓눌렀다.

"둘."

오른 장딴지에 힘이 들어가고.

"하나."

후웅.

와이번을 감싸고 있던 바람의 흐름이 사라졌다.

투욱.

동시에 태양이 발을 차올렸다.

막대한 양의 마나가 태양의 제어를 벗어나 허공으로 쏘아져 나갔다.

스타버스트 하이킥(Starburst High Kick) — 캐논 폼(Canon Form).

투웅.

태양의 발끝에서 원 모양의 파형이 생겨났다.

그리고.

번쩍.

빛기둥이 와이번을 관통했다.

SF를 좋아하는 사람이라면 레이저 포격이라고 불렀을 법한, 그런 형태의 빛기둥이었다.

"크으, 깔끔하고."

머리 없는 와이번이 지상으로 떨어져 내렸다.

그 광경을 지켜보던 흑색 제복 남자.

대대장 크루소가 부관에게 명령했다.

"저 둘. 데려와."

⁂

태양과 란은 가디언들에게 픽업됐다.

란은 가디언들이 출신성분을 물어 올까 봐 잔뜩 긴장했지만 그런 일은 없었다.

1대대 가디언 대부분은 노동자 섹터에 대해 아는 부분이 없었기 때문이다.

토벌을 통해 가디언이 된 노동자 출신 가디언은 1대대에 배치되지 않았다.

다른 가디언들이 곧 신입이 될 둘에게 다가왔다.

"나이가 어떻게 되지?"

"스물두 살입니다."

"아, 저는……."

"뭐야? 꺼져. 남자는 필요 없어."

란은 오히려 필요 이상의 관심을 받았다.

그녀의 외모는 검댕으로 가리기에 너무 아름다웠다.

순식간에 소외된 태양이 괜히 입맛을 다셨다.

-ㅋㅋㅋ 딱 봐도 땀내 나는데 저럴 만하지.

-가디언엔 여자 없음?

-있음. 근데 아마 부대 따로 편제돼 있는 거로 알고 있음.

-ㅇㅇ 여자 부대만 따로 있을걸.

전투 이후 상황은 간단히 흘러갔다.

깔끔한 후퇴.

노동자들이 뼈 빠지게 싸우는 사이에 가디언들은 이미 컨테이너를 회수했다.

몇몇 노동자가 동료를 묻어 주고 싶어 했지만, 대대장은 유품을 챙기는 것 외의 행위는 허락하지 않았다.

알약의 지속 시간이 얼마 남지 않았기 때문이다.

전투에 두각을 보인 몇몇 노동자가 가디언들에게 더 픽업되기도 했다.

"안녕하십니까! 루크라고 합니다!"

"잘 부탁드립니다!"

"저, 저, 정말로 제가 가디언이 될 수 있는 겁니까?"

선택받은 노동자들은 감격해서 눈물을 흘리거나, 흥분해서 어쩔 줄 몰라 했다.

"너희들은 추가로 할 일이 있다. 따라와라."

와이번의 습격을 받은 탓에 기동할 수 없거나 짐칸이 손상된 트럭이 많았다.

태양을 비롯한 가디언으로 픽업 된 노동자들은 대대장의 인솔하에 엔진을 비롯한 트럭의 중요 부품을 챙기는 작업을 했다.

이후는 복귀.

돌아가는 길의 기차는 '용 둥지'에 더 가까워져 있어서 얼핏 생각하면 꽤 험난한 일정이 될 것 같지만, 그렇지 않았다.

대대장이 미리 말을 해 놓은 것인지 원거리 지원 호위가 이루어졌기 때문이다.

"생각보다 쉽게 가네."

"뭐, 우리야 편하고 좋지."

"이게 편해?"

란이 반파된 트럭의 짐칸에서 태양을 보고 어이없다는 표정을 지었다.

태양이 어깨를 으쓱였다.

"전투보단 이게 낫지."

-고건 맞지.

-팩트긴 함.

-ㄹㅇㅋㅋ.

"그나저나, 대단하네."

짐칸이 박살 나서 수용인원이 턱없이 부족해졌지만, 그 이상으로 목숨을 잃은 노동자가 많았기에 버려지는 이 없이 전원 복귀했다.

-여긴 인권이 없나?

-그니까. 노동자 쉑들 대놓고 고기 방패 취급인데도 아무 말이 없네.

-원래 상황이 열악할수록 인권이 퇴보하는 거임.

-여긴 거의 뭐 디스토피아니까.

-괜히 이 악물고 신분 상승 한번 해 보겠다고 뛰어들었겠냐.

분배받은 알약을 3개 모두 복용하고 3시간이 지났을 때, 가디언 1대대는 트럭에 물자 컨테이너를 실은 채 기차에 복귀했다.

태양과 란을 비롯한 일명 '신병' 가디언들은 복귀와 동시에 대대장에게 불려 갔다.

노동자 거주 구역과 10m도 채 떨어져 있지 않지만, 노동자의

신권의
원코인
클리어

계급으론 평생 일해도 들어올 수 없는 곳.

가디언 1대대 주둔 칸이었다.

"보고."

"보고! 총원 28. 열외 0. 현재원 28. 이상입니다."

보고는 태양이 했다.

가장 먼저 픽업된 인원이 그였기 때문이다.

보고하는 태양의 얼굴은 미묘하게 굳어 있었다.

ㅡ어... 이거...?

ㅡ완전 군대 아니냐?

ㅡㅎㅎㅎㅎㅎㅎㅎㅎ 윤태양 재입대 축하~.

ㅡㅋㅋㅋㅋㅋㅋ 게임에서 군 생활을 하고 자빠졌네.

ㅡ어이 신병.

ㅡ아ㅋㅋㅋㅋ.

ㅡ나였음 자살했다.

ㅡㄹㅇㅋㅋ.

흑색 제복의 남자, 대대장 크루소가 입을 열었다.

"오늘부터 너희는 열차 수호 본부. 통칭 가디언의 일원이 된
다. 나는 열차 수호 연대 본부 예하 1대대의 대대장 크루소다."

"......"

아무도 대답하지 않았다.

크루소도 대답을 기대하지는 않았다는 듯 말을 이었다.

"너희는 1대대에 소속될 일은 없다. 또한, 오늘부로 가족을

다시 만나게 될 일도 없다. 열차 안으로 들어가서, 열차를 수호하는 일을 하다가 늙어 죽게 될 거다. 불만 있는 사람 있나?"

적지 않은 수의 노동자들이 동요했다.

한 노동자가 손을 들었다.

"가, 가족을 데리고 들어올 수 없는 겁니까?"

"없다."

"전에 가디언의 가족이 부유층 거주 지역으로 들어갔다는 이야기를 들은 적이 있습니다."

크루소가 잠시 뜸을 들이고는 대답했다.

"아주 예외적인 이야기다. 네가 대대장급 이상의 지위를 얻거나, 열차 안위에 커다란 기여를 하는 일이 있다면 그렇게 할수도 있다. 하지만 네가 그런 능력이 있을 것 같지는 않군."

말을 마친 크루소의 시선이 잠시 태양에게 붙었다가 떨어졌다.

"너희들은 기차 중앙의 가디언 교육소에서 교육을 받은 후 2대대 혹은 3대대 배정된다. 말했지만, 한번 들어가면 다시는 노동자 거주 구역에 올 수 없다. 혹시 돌아가고 싶은 인원 있나?"

다시금 침묵이 흘렀다.

가족에 대한 애정도, 연인에 대한 사랑도.

새로운 계급에 대한 열망에 비할 수는 없는 것이었다.

크루소가 부관에게 눈짓하자, 곧 부관이 신입 가디언들을 인솔했다.

태양과 란도 인솔에 따라 움직였다.

그때 크루소가 입을 열었다.

"잠깐. 가장 앞의 둘은 잠깐 따라와라."

가장 앞의 둘.

태양과 란을 지칭하는 말이었다.

"너희는 대대장님을 따라가라."

란이 입 모양으로 물었다.

'괜, 찮, 은, 거, 맞, 아?'

태양이 어깨를 으쓱였다.

내가 그걸 어떻게 알아.

확실한 건, 대대장의 눈에 띄는 것은 성공했다는 사실이다.

나머지 인원은 부관을 따라 객실 칸으로 이동하고, 태양과 란은 대대장실로 들어갔다.

삐익— 삐익—

높고 단조로운 기계음이 관제실을 울렸다.

하지만 기계음에 주의를 기울이는 한가한 사람은 없었다.

"200km 전방 에너지 이동 확인. 파형의 모양으로 보아 용종으로 추측. 20개체 이상의 무리가 단체로 이동."

"50km 전방 와이번 울음소리 포착. A 알파 타입. 우두머리의 것으로 추정."

"기차 70km 근방으로 접근했던 드레이크 무리, 반대 방향으로 선회."

관제실의 한쪽 벽면엔 수십 개의 모니터가 덕지덕지 붙어 있었다.

모니터가 비추고 있는 것은 다양했다.

기차 내외부, 원형이나 막대 모양의 그래프. 그리고 음성 파형까지.

관제실의 수많은 요원이 모니터를 지켜보며 바쁘게 움직이고 있었다.

모니터에 나타나는 단편적인 정보를 취합, 재배치하여 가치 있는 정보로 탈바꿈시키고 있는 것이었다.

콰앙.

한 남자가 관제실의 문을 박차고 들어왔다.

입에 담배를 꼬나물고, 자주색의 제복을 반쯤 풀어헤친 신경질적인 인상의 남자.

관제실의 최고 정보 책임자이자 기차 설계자 벤자민 아크랩터의 아들, 살로몬 아크랩터였다.

기차 내에서 한 손가락에 꼽힐 만큼 거대한 권력을 가진 남자가 등장했음에도 요원들은 별 반응을 보이지 않았다.

살로몬 역시 신경 쓰지 않았다.

살로몬이 관제실장에게 다가가서 물었다.

"상황은?"

"좋지 않습니다. 현재 관측 기준으로, 재작년 8월 '용 둥지'에 비해 생명체 반응이 10배 이상 증가했습니다. 이 중 70%가 철로 주변에 밀집해 있습니다."

살로몬이 콧잔등을 구겼다.

그의 날숨과 함께 뿌연 연기가 뿜어 나왔지만, 살로몬도 관제실장도 신경 쓰지 않았다.

"깡통 쪽에도 알렸어?"

"그렇습니다. 1대대장 복귀 이후 아큐트러스 연대장와 세 대대장이 직접 서면 보고를 받았습니다."

"이번에 물자 보급품은 잘 회수했대? 노후화된 선두 칸 바퀴랑 범퍼 대체품, 깡통들 먹을 전투식량. 거기에 다 들어있잖아."

"성공적으로 회수했습니다. 다만……."

관제실장의 얼굴에 처음으로 수심이 깃들었다.

"뭔데?"

"보급품의 양이나 질이 목표치보다 떨어집니다."

"쓰읍, 후우."

살로몬이 다시 한번 연기를 내뿜었다.

"이쪽 지역 자원도 말라 가는 건가."

"아직은 괜찮습니다. 손대지 않은 도시들이 많지 않습니까."

"안 괜찮아. 그 도시들 멀잖아. 품은 많이 들고, 리턴은 적고."

Endless Express의 세계는 갑작스럽게 빙하기에 접어들었다.

연원은 모른다.

나라, 도시, 마을 할 것 없이 세계의 모든 것이 순식간에 얼어붙었다.

멸망이라고 표현해도 무방했다.

이 세계에 남은 건 커다란 기차와 그 안에 탄 몇 안 되는 인구. 그리고 혹한에도 살아남은 괴수들뿐이었으니까.

가디언들이 구해 오는 자원은 얼어붙은 도시들에서 수급해 오는 것이었다.

각종 생필품, 기호품, 그리고 각종 자재.

특히 열차를 보강할 자재는 현재 열차 내부의 시설로는 만들 수 없었다.

그동안은 문제가 없었다.

기차의 노선은 세계의 가장 부유한 도시들을 관통하도록 놓여 있었고, 빙하기인 덕분에 대부분 자재가 '보존'은 되어 있었기 때문이다.

하지만 채워 넣지 않는 공간은 언젠가는 비는 법이었다.

'그리고 그 언젠가가 지금이고.'

살로몬이 상념을 흩어 내며 관제실장에게 물었다.

"운타라는?"

"아직은 행동 없습니다."

"깡통 쪽에서는 뭐래? 대책 있대? 자원도 부족한데, 저 도마뱀 새끼들 다 잡을 수 있어?"

"항상 같지 않겠습니까. 여차하면 '그분'이 나선답니다."

"아, '그분.'"

살로몬이 피식 웃었다.

군단장. 참룡검(斬龍劍) 구휼.

엔지니어 측의 최고봉 '기차 설계자'와 열차를 운전하는 '기관사'를 제외하면 상대할 자가 없는 가디언 측의 최고 비대칭 전력.

"쓰읍, 그쪽은 속 편하겠다. 곧 있으면 이빨도 빠질 늙은이가 틈만 나면 엉덩이를 들썩여 주니 말이야."

"저쪽에서 들으면 경을 칠 겁니다."

"그러니까 여기에서만 하는 말이지."

관제실장이 무표정하게 고개를 끄덕였다.

살로몬은 말과 행실이 거칠기는 하지만, 나쁜 사람은 아니었다.

오히려 누구보다 기차를, 인류를 위해 일하는 사람이었다.

후우우우.

살로몬 아크랩터가 눈을 번뜩였다.

"깡통들한테 의견 전달해."

"경청하겠습니다."

"늙은이 엉덩이 든 김에, 저 도마뱀 새끼들 회 쳐서 자원으로 써먹어 보자. 거절하면 이번에 들어온 보급품 핑계로 밀어붙여 보고."

가디언 측 인원들이 들으면 개소리 지껄이지 말라고, 현장을 그렇게 모르냐고 반박할 의견.

관제실장은 대답 대신 고개를 숙였다.

살로몬은 빠르게 관제실을 나섰다.

"아, 맞다."

문을 열고 나가려던 살로몬이 멈칫, 뒤를 돌았다.

"용무 더 있으십니까?"

"이번에 들어온 '그것들'. 상태는 어때?"

"'그것들' 말씀이십니까?"

관제실장이 요원 하나에게 손짓해 보고서를 받아들었다.

"평균적인 전력은 평소와 다를 바 없음. 다만 몇몇은 눈에 띌 정도의 무력 보유. 발견이 비교적 최근이라 모인 데이터가 적습니다."

"무력. 대략 어느 정도로?"

"눈여겨볼 만한 인원이 셋 있는데, 역대 관측한 표본과 비교하면 최상급 둘, 상급 하나 추정입니다."

살로몬이 필터만 남은 담배를 씹으며 웃었다.

"그것들도 써먹으면 되겠네."

<hr />

태양과 란은 간단한 훈련을 수료한 후, '선두 수비 대대'에 배속되었다.

─성과가 생각 이상이야.

"대놓고 힘을 쓴 보람이 있네."

선두 수비 대대.

3대대와 숙소는 같이 쓰지만, 행정상으로는 연대 직할 대대였다.

병사 수는 다른 대대의 절반인데, 무력 수준은 1.5배로 평가받는 정예부대이기도 했다.

선두 수비 대대는 기차의 가장 앞 칸, 기관실을 향해 달려드는 괴수를 처리하는 부대였다.

태양이 눈을 반짝였다.

'임무가 임무인 만큼, 기관실에서 엄청 가깝다.

눈에 보일 만큼.'

일이 수틀리면 그냥 억지로 기관실을 뚫고 들어갈 각도 노려볼 수 있는 자리인 것이다.

물론 그런 선택지는 지양해야 할 일이었다.

기관실은 이 커다란 기차 내에서 가장 중요한 위치였다.

그만큼 엄중히 보호받고 있기도 했다.

Endless Express 원주민은 플레이어가 상대하기 버거운 수준의 강자들이 굉장히 많았다.

군단장, 기차 설계자는 거의 초인의 수준이고 연대장, CIO(최고 정보 책임자)도 매우 강력했다.

심지어 비교적 자주 볼 수 있는 대대장급 인력들도 최소 잘 풀린 랭커급의 기량을 가지고 있을 정도였다.

-알지? 대대장은 잡을 만하고, 연대장급도 지금의 너라면 어떻게 해 볼 만할 것 같아. 하지만 저 비대칭 전력 둘은 절대로 건드려선 안 돼.

애초에 Endless Express 스테이지는 원주민과 대립하는 게 아니라 신뢰를 얻어 '기관실'에 한 번이라도 도달하도록 설계된 스테이지다.

'하라는 거 다 하면 결국 구경 정도는 시켜 준단 말이지.'

"막내."

"네."

태양이 선임 가디언의 손짓에 재빨리 다가갔다.

"적응하기 어렵겠지만, 바로 움직인다. 네가 챙겨야 할 장비는 내가 준비해 뒀어. 이런 일은 오늘 한 번뿐이다. 앞으로는 네가 알아서 해."

"출동입니까?"

"그래. 앞으로도 엄청 많이 할 거야. 우리 부대는 기차 내에서 가장 바쁜 부대 중 하나거든."

"신경 써 주셔서 감사합니다."

태양이 선임 가디언으로부터 장비, 군장을 수령 받았다.

그래 봐야 제복, 그 위에 덧입을 장비 정도였다.

"참, 이 녀석도 불쌍하다. 하필 이런 곳으로 전출을 오다니."

"그나저나 버틸 수는 있으려나? 요즘은 교육할 짬도 안 나서……. 웬만하면 바로 죽어 나갈 텐데."

신전의
원코인
클리어

"1대대장님이 장담하셨다는데?"

선두 수비 대대는 2개의 중대로 편제되어 있었다.

남성 가디언으로 이루어진 1중대.

그리고 여성 가디언으로 이루어진 2중대.

평소라면 교대로 움직였겠으나, 요즘은 한 중대의 인원으로는 커버가 안 될 정도로 습격이 많다고 했다.

그도 그럴게, 꼬리 칸은 이제야 막 용종 괴수가 자주 보이는 수준이었지만, 선두는 이미 '용 둥지'에 진입 직전이었다.

선임 가디언이 반대편 2중대의 란을 흘기면서 물었다.

"쟤랑은 무슨 사이냐?"

"아무 사이 아닙니다."

"아무 사이 아니라고?"

태양은 무미건조하게 대답했다.

다른 선임들이 야유했다.

"아닌 게 아닐 텐데~."

"아니라던데? 소문 다 났어, 인마."

"무슨 소문 말씀이십니까?"

가디언들이 말없이 웃었다.

그때 검은 제복을 입은 선봉 수비 대대장이 두 중대장을 대동한 채 나타났다.

"출동 준비 완료됐나?"

"됐습니다!"

언제 웃고 떠들었냐는 듯, 1중대와 2중대의 모든 가디언이 신속하게 대형을 갖췄다.

그러고는 군장에서 공기 사출 장치를 꺼내 멨다.

"꽉 메. 유사시엔 이걸 이용해서 복귀해야 한다. 네 여벌 목숨이야."

"네."

반대편의 란도 선임에게 같은 이야기를 듣고 있는 모양이었다.

란은 장치가 필요 없다며 고개를 도리도리 젓고 있었다.

하긴, 바람 타고 날아다닐 수 있는 녀석이지.

선봉 수비 대대장이 굳은 표정으로 상황을 브리핑했다.

"운타라는 움직이지 않았지만, 녀석의 혈족인 화이트 와이번 7개체가 발견됐다."

"화이트 와이번!"

"대략 3, 40마리는 되겠네."

"그놈들이 움직였다는 건 사실상 운타라가 행동을 시작했다는 거 아니야?"

가디언들이 술렁거렸다.

화이트 와이번.

알에서 깨어날 때 백룡 운타라의 마나에 영향을 받아 더 크고 강대하게 태어난 우두머리 와이번 개체들이었다.

"저 빌어먹을 도마뱀 놈들은 날아다니기 때문에 우리가 따라

잡아서 죽이기가 어렵지. 고로 우리는 선두 칸 위에서 수비해야 한다."

가디언들이 방한 알약을 까득까득 씹어 먹기 시작했다.

태양도 따라 씹었다.

"목표는 세 가지. 제1목표. 기차 파손 보호. 제2목표. 화이트 와이번 참살. 제3목표. 와이번 사살시 시체 회수. 지금부터 모든 인원은 각 중대장의 통솔하에 움직인다. 돌입!"

"자, 잘못 들었습니다?"

"시체를 회수하라고요?"

"그거 진짜로 합니까?"

병사들이 곡소리를 냈다.

두 중대장은 병사들의 반응을 무시하고 팔을 휘둘렀다.

후웅.

1중대와 2중대.

두 그룹의 밑에 각각 동그란 원이 생겨났다.

"이건?"

"공간 이동 마법진. 선두 칸 지붕으로 이동된다. 정신 바짝 차려라. 자칫하면 기차 밑으로 떨어지니……까!"

선임 가디언의 말이 떨어지기가 무섭게 세찬 눈바람이 태양을 때려 댔다.

끼에에에에에에엑!

워프가 된 것이다.

선임 가디언이 태양에게 큰소리로 외쳤다.

"너는 따로 움직이지 말고 이 마법진만 지키고 있어! 훼손되면 1중대 전체가 곤란해진다! 한 명은 지킬 사람이 필요해!"

"괜찮습니다."

"닥치고 하란대로 해! 항명은 즉결 심판이다!"

말을 마친 선임 가디언이 튀어나갔다.

─ㅋㅋㅋ 윤태양을 이렇게 멸시하네.

─긍까. 아 ㅋㅋ 맘만 먹으면 다 죽일 수 있는데!

─그건 아닐 듯.

─ㅇㅈ. 날아다니는 건 못 잡지.

─하지만 란이 있다면?

신입인 태양을 배려한 말이었다.

이러나저러나 기차 위. 마법진이 훼손된다고 안으로 들어갈 방법이 없을 리가 없었다.

슬쩍 돌아보니 란도 같은 역할을 배정받은 모양이었다.

"흠, 마음에 안 드는데."

태양이 콧등을 찡그렸다.

이대로 꿀 빨면서 전투 한 번을 넘길 수도 있겠지만, 태양에게 필요한 건 눈에 띄는 전공이었다.

빠르게 신뢰를 얻어서 스테이지를 클리어하기 위함이었다.

이번 스테이지는 클리어율이 너무 낮아서 풀린 정보가 너무 적었다.

지금까지 충분한 호성적을 거두었으니 한 스테이지 정도는 쉬어 가기로 한 것이다.

'그게 아니더라도, 날뛰어야 보상이든 업적이든 떨어진단 말이지.'

태양이 명령을 무시하고 달려들어야 하나 고민하는 사이, 선두 수비 대대는 능숙하게 수비를 해냈다.

짧은 사이에 나가떨어진 와이번이 서넛.

1대대의 가디언들보다 확실히 빼어난 기량이 돋보였다.

'놈들은 고기 방패 뒤에서 창질이나 해 댔는데 말이지.'

특히 대대장, 중대장 등 고위 간부가 직접 전투에 참여하는 게 컸다.

거대한 검기, 적재적소에 쳐 주는 마법이 효과적으로 전황을 억제하고 있었다.

-이대로 끝나려나.

"여기서 내가 달려간다고 뭐 더 달라질 건 없을 것 같지?"

-그치. 폐급 취급이나 안 받으면 다행이지.

그때였다.

후웅.

주변 공기가 싸늘하게 얼어붙었다.

"뭐지?"

2중대의 마법진에 퍼질러 앉아 있던 란이 벌떡 일어났다.

"바람이 멎었어."

급기야 란이 태양에게 달려왔다.

"태양! 바람이 멎었다고! 아니, 바람이 얼어붙었어! 이건 말도 안 되는……."

"……그게 중요한 게 아니야."

바람이 멎었다.

그것뿐이 아니었다.

태양이 전방을 가리켰다.

란의 눈동자가 태양의 손가락을 따라 움직였다.

그리고 이내 흡 하고 숨을 삼켰다.

선두 수비 대대 소속의 가디언들이 소리를 질러 댔다.

"구휼! 구휼 님을 호출해!"

"마나 동결입니다! 통신 장치가 기능하지 않습니다!"

"젠장! 비상 스크롤 있잖아! 가져와!"

"스크롤도 기능을 안 합니다!"

펄럭.

커다란 날개가 허공을 우아하게 휘저었다.

날개를 덮고 있는 순백색의 비늘이 티 하나 없이 맑다.

"……백룡 운타라."

크롸라라라라라라라라라라라라라라라!

한 세계를 아우르는 먹이사슬의 꼭대기에 위치한 포식자가 울부짖었다.

크롸라라라라라라라라라라라라라라!

기파(氣波)가 피부를 저릿저릿 울린다.

−ㅈ됐다.

−이걸 보네. ㄷㄷㄷ.

−아니 군단장 어디 감?

−원래 참룡검이 담당 일진 아니었음?

−이거 그 드래곤임? 발락 스테이지에서 나오는?

−마룡은 아니긴 한데. 아무튼 걔네랑 비슷한 거 맞음.

−ㅇㅇ 성룡급.

−알고 말하셈. 저 정도 덩치 성룡 절대 아님.

−ㅅㅂ 꼭 본 것처럼 말하네.

−봤음. KK 발락 스테이지에서. 곧 성룡되는 헤츨링이 저 정도 됨.

가디언들은 패닉 상태에 빠져 있었다.

"연락해! 본부에 연락하라고! 지금 당장!"

"안 됩니다! 마나가 얼어붙었습니다."

중대장이 가디언들을 독려했다.

"우리 쪽에서 연락 안 해도, 이미 오고 있을 거야."

"우리가 연락하지 않아도 정보부가 확인했을 테니까 곧 오게 되어 있다."

대대장이 입술을 짓씹었다.

곧 온다고?

저건 당장 사기를 고취하기 기만이다.

근 20년간, 정보부는 운타라의 움직임 완벽하게 파악해 냈었다.

레어에 있을 때도, 동부로 이동했을 때도, 혹은 기차로 날아올 때도.

하지만 선봉 수비 대대가 출발하기 전까지도 운타라가 움직였다는 보고는 없었다.

이는 정보부에 무언가 문제가 생겼다는 이야기였다.

'아니면, 놈의 노림수였던가.'

작금의 마나 동결은 처음 보는 현상이었다.

놈은 이 기술로 정보부의 눈과 귀를 따돌린 게 분명했다.

"각자 위치로."

가디언들이 진형을 이루었다.

마구잡이로 덤벼들던 화이트 와이번과 그 휘하 와이번들은 언제 그랬냐는 듯 백룡의 주변을 빙글빙글 돌고 있었다.

대대장은 백룡의 거체(巨體)가 실시간으로 가까워지는 것을 보면서 침을 꿀꺽 삼켰다.

백룡 운타라는 상식 이상의 괴수였다.

기차에 상주하는 그 어떤 인원도 운타라를 잡지 못했다.

그나마 대적할 수 있는 인물이 군단장, 참룡검(斬龍劍) 구훌이다.

그 구훌조차 운타라를 쫓아내는 것이 한계였다.

후우우우웅.

별안간 운타라의 가슴이 부풀어 오르기 시작했다.

"브레스! 브레스입니다!"

"브레스다!"

"마, 막아야 합니다!"

"어떻게?"

현혜가 모니터를 바라보며 머리를 부여잡았다.

―운타라가 왜 이 시점에? 아직 '용 둥지'에 진입하지도 않았는데?

채팅 창이 주르륵 내려왔다.

―윤태양… 사랑했다…

―너와 함께한 세 달… 아무것도 하지 않았지만 즐거웠어…

―rip…

―죽지 말라고. ㅜㅜㅜㅜㅜㅜㅜㅜㅜㅜ

―단탈리안 진짜 자유도가 너무 심하네. 등장하면 안 될 타이밍에 스테이지 최종 보스가 등장하고 ㅈㄹ.

모두가 절망에 빠졌다.

단 한 명만 빼고.

스톰브링어(Storm Bringer): 폭풍 소환(暴風 召喚).

[폭풍의 정령 군주 아라실이 플레이어 윤태양의 신체에 임합니다.

(지속 시간 60초)]

후우웅.

태양의 신체가 정령화했다.

그와 동시에 격렬한 폭풍이 일기 시작했다.

"이대로 뒈질 겁니까! 눈 뜨고 죽을 순 없지 않습니까!"

기차 상부에 다시금 불어 닥친 바람이 사람들을 일깨웠다.

처음으로 반응한 건 가디언 병사들이었다.

"마, 맞아! 할 수 있는 건 모두 해 보고!"

"씨발! 군단장님은 항상 홀로 해 오셨던 일이잖아! 대대 하나가 모이면 한 사람 분은 할 수도 있는 거잖아!"

뒤늦게 정신을 차린 중대장 둘도 다급하게 마법 수식을 짜 올렸다.

가디언식(式) 마력 차단막 – 베이직(Basic).

가디언식(式) 마력 차단막 – 커스텀 옵저버(Custom Observer).

대대장은 커다란 검강을 피워 올렸다.

병사들 역시.

자신이 아는 마법식을 짜내든가, 장비를 이용해 맞공격, 혹은 방어를 준비하든가.

아예 마나를 뭉텅이로 짜내 허공에 뭉치는 가디언도 있었다.

그들은 비효율적이든 효율적이든, 할 수 있는 모든 것을 하고 있었다.

란이 고개를 저었다.

"안 돼. 절대로 못 막아. 아예 체급이 달라."

운타라가 빨아들이는 마나량은 터무니없었다.

"태양, 차라리 자리를 피하자. 저 공격을 정면에서 받아 내는 건 미친 짓이야."

"어디로 피할 건데? 여기가 박살 나면 스테이지도 못 깨는데."

"아."

란이 뒤늦게 탄식했다.

그들이 서 있는 곳은 선두 칸. 즉, 기관실 위였다.

"할 수 있는 거 다 해야 해. 이거 못 막으면 우리도 죽는 거야."

말 그대로.

스테이지에 갇히는 건 죽는 것과 다름없었다.

"이런 상황, 진짜 싫어."

란이 입술을 깨물며 부채를 펼쳤다.

후우우우우웅.

운타라의 입안으로 빨려 들어가는 마나의 유동이 느껴졌다.

유동량이 얼마나 큰지, 굳이 신경 쓰지 않아도 그 감각이 선명했다.

태양이 쓸 수 있는 모든 카드를 셈했다.

강신은 사용했고, '위대한 기계장치'의 사용은 배제.

지금 시계를 빨리 돌린다고 해결할 수 있는 문제는 아닌 것 같았다.

브레스를 향해 몸이라도 던질까 잠시 고민하다가 곧 그 계획도 폐기했다.

브레스에 몸을 던지는 건 의미가 없어 보였다.

차라리 마나 덩어리를 쏘아 내서 지연시키는 거라면 모를까.

결국, 방법은 하나뿐이군.

"캐논 폼. 강신한 상태로 해 본 적은 없는데."

태양이 진각을 밟았다.

이윽고 운타라가 브레스를 쏘아 냈다.

푸화하하하학!

-제발…….

현혜가 차마 모니터를 보지 못하고 눈을 질끈 감았다.

-살려조!!!!!!

-군단장 뭐 하냐고!!! 일 안 하냐고!!!

-우리가 내는 세금은 대체 어디로 가고 있는 겁니까아아아아!

-정신 나갈 것 같아. 정신 나갈 것 같아. 정신 나갈 것 같애. 정신 나갈 것 같아.

-진짜 ㅈ 망겜. 플레이어를 개복치만도 못한 놈으로 취급하네.

"브레스 사출!"

"마법진 최대 출력으로! 마나 남는 사람들 보조해!"

백룡의 입에서 뿜어져 나온 냉기가 대기를 얼리며 기차의 선두를 향해 짓쳐 들었다.

"으아아아아!"

대대장이 검강을 쏘아 냈다.

후우우욱.

검강이 브레스를 잠시 지연시키는 듯하다가, 곧 살얼음이 되
어 후두둑 떨어졌다.

중대장 둘이 만들어 낸 방어 마법진 역시 곧바로 깨져 나갔
다.

가디언들의 발악 같은 조치도 마찬가지.

순식간에 열차의 안위가 태양의 어깨에 걸렸다.

태양이 인상을 찌푸렸다.

폭풍의 정령 군주 아라실이 강신한 상태의 신체는 마나 다루
기가 훨씬 까다로웠다.

본래 태양의 마나 외에도 아라실의 바람 속성 마나가 추가로
따라붙기 때문이다.

정령 군주의 마나는 폭풍이라는 수식어가 붙어서인지, 흉폭
하고 제멋대로였다.

왼발이 굳건하게 땅을 찍고, 오른발에 마나를 휘돌렸다.

휘오오오.

별 가루가 미친 듯이 회전했다.

"크윽."

태양의 입에서 신음이 흘러나왔다.

상상 이상으로 많은 마나가 발에 감겼다.

또, 휘감긴 마나들이 미친 듯이 날뛰기 시작했다.

강신 탓에 태양이 다룰 수 있는 마나량이 폭증한 탓이었다.

이는 주변 환경의 문제도 있었다.

운타라가 등장하면서 잠시 바람이 멎었지만, 원래 Endless Express의 세계는 항상 냉기와 혹한의 바람이 휘몰아치는 세계다. 즉, 그렇지 않아도 원래 바람 속성의 마나가 엄청나게 풍부했다.

이 많은 마나가 폭풍의 정령 군주에 반응해 달라붙으니 태양이 버거움을 느끼는 건 당연했다.

마나가 마나를 부르고, 그 마나가 또 다른 마나를 불렀다.

곧 태양의 안색이 새파랗게 질렸다.

그의 신체가 감당하지 못할 수준의 마나가 모여 버린 탓이었다.

하지만 무언가 잘못됐음을 느꼈을 땐 이미 늦었다.

마나는 이제 태양의 의지와 상관없이 불어나고 있었다.

으드득.

태양이 제 입술을 씹어 혼미해지려는 정신을 다잡았다.

오른발을 비롯한 온몸에 엄청난 밀도의 마나가 틈만 나면 날뛰려 했다.

"크으……."

오른발, 종아리, 허벅지. 밀집한 마나가 피부 거죽을 뚫고 터져 나오려고 하는 것 같았다.

하지만 버텨야 했다.

그렇지 않으면 죽으니까.

까드드드득.

운타라가 사출한 브레스는 어느새 기차에 닿기 직전이었다.

그때 중후한 남성의 음성이 태양의 머리를 울렸다.

-힘들어 보이는군. 도와주지.

"뭐? 누구?"

대답은 없었다.

그리고 마나가 일순간 잠잠해졌다.

찰나 간에 제어를 성공한 태양이 브레스를 향해 가까스로 발을 차올렸다.

스타버스트 하이킥(Starburst High Kick) - 캐논 폼(Canon Form).

동시에 란이 부채를 휘둘렀다.

이산(移山)의 술(術).

투웅.

원 모양의 파형과 함께, 은백색의 광선이 브레스를 꿰뚫었다.

대대장의 검강에도, 중대장들의 방어 마법진에도 굳건했던 브레스가 처음으로 제 형태를 잃었다.

가디언들이 황망히 중얼거렸다.

"마, 막았나?"

"우리가 해낸 거야?"

"진짜로?"

"아직! 형태를 흩었을 뿐이다! 2파가 남아 있어!"

다음으로 산을 옮길 수 있을 정도로 강력한 태풍이 브레스를 휩쓸었다.

형태를 잃은 브레스가 대기 중에 흩어졌다.

—와.

—이걸 막네.

—ㅋㅋ 드래곤 브레스를 정면에서 막는 유저가 있다?

—얘 스펙이 대체 어떻게 되는 거임? ㅋㅋㅋㅋㅋ?

—아니 그 전에. 무슨 남자 목소리 나만 들음?

—나도 들음. 그거 뭐임?

—그니까.

['KKTheMaster' 님이 1,000,000원을 후원하셨습니다!]

[성스러운 마나 컨트롤. 나는 믿을 수 없습니다. 당신은 왜 나와 동시대에 활동하지 않았죠?]

짧은 사이에 채팅 창이 좌르륵 내려간다.

대대장을 비롯한 가디언들 역시 경악한 얼굴로 태양을 바라봤다.

다만 태양의 관심사는 다른 데에 있었다.

'그 목소리, 누구였지?'

털썩.

태양이 무릎을 꿇었다.

자의(自意)는 아니었다.

커다란 기술 한 번에 체내의 모든 마나를 털어 낸 탓에 몸에 힘이 들어가지 않았다.

아니, 털어냈다는 표현보다는 뽑혀 나갔다는 표현이 올바르다.

내 의지로 소모한 마나가 아니니까.

란은 이미 쓰러져 있었다.

"됐……겠지?"

태양이 흐린 눈을 들어 운타라를 바라보았다.

원래 한 번 막히면 그냥 가잖아.

하던 대로 해. 하던 대로. 제발.

백룡의 커다란 눈동자가 태양을 바라봤다.

이윽고, 놈이 다시 한번 아가리를 벌렸다.

후우우우우웅.

주변의 마나가 다시금 빨려 들어가기 시작한다.

"빌어……먹을……."

빌어 처먹을 게임.

태양의 눈에 처음으로 절망이 차올랐다.

마나가 다시금 집중되자 백룡의 비늘이 기분 좋게 떨렸다.

이윽고 상반신이 부풀어 오르고.

푸화하하하하하학!

놈이 두 번째 브레스를 뿜어냈다.

란도, 대대장도, 다른 가디언들도 가만히 서서 그 장면을 바라보기만 했다.

그럴 수밖에.

그들은 이미 할 수 있는 모든 걸 첫 번째 때 했다.

"끝인가."

누가 했는지 모를 말이 모두의 귀에 황망히 꽂혀 들어갔다.

그때 태양이 지키고 있던 마법진에서 한 남자가 걸어 나왔다.

"멋진 분투였다. 제군."

가디언을 상징하는 흑색 제복에, 등에 멘 검 한 자루.

"이제부턴 내가 해결하마."

세월이 담긴 거칠고 까랑까랑한 목소리.

군단장, 참룡검(斬龍劍) 구휼이었다.

툭.

그것으로 태양의 의식이 끊겼다.

＊＊＊

사방이 강철 벽으로 꽉 막혀 있는 단절된 방.

창백한 빛의 형광등이 간헐적으로 점등했다.

그리고 그 안에 백호랑이 인간, 파카가 두껍고 주술적인 언어가 각인되어 있는 쇠사슬로 묶인 채 갇혀 있었다.

후욱.

그가 간헐적으로 숨을 내쉴 때마다 코에서 하얀 김이 뿜어 나왔다.

쿠구궁.

소음과 함께 한 남자가 독방 앞으로 다가왔다.

파카가 낮은 목소리로 으르렁거렸다.

"누구냐."

"설명하면 알아?"

자줏빛 제복을 자유분방하게 풀어헤친 남자.

살로몬 아크랩터였다.

"어우. 여기 엄청 춥네. 괜찮아?"

"목적이 뭐냐?"

파카가 금방이라도 상대를 쳐 죽일 기세로 노려보며 물었다.

살로몬은 여상스러운 표정으로 철창 반대편에서 담배를 꺼내 물었다.

"기차 바깥에서 창문을 뜯고 들어왔다면서?"

"……"

파카는 대답하지 않았다.

살로몬은 아랑곳하지 않고 말을 이었다.

"첫 번째 발견은 노동자 거주 구역 B섹터. 이곳에서 창문을 뜯어내고 밖으로 나갔지. 그리고 6시간 후, 가디언 주둔 칸인 객실로 침입했고."

치익.

살로몬이 성냥으로 담배에 불을 붙였다.

"그게 내 목적이야. 어떻게 혹한에서 버틸 수 있었지? 6시간이나."

정확히는 연대장이 백호랑이 인간, 파카를 죽이지 않고 포획한 이유였다.

연대장은 파카를 발견한 순간 희망을 얻었다.

인간이 '기차'에 의존하지 않고 생존할 수 있다는 희망을.

그것은 기차 안에서 활동하는 모든 인간이 바라는 염원이었다.

연대장은 그가 알고 있는 가장 똑똑한 인간인 살로몬 아크랩터에게 파카를 연구해 달라고 부탁했다.

파카가 픽 웃었다.

"타고나길 강인하게 태어난 거다. 다른 방법이 있을 것 같나?"

"글쎄."

후우우.

살로몬이 연기를 내뿜었다.

기차 밖에서의 생존.

알약이 그 목표를 이루려는 첫 번째 시도였다.

알약의 개발은 혁명적이었지만, 결과적으로는 실패했다.

엔지니어들이 손수 마나를 정제하여 만들어야 하고, 자원이 적지 않게 들었으며 지속 시간이 너무 짧았다.

"정말 다른 거 없이 신체로 버텨 낸 건가?"

신컨의
원코어
클리어

"믿지 못할 거면 왜 묻나? 보시다시피 난 인간의 피부 대신 호랑이의 가죽을 타고났다. 덕분에 추위에 더 잘 견디는 거지."

이번에는 살로몬이 픽 웃었다.

기차 밖의 혹한은 세계의 모든 동물을 얼려 죽였다.

호랑이도, 맘모스도, 심지어 바퀴벌레도 예외는 없었다.

"그래. 더 돌려 묻는 건 의미가 없겠어. 바로 이야기를 터놓지. 네 신체를 연구하고 싶다."

"샘플은 이미 채취해 갔잖나."

"네 몸을 타고 흐르는 마나는 어떤 종류인지. 그것이 신체에 어떻게 작용하는지. 일반적인 인간과 네 신체가 얼마나 다른지. 그런 것들을 관측하고 싶다는 이야기다."

마나는 의지를 따라가는 것.

신체 데이터는 바깥에서 관측할 수 있지만, 마나의 유동은 파카가 보여 줄 의지가 없으면 관측할 수 없었다.

파카가 물었다.

"내가 얻는 건?"

살로몬이 담배를 문 채 웃었다.

"기관실."

파카의 눈썹이 꿈틀거렸다.

"너. '쥐새끼'잖아. 아, 너희 말로는 '플레이어'라고 하던가?"

기차의 최고위층만이 아는 사실이었다.

어느 순간, 기관실에 들어가면 되돌아 나오지 못했다.

가디언, 엔지니어, 부유층의 시민들. 간혹 보이는 쥐새끼들.

모두가 그랬다.

기관사만이 예외였다.

당연히 최고 정보 책임자인 살로몬은 이 비밀을 파헤쳤다.

기차 설계자인 아버지부터 시작해서, 틈만 나면 어디선가 나타나 기관실로 향하길 원하는 '쥐새끼'들까지.

그리고 진실에 닿았다.

"너희들의 말에 따르면 이 세계는 마왕이 꾸며 놓은 감옥의 일부라며?"

"거기까지 파악했나."

"믿기 싫지만 말이지."

사실 살로몬은 그에 관해 딱히 신경 쓰지 않았다.

여기에 숨 쉬고 살아가는 살로몬이라는 존재는, 분명 누군가의 의도가 아닌 자에 의해 살아가고 있었으니까.

오히려 그는 이 사실을 실용적으로 사용했다.

강한 플레이어가 나타나면 이 사실을 종종 협상 카드로 써먹는 식으로.

'지금 이것도 그 연장이지.'

살로몬이 연기를 내뱉었다.

독방은 어느새 뿌연 연기가 서려 있었다.

"연구에 협조하면 기관실로 데려다 주지. 아무 피해 없이. 플레이어라는 족속 중에는 네가 가장 처음일 거다."

신전의
원코인
클리어

업적으로 유혹하기까지.

파카가 사납게 웃었다.

"너, 플레이어에 대해 잘 아는구나?"

"한두 번 만나 본 게 아니니까."

"그런데, 수인족에 대해선 하나도 모르는군."

콰드드드득.

그를 구속하고 있던 쇠사슬이 찢어지기 시작했다.

"……싸우자고? 그거 좋지 않은 선택인데."

살로몬이 후욱, 담배 연기를 내뱉었다.

담배 연기가 뱀처럼 그의 몸을 휘감았다.

철그럭, 철그럭.

쇠사슬이 바닥에 떨어졌다.

파카의 두 눈이 시퍼렇게 번뜩였다.

"알아 둬라. 수인은 몸을 팔지 않아. 그 어떤 경우에도 말이
야."

＊＊＊

커다랗고 호화로운 방.

널찍한 테이블을 사이에 두고 다섯 명의 남자가 앉아 있었다.

두 명은 검은 제복을, 한 명은 자주색 제복을 입고 있었으며,
나머지 두 명은 황금빛의 의복으로 몸을 치장했다.

의자는 7개가 마련되어 있었다.

온 사람이 다섯이니, 2개의 의자는 비어 있었다.

검은 제복을 입은 초로의 노인, 군단장 구휼이 중얼거렸다.

"……안 오는군."

"일이 많아. 특히 요즘은 더 그렇지."

자주색 제복을 입은 중년 남성이 대답했다.

그가 바로 이 거대한 기차의 설계자, 벤자민 아크랩터였다.

연대장 아큐트러스가 고개를 저었다.

"이 이상 지체할 순 없습니다. 일이 많은 건 살로몬만 그런 것이 아닙니다, 모두 아시지 않습니까?"

황금빛 의복을 입은 두 남성이 살찐 손으로 연신 땀을 훔치며 말을 덧붙였다.

"저, 저희 시민 연대는 동의하는 바입니다."

"시간은 금이지요."

그들의 반응에 벤자민이 어쩔 수 없다는 듯 고개를 젓고는 입을 열었다.

"지금부터 열차 최고 의회를 개최한다."

열차 최고 의회.

엔지니어와 가디언, 그리고 부유층의 지도자와 기관사가 한 자리에 모여 기차의 운명을 결정지을 안건을 주제로 토론하는 자리.

사실상 6명이 하는 회의였다.

기관사는 항상 불참해 왔기 때문이다.

구휼이 건조한 목소리로 말했다.

"안건은 모두 알 테지. 백룡 운타라의 처분."

부유층의 대표 둘이 곧장 입을 열었다.

"사냥은 반대입니다. 이미 시민들의 불안이 심각한 수준입니다."

"굳이 자극할 필요가 없지 않습니까. 이제까지처럼 이번에도 한 번 물러갔으니 돌아오지 않을 가능성이 큽니다."

"그렇지 않아도 전투가 많을 것으로 예상됩니다. 고위 전력의 이탈은 이 시점에서 너무 뼈아픈 손실입니다."

그때 콰앙! 소리와 함께 한 남성이 들어섰다.

기차의 최고 정보 책임자. 살로몬 아크랩터였다.

연대장이 눈살을 찌푸렸다.

"예의를 모르는 건 여전한가봅니다?"

"칭찬 감사합니다."

"전투는 가디언 담당인 줄 알았는데, 요즘은 그쪽도 합니까?"

살로몬의 의복 상태는 처참했다.

평소에 풀어헤치고 다니던 제복은 여기저기 해져 있고, 바지와 손목 일부는 찢어져 있기까지 했다.

살로몬이 필터만 남은 담배를 바닥에 툭 뱉으며 대답했다.

"시국이 시국이니까요."

"하, 알려 주시지. 말씀만 하셨다면 도와드렸을 텐데."

"그쪽에서 부탁한 일 때문에 벌어진 전투인데. 면박이 심하십니다."

연대장이 코웃음을 쳤다.

"저희 쪽에서 부탁요? 가디언에서 당신들에게 부탁을 했다? 협조 요청이 아니라?"

"저희 쪽이 아니라 당신. 그, 호랑이 1마리 있잖습니까."

살로몬의 말에 연대장의 안색이 굳었다.

연대장은 살로몬의 무력 수준을 알았다.

"그놈이 당신을 그렇게 만들었다고요? 말도 안 되는……."

구휼이 대화를 끊었다.

"그 이야긴 따로 하지. 여긴 백룡 운타라의 처분에 관해 이야기하는 자리다."

살로몬이 벤자민 옆의 의자에 등을 깊숙이 묻으며 담배에 불을 붙였다.

치익.

"스읍. 해야 합니다. 선택의 여지가 없습니다."

부유층 대표 둘이 즉시 반발하려 했지만 벤자민 아크랩터가 손을 들어 그들을 제지했다.

"이유는?"

"놈이 곧 수면기에 들어갈 겁니다."

한 부유층 대표가 물었다.

"어떤 근거로 말씀하시는 겁니까? 근거가 있긴 합니까?"

있을 리가 없었다.

시간상으로 불가능했다.

드래곤의 활동기와 수면기에 관한 정보는 최소 100년 단위로 관측해야 알아낼 수 있었다.

후우.

살로몬이 연기를 내뿜으며 대답했다.

"가디언 1대대 3중대가 이번에 들른 도시가 아키몬드였습니다."

"알고 있습니다. 근방에서 가장 번성했던 대도시였죠."

"그리고 아키몬드엔 드래고닉 랩이라는 연구소가 있었죠. 그것도 아십니까?"

부유층의 두 대표는 대답하지 못했다.

기차 바깥의 이야기이며, 동시에 못 해도 몇 십 년 전의 이야기.

근방에 살았던 것이 아닌 알 리가 없었다.

살로몬이 품속에서 가져온 자료를 꺼내 탁자에 '쾅!' 내려쳤다.

"아키몬드 근방엔 대대로 드래곤의 레어가 많았죠. 드래곤 슬레이어도 많았고요."

빙하기가 오기 전, 찬란했던 시기의 세계는 드래곤을 잡아 죽일 정도로 번성했었다.

"아시겠지만, 드래곤을 잡는 건 도시 입장에서 꽤 돈이 되는

사업이었죠. 도시 차원에서 지원할 만큼. 이건 드래고닉 랩에서
찾아낸 자료 중에서 발췌했습니다. 수면기에 빠져 있는 드래곤
이 언제 활동할지 계산한 자료죠."

구휼이 자료를 집어 들었다.

"흑룡 이무르, 고룡급. 300년 뒤 활동 예정. 흑룡 카무룩, 성
룡급. 150년 뒤 활동 예정. 백룡 캇셀. 헤츨링급. 30년 뒤 활동
예정……."

"그 캇셀이 바로 운타라입니다."

"오호."

구휼의 눈이 반짝였다.

"저 기록은 제국력 320년에 작성되었고, 빙하기는 340년에 찾
아왔습니다."

"얼추 들어맞는군."

"네. 정확히 30년이 지난 시점에 우리는 세계 반대편에 있긴
했지만, 대략 그 시점부터 이 지역에 들어오면 용종 괴수들이
나타나기 시작했죠."

구휼이 넘겨준 자료를 보며 연대장이 눈을 반짝였다.

"헤츨링급 백룡의 활동기는 대략 40년……."

"지금이 제국력으로 따지면, 390년입니다."

"대충 맞는군."

부유층 대표가 물었다.

"곧 수면기에 들어갈 거라면, 잡아야 할 이유가 더더욱 없는

것 아닙니까?"

살로몬이 부유층 대표를 비웃었다.

수면기에 들어가기 전에 사냥을 통해 에너지를 비축하는 행동 양식은 어떤 동물에게든 적용되는 상식이다.

드래곤 역시 마찬가지였고.

살로몬이 보기에 부유층 대표의 저 질문은, 그저 마음대로 돌아가지 않는 상황에 대한 땡깡이었다.

"이 혹한의 대지에서 저희만 한 먹잇감이 또 어디에 있겠습니까? 이번에는 물러갔지만, 곧 다시 들이닥칠 겁니다."

연대장이 물었다.

"반대로 이야기하자면, 이번만 어떻게든 버티면 다음 바퀴 때는 놈이 수면기에 들어가 있을 거란 이야기 아닙니까?"

구휼이 인상을 썼다.

"그건 다음 세대에게 짐을 떠맡기는 짓이야."

살로몬이 대답했다.

"그것도 맞지만, 한 가지 더 생각하셔야 합니다."

"무엇을 말입니까?"

"놈이 철로를 부수지 않은 이유가 뭘까요?"

살로몬이 말을 이었다.

"용종의 지능은 돌고래를 한참 뛰어넘습니다. 전투 지능은 여타 마수 중 최상급이죠. 실제로 다른 지역의 괴수들이 철로를 부수는 모습은 적지 않게 관측됩니다. 하지만 놈은 그러지 않았습니다."

"그렇다면 놈이 철로를 부수지 않은 이유가 있었다는 겁니까?"

"놈의 기준에서 우리는 주기적으로 돌아오는 도시락이었습니다."

구휼이 빠드득, 이를 갈았다.

운타라는 이제껏 '적당한 수준'의 피해만 입히고 물러났다.

놈이 직접 움직일 때는 구휼이 막았지만 와이번이나 드레이크가 습격하여 기차의 주민들을 잡아먹는 것을 막지는 못했다.

"그렇군. 기차는 놈에게 황금알을 낳는 거위였어."

"자동으로 배달되는 통조림이라고 표현할 수도 있겠죠."

후욱.

살로몬이 말을 이었다.

"아직 철로는 망가지지 않았습니다. 하지만 놈이 군림하는 용종 괴수 집단은 사상 최대 규모죠. 놈들이 작정하고 철로를 망가뜨린다면 기차는 '용 둥지' 한복판에서 멈춰야 할 겁니다."

"그전에 죽이자?"

"말하지 않았습니까. 선택이 아닙니다. 죽여야만 합니다."

부유층의 두 대표는 이제 식은땀만 흘리고 있었다.

"시민 대표 두 분. 다른 반대 의견 있습니까?"

"어, 없습니다."

"그럼 다음 안건으로 넘어가죠. 백룡 운타라를 '어떻게' 잡을 것인지."

살로몬의 말과 동시에 회의에 정적이 흘렀다.

잠시간의 침묵 후 가장 먼저 입을 연 것은 군단장, 구휼이었다.

"대대장급의 인원이 아니면 최소한의 상처도 못 내. 아니, 발언을 정정하지. 대대장도 부족하다."

대대장 중 가장 전선에 자주 서는 선두 수비 대대장이 브레스를 건드리지도 못했다.

기차 설계자. 벤자민 아크랩터가 턱을 쓰다듬었다.

"최소 연대장급이 필요하겠군."

"크흠……."

회의실에 침음이 흘렀다.

보통 직급과 무력은 거의 따라갔다.

탁상행정이 이루어지는 평화로운 시기라면 정치력으로 높은 지위에 오를 수도 있겠지만, 기차는 매일이 전투의 연속.

무력이 뒷받침되지 않으면 지위에 오를 수 없었다.

연대장이 사실을 입 밖으로 내뱉었다.

"사실상 우리가 전부군요."

부유층 대표가 우려를 표했다.

"용을 잡아야 한다는 사실엔 동의했지만, 그거 1마리 잡자고 기차 내 최고 전력 다섯을 한 번에 내보내는 건……."

구휼이 단호하게 잘라 말했다.

"하나 더 있잖나. 최고 전력."

기차를 대표하는 3대 전력.

기차 설계자. 참룡검. 그리고 기관사.

구휼이 언급한 건 기관사였다.

"하지만 그분은……."

"맞아. 대외적으로 모습을 감춘 지 아주 오랜 시간이 지났지. 관련된 소문이 많다는 것도 알아. 하지만 분명 살아서 활동하고는 있다. 그건 확실해."

그렇지 않았으면 기차가 이렇게 정상적으로 운행되고 있을 리가 없었다.

부유층 대표가 발작적으로 외쳤다.

"저희가 도움을 청할 수도 없잖습니까!"

"필요하면 나오겠지."

"그런 무책임한……."

이제 그들의 황금빛 의복은 땀에 절어 있었다.

구휼이 버럭 호통을 쳤다.

"무책임한 건 네놈들 아니더냐!"

"히익?"

두 부유층 대표가 갑작스러운 호통에 깜짝 놀라 헛숨을 집어삼켰다.

"시민? 부유층? 네놈들이 노동자보다 나은 게 무엇이냐? 부모, 친지를 잘 타고난 덕에 불공평하게 편안함 삶을 살고 있지 않더냐! 우리가 네놈들의 안위를 위해서…….”

“그만, 거기까지 하게.”

벤자민 아크랩터가 구휼의 말을 막았다.

“우리가 정한 계급이지 않나. 노동자들에게 희망을 주기 위해서는 저들의 존재가 필요해.”

“그래도 선을 너무 넘잖나. 주제를 알아야지.”

“이 이야기는 다음에 하지. 지금은 운타라에 집중해야 할 때야.”

벤자민 아크랩터가 연대장에게 물었다.

“전투 보조나 의무역할을 할 사람은 있나?”

“1대대장 크루소가 보조 마법 계열로 특출 납니다.”

“구휼, 너, 1대대장까지. 아니, 1대대장은 기량을 보고 나서 판단하지. 살로몬. 우리 쪽은?”

“아버지와 저. 그리고 수리반장 정도 있을 겁니다.”

“합쳐 봐야 여섯이군.”

구휼이 침음을 흘렸다.

적어도 너무 적다.

“더 도울 만한 사람 없나?”

그때 살로몬이 나섰다.

“‘그것들’ 있습니다.”

“‘그것들’?”

아, 이건 정보부에서 쓰는 명칭이었지.

뒤늦게 깨달은 살로몬이 정확히 명명했다.

"플레이어. 통칭 '쥐새끼'말입니다."

구휼이 눈을 반짝였다.

"윤태양, 그리고 란."

모든 사람이 고개를 끄덕였다.

그들은 실제로 운타라와의 전투에서 1인분을 할 수 있다는 사실을 증명했다.

심지어 용이 가진 최강의 무기 브레스를 막아 내기까지 했다.

"그리고 하나 더 있습니다."

"누구지?"

살로몬이 연대장을 보며 입을 열었다.

"백호랑이 인간. 파카. 연대장님이 직접 포획해 오셨지요."

"……어지간한 대대장만 한 전투 능력은 수행할 수 있는 녀석입니다. 제가 본 바로는."

"방금 붙어 보고 왔는데, 더 강합니다. 장소가 '괴수포획실'이 아니었다면 제가 졌을 수도 있습니다."

벤자민이 놀라서 물었다.

"몸은 괜찮나?"

"당연하죠. 아버지."

연대장이 물었다.

"놈이 우리와 협력하게 만들 수 있습니까?"

"플레이어들은 언제나 한 가지를 목표로 움직였습니다."

기관실.

들어가는 사람은 존재하나, 나오는 사람은 존재하지 않는 기차의 최고 중요 지역이자 비밀 지역.

"물론 우리 제안을 거절할 수도 있으니, 혹할 만한 물건도 쥐여 줘야 하겠죠."

"혹할 만한 물건?"

살로몬이 피식 웃으며 구휼을 바라봤다.

"그건 가디언 측에서 생각해 봐야죠. 저들은 전투에 도움이 되는 물건을 가치 있게 여기고, 그런 물건은 죄다 그쪽에 있잖습니까?"

구휼이 잠시 고민에 빠졌다.

확실히 태양과 란. 특히 태양은 운타라를 상대할 때 유의미한 변수를 만들 수 있어 보였다.

6명으로 사냥에 도전하기엔 위험부담이 너무 큰 것도 사실이었다.

"거절하지 못할 만한 보상이라……."

태양과 란은 표면적으로는 가디언 소속이었다.

하지만 운타라를 직접 대면했던 만큼 항명할 가능성은 충분했다.

그들은 어떤 의무감에 의해 가디언에 복무하고 있는 것이 아니었으니까.

철컥.

구휼이 제 허리에서 검을 꺼냈다.

"구, 군단장님. 이건……."

"라이트 세이버를 넘기시겠다는 말씀이십니까?"

라이트 세이버: 타입 – B.

철검처럼 보이지만, 사실은 '세계'가 온전하던 시절 온갖 마법과 기술을 더해 만든 광선검이었다.

마나를 집어넣으면 검 표면에 광자(光子)가 활성화되었는데, 이론상 검에 닿는 모든 물질을 분자 단위에서 해체시킬 수 있었다.

다만 광선을 사용하기 위해선 극히 많은 마나가 들어서 구휼 본인도 1분 이상 유지하지 못했다.

"괜찮겠습니까?"

라이트 세이버는 구휼의 성명 병기였다.

브레스를 벨 때 사용하기도 하고, 운타라의 날갯죽지를 벤 검 역시 라이트 세이버였다.

당연히 구휼 개인에게도, 그를 선망하는 가디언과 기차 안의 사람들에게도 적지 않은 의미가 담겨 있는 검이었다.

"어차피 한 자루 더 있지 않나. 사용할 수 있는 사람도 나뿐이고."

"그래도……."

"운타라를 사냥하는 일은 인류의 존립과 직결된 일이다. 아깝지 않아."

살로몬이 어느새 필터만 남은 담배를 구기면서 말했다.

"그럼 바로 부르죠. 그 셋."

❦

태양이 다시 눈을 떴을 때, 그에 대한 취급은 굉장히 어중간하게 바뀌어 있었다.

무력은 대대장과 맞먹을 수준인데 계급은 가장 막내.

처음 만났을 땐 아무렇지 않게 다가오던 선임 가디언들이 지금은 눈에 띄게 태양을 어려워했다.

―ㅋㅋㅋㅋㅋ 이등병이 힘을 숨김.

―대대장이랑 맞짱 까도 이기는 이등병 ㅋㅋㅋㅋ.

―이게 진짜 이등별이지. ㅋㅋㅋㅋㅋㅋ.

―크, 선임이 눈치 보면서 말 거는 군 생활. 이게 선진 병영인가.

―내 군 생활이 이랬으면 좋았을 텐데.

['병사의주적은간부' 님이 10,000원을 후원하셨습니다!]

[요즘 군대 많이 좋아졌네.]

태양이 슬쩍 객실(내무반) 칸을 빠져나왔다.

선임 가디언 여럿이 방 안에 들어와 그의 눈치를 보는 것이 퍽 어색했다.

본래 가디언은 업무 시간에 휴식이나 개인 정비를 취하는 것을 빡빡하게 관리하지만, 임무 시간의 절반이 실전인 선봉 수비 대대는 다행히도 이런 부분에서 느슨했다.

가디언 정비 구역으로 나오자 란이 보였다.

혼자 있는 것으로 보아 란의 취급도 별다르지는 않은 모양이 었다.

란이 태양을 발견하고는 쪼르르 따라왔다.

"너도 나왔네."

"응, 어색해 죽을 것 같아서."

"그쪽도 그래?"

"뭐, 긍정적으로 생각하자고. 저들이 우리를 인정해 주면 그 만큼 클리어가 빨라지는 거잖아."

확실히 그랬다. 가디언 간부 측이 태양을 어떻게 생각하고 있 는지 확신할 수는 없었지만, 확실한 건 평범한 이등병으로 대하 고 있지는 않았다.

그들이 태양을 '전력'으로 대하기 시작하면, 태양의 발언권도 커지리라.

"대략 작은 임무 몇 개 정도만 더 해치우면서 '기관실' 구경 한 번 해도 되냐고 물어보면, 부드럽게 깰 수 있을 것 같은데."

"불안한데. 지금 당장 요구하는 건 좀 그렇겠지?"

"그치. 요즘 도는 소문 알잖아."

태양과 란의 출신 문제.

발단은 3대대에 신병으로 들어간 가디언들이었다.

신전의
원코인
클리어

20명에 가까운 노동자 출신 가디언 중 태양과 란을 아는 사람이 단 한 명도 없으니 소문이 퍼질 만도 한 것이다.

사실 무난하게 넘어갔다면 논란이 생길 일도 없었는데, 운타라 사태가 터지면서 태양과 란이 너무 유명해져 버렸다.

란이 초조한 기색으로 중얼거렸다.

"저쪽에서 그걸 문제 삼기 시작하면 우린 끝장 아니야?"

태양이 손가락을 들어 란의 이마를 가볍게 툭 쳤다.

"그러기엔 우리 전력이 아쉬울걸. '쥐새끼'라고 쳐 내기엔, 우리가 보여 준 게 너무 많잖아. 안 그래?"

이러니저러니 해도 기차는 곧 '용 둥지'에 진입하고, 가디언은 수많은 전투를 치러야 했다.

고양이 손이라도 아쉬울 판국에 태양 같은 인재가 굴러들어 왔는데 걷어찰 리가 없었다.

그때 선임 가디언 한 명이 태양에게 다가왔다.

"어이, 막내."

반말은 하는데 조심스러운 기색.

태양이 피식 웃으며 대답했다.

"부르셨습니까."

"대대장께서 부르신다. 거, 네 여자 친구랑 같이. 바로 가. 대대장실이 어디인지는 알지?"

선임 가디언은 용건을 전달한 뒤 곧바로 자리를 떴다.

-?? 여자 친구?

－갑자기?

　－아. 이런 분위기 개 싫음. 난 안 사귀는데 이미 사귀는 거 기정사실.

　－라는 내용의 애니 추천 좀.

　－?? 그거 실제로 일어나는 일임?

　－그거 삼류 드라마 싸구려 전개 아니었음?

　－ㄷㄷㄷ 이걸 공감 못 한다고?

　－백수 ㅅㄲ들 하루 종일 방송만 보니까 현실감각 다 잃었네.

　란이 인상을 찌푸리며 팔꿈치로 태양의 옆구리를 찔렀다.

　"어이없네. 저 안에서 대체 무슨 말을 하고 다닌 거야?"

　태양이 어깨를 으쓱였다.

　"난 아무 말도 안 했어. 진짜로."

　"거짓말하지 마!"

　"오히려 너 때문에 내가 얼마나 고생했는데. 너 저쪽 선임들한테 말을 어떻게 해 놓은 거야? 너랑 아무 사이 아니라고 해도 절대로 안 믿던데? 네가 한 말이 있다고."

　"그건……."

　란의 볼이 붉게 달아올랐다.

　－저쪽 신입이랑 우리 막내랑은 무슨 사이? 언니한테만 탁 털어놔 봐.

　－우리끼리만 비밀로 할게. 약속! 응?

−맹세할게! 맹세! 하늘에 대고 맹세!

2중대 선임들의 질문에 란은 어색하게 대답했었다.

−그… 피치 못하게 벌어진 일인데… 제가 저쪽을 위해서 남은 인생을…

−어머, 어머, 어머! 웬일이니!

−노동자 지역에 그렇게 로맨스가 많다더니!

−네가 고백한 거야? 멋있어!

−그렇게 안 봤는데. 노동자 출신 여자애들은 강단이 있구나.

진실을 떠올린 란이 눈을 질끈 감았다.

"아무튼 대대장이 부른다잖아! 빨리 가자!"

"어쭈? 반응 봐라? 너 진짜 뭐라고 했냐?"

"쓰읍! 알면 다쳐!"

란이 종종걸음으로 선봉 수비 대대장의 사무실로 다가갔다.

멀지 않은 거리여서 도착은 금방이었다.

달각.

"부르셨습니까?"

"아, 왔나. 따라오게."

대대장은 곧장 일어나서 기차 안쪽으로 향했다.

말없이 걷기를 한참.

태양이 슬쩍 입을 열었다.

"저, 어디로 가는 건지 여쭤봐도 되겠습니까?"

꾸욱.

질문과 동시에 태양의 신체가 유연하게 긴장하기 시작했다.

태양이 세운 가설은 세 가지였다.

포상, 포섭, 그리고 제거.

앞의 두 가지라면 달게 받겠지만, 세 번째 경우의수일 가능성도 적지 않았다.

이러나저러나 태양과 란의 신분은 '쥐새끼'였으니까.

대대장이 대답 대신 자리에 멈췄다.

"목적지는 이곳일세."

"이곳은?"

"'열차 최고 의회'. 들어가면 군단장님과 연대장님을 비롯한 기차 내 최고 권력자가 모여 있는 곳이지."

─열차 최고 의회 ㄷㄷㄷ.

─여기 실제로 들어온 건 태양이 처음 아님?

─벤자민 아크랩터 얼굴만 봐도 업적일건데 ㄱㅇㄷ.

대대장이 말을 이었다.

"별일 없을 걸세. 이번 운타라 사태 관련으로 포상과 함께 진급 제의를 하실 모양이야. 아, 다만 말을 조심하긴 해야겠지."

대대장이 문에 노크했다.

"말씀하신 두 사람을 데려왔습니다."

"대대장님은 같이 안 들어가십니까?"

"군단장님께서 너희 둘만 부르셨다."

문이 열리고, 태양과 란이 방 안으로 들어섰다.

방 안에는 다섯 명의 사람과 2개의 빈 의자가 있었다.

"아, 왔나."

군단장, 구휼이 태양을 손짓으로 맞이했다.

⁂

연대장이 태양과 란을 앞에 두고 침을 튀겨 가며 열성적으로 설명했다.

"……이건 기차의 존속을 위해 필수적으로 해야만 하는 일일세. 게다가 군단장님이 함께 하는 작전! 가디언으로서도, 그리고 기차의 주민으로서도. 자네들에게 이루 말할 수 없는 영광적인 자리가 될 걸세."

태양이 낮은 목소리로 연대장의 제안을 정리했다.

"그러니까. 백룡 운타라를 잡는 레이드에 협조하라는 말씀입니까?"

"그래. 나를 비롯해서 기차 내 최고 무력을 가진 초인들이 모조리 나설 거다."

군단장, 구휼이 담백하게 대답했다.

태양이 본능적으로 실익을 계산했다.

잡을 수 있다면?

얻는 건 분명 많다.

첫째. 운타라를 잡는 건 분명한 업적이다.

거기에 용의 시체라는 그 자체로 희귀한 재료이자 아티팩트.

사체의 모든 부분에 대해 소유권을 주장할 수 없겠지만, 일부 정도는 얻을 수 있을 게 분명했다.

더해서 군단장이 내건 저 '검'까지.

문제는 두 가지였다.

용을 잡는 게 가능한가.

그리고 잡은 이후, 저들이 약속을 지킬 것인가.

태양이 고민하자, 구휼이 덤덤하게 말을 더했다.

"기관실."

"잘못 들었습니다?"

"기관실로 보내 주지. 너희 목표잖나."

란이 경악했다.

"그걸 어떻게……."

-띠용.

-ㄴㅇㄱ.

-그걸 네가 어떻게 알아?

-사실 군단장도 플레이어?

반면 태양은 딱히 큰 반응을 보이지 않았다.

-사실 놀랄 일도 아니지. 최고 권력자들이 모인 곳인데.

현혜의 말대로.

먼저 클리어한 수많은 플레이어를 생각하면, 오히려 모르는 게 이상하다.

태양이 물었다.

"이 제안. 거절하면 어떻게 되는 겁니까?"

"죽겠지. 우리가 기차를 비울 때, 너희를 제어할 인력이 없으니까."

단호한 대답.

태양이 재차 질문했다.

"그럼 죽이고 레이드를 떠나셨으면 됐을 텐데, 왜 우리한테 이런 제의를 하시는 겁니까?"

황금빛 의복을 입은 두 돼지들이 언짢은 기색을 드러냈다.

"어디서 주제도 모르고……."

"천한 것이."

구휼이 대답했다.

"필요하니까. 우리만으로 운타라를 상대하기는 버겁다. 하지만 너희 '플레이어'의 손을 빌리면 가능성이 있다는 게 우리가 계산한 결과다."

"모든 플레이어의 동선을 알고 계십니까?"

"적어도 너처럼 특출 난 '쥐새끼'의 동선은 꿰고 있지. 위기마다 힘이 되어 주거든."

태양이 피식 웃었다.

그러고는 손을 내밀었다.

"그렇다면 그 검. 먼저 주십시오. 어차피 용을 잡는 대가로 주시는 거라면, 미리 주셔도 상관없지 않습니까."

황금빛 의복을 입은 두 돼지가 자리를 박차고 일어났다.

"무엄하다!"

"미천한 것이 기어이 선을 넘는구나!"

"그만!"

구휼이 소리를 질렀다.

그리고 허리에 차고 있던 검을 풀어 태양에게 던졌다.

툭.

"받았으니, 사냥에 합류하는 것으로 알겠다."

"시원하시네."

씨익 웃은 태양이 뒤를 돌아 란에게 속삭였다.

"너는 어떻게 할래?"

"어, 어?"

"상황 보니까 어떻게 내가 입 좀 털면 너 정도는 바로 보내 줄 것 같아서."

란의 표정이 미묘해졌다.

"날 놓아주겠다고?"

태양이 작게 콧방귀를 꼈다.

"놓아주다니. 다음 층은 쉽터잖아. 거기서 기다리고 있어야지."

"아……."

태양의 생각은 단순했다.

혹시 죽기라도 하면 전력 손실이니, 차라리 다음 층에 안전하게 보내 놓자는 심보.

란이 태양의 눈을 피했다.

'나, 나를 걱정해 주는 건가?'

란이 고민에 빠졌다.

'만약 이 사냥에서 태양이 죽으면……'

란은 자유가 될 수 있었다.

그녀에게는 손해 볼 게 하나도 없는 제의.

'하지만.'

불합리한 맹세 이후, 태양은 그 어떤 부당한 요구도 하지 않았다.

이득을 취할 수 있음에도 굳이 취하지 않았다.

전투할 때 억지로 위험한 역할을 떠맡기지도 않았고, 그 이외 사생활적인 부분에서도.

태양은 란이 그를 배신하지 않고 전투를 치르는 것만으로 만족하는 것 같았다.

믿을 수 있고, 강한 데다, 신묘한 방법으로 장비를 구해 주고, 같이 움직이니 업적이 엄청나게 쌓인다.

몸이 조금 힘들기는 하지만 그건 미궁을 오르는 이상 당연한 일이다.

'차라리 이편에 신뢰를 더 쌓아 두는 게 더 이득이야. 그러니까, 이건 결코 녀석이 걱정되어서 그러는 게 아니라고.'

란이 스스로를 변호하며 슬쩍 웃었다.

"웃기는 제안이네."

"뭐?"

"날 왜 먼저 보내려고 하지? 혼자 업적 더 많이 먹으려고?"

"허허……. 간만에 신경 좀 써 주려고 했더니. 진짜 안 가?"

"됐어. 안 가. 나도 업적 꽉꽉 채워서 올라갈 거야."

"아님 말고."

태양이 어깨를 으쓱였다.

반쯤은 예상한 반응이었다.

그녀는 항상 향상심이 넘쳤다.

그렇지 않았으면 태양과 같이 다닐 정도의 수준에 이르지 못했으리라.

그때 뒤에서 문이 콰앙! 열렸다.

뒤돌아본 태양이 놀라서 눈을 동그랗게 떴다.

"수인족?"

그곳엔 살로몬과 백호랑이 인간, 파카가 있었다.

파카가 살로몬에게 으르렁거리며 회의실 안으로 걸어들어왔다.

"다시 한번 말하지만, 이 거래에 응했다고 그 연구에도 응할 거라 생각하지 마라. 우리의 힘을 인정하고 정중하게 거래를 원했기에 제안을 수락한 거다."

"알았다니까."

신컨의
원코인
클리어

"게다가 네놈이 '전사'이기도 했고. 행운으로 알아라."

"거참, 알았다니까. 군단장님! 설득 성공했습니다. 수리반장은 지금 일이 있어서 중요한 이야기가 있다면 제가 추후 따로 브리핑하겠습니다."

태양과 란이 파카를 보며 경계를 끌어올렸다.

플레이어들 사이에서 수인(獸人)에 대한 악명은 엄청났다.

일반적인 플레이어와 비교도 되지 않을 정도로 강하고, 그 강함을 바탕으로 빠르게 성장하며, 심지어 틈만 나면 인간을 죽이는 습성도 있다.

경계하지 않을 이유가 없었다.

그 모습을 본 살로몬 아크랩터가 가볍게 손을 휘저었다.

"걱정하지 않아도 돼. 얘기 끝났거든. 우릴 적대하지는 않을 거야."

"네놈들, 플레이어인가?"

파카 역시 한눈에 태양과 란이 다른 인간과 결이 다르다는 사실을 알아냈다.

짐승 특유의 감에 기반한 통찰이었다.

뭐지. 이 방엔 플레이어 판독기라도 있는 건가.

태양이 콧등을 슬쩍 긁으며 대답했다.

"어, 그래. 반갑다. 수인이면 무력 하나는 확실하지. 잘 부탁한다."

태양이 악수를 청했다.

파카는 손을 맞잡지 않았다.

"운 좋은 줄 알아라. 다른 스테이지였으면 진작 나에게 씹어 먹혔을 테니."

란이 코웃음을 쳤다.

"어이없네. 한눈에 암수 구별도 안 되는 짐승 주제에."

"인간 암컷. 여기 모인 인간이 널 지키는 것보다 내가 널 죽이는 게 더 빠르다. 시험해 볼 테냐?"

"얼마든지."

촤르르륵.

란이 부채를 펼쳤다.

태양과 살로몬이 즉시 둘 사이를 갈랐다.

"란, 갑자기 왜 그래? 굳이 싸울 필요는 없잖아."

"여기서 문제 일으키면 거래 파기야! 다음 스테이지로 가서 동료를 찾아야 한다고 하지 않았어?"

그 장면을 바라보던 군단장 구휼이 연대장에게 명령했다.

"주요 인원이 모두 모였으니 브리핑을 시작하지."

"예."

연대장이 자리에서 일어났다.

"저거나 보자고. 피차 작전 한 번 하고 헤어질 사이인데, 굳이 감정 낭비할 필요 없잖아?"

"그래, 란. 너 수인에게 억하심정이라도 있어? 왜 그렇게 사납게 굴어."

란이 퉁명스럽게 반박했다.

"어지간한 괴수보다 수인족이 플레이어를 더 많이 죽이는 거 몰라?"

"동료들이 일을 잘하고 있나 보군."

"쉿! 브리핑 시작한다."

연대장이 어디선가 거대한 철판을 가져와 분필로 글자를 적기 시작했다.

"작전 개시는 모레 새벽입니다. 필요한 장비는……."

['최고다썬순신' 님이 1,000원을 후원하셨습니다!]

[근데 파카? 걔 그 사냥의 거리 스테이지에서 먼저 올라갔다는 걔 아님?]

─어? 그러네? 원래 수인족 네 명 있었는데 한 명 넘어갔다 했잖아.

─호랑이라고도 했고.

─백호라고는 안 하지 않음?

슬쩍 채팅 창을 읽던 태양이 고개를 갸웃거렸다.

─다시 보기 보고 옴. 호랑이 수인이라고 언급하긴 했는데, 흰색이라고는 언급 안 함.

─그냥 호랑이 수인이었음?

─그건 언급 없어서 모르겠는데, 색깔만 다르지 호랑이는 호랑이니까...

─무테보다 확실히 미친놈이라고 하긴 했었는데.

-얘가 개일 수도 있긴 한 거네.

-ㄷㄷ 그럼 윤태양이 저 백호 동료 다 쳐 죽인 거?

-ㅋㅋㅋㅋㅋ 만약 맞으면 얘기가 그렇게 되네.

얘가 개라고?

에이, 설마.

"모였으면 바로 움직이지."

"맞습니다. 자리를 비우는 시간은 짧을수록 좋지요."

가디언 최고 간부 2명, 엔지니어 최고 간부 3명, 플레이어 3명으로 이루어진 '운타라 토벌대'가 기차를 빠져나왔다.

이동은 태양의 생각보다 훨씬 쾌적하게 이루어졌다.

태양은 트럭을 타고 나가거나 선봉 수비 대대에서 주어졌던 공기 사출 장치를 타고 날아갈 줄 알았다.

그런데 이게 웬걸.

이동은 벤자민 아크랩터의 공간 이동으로 간단하게 이루어졌다.

그것도 운타라의 레어 바로 근처로.

-ㅋㅋ 택시 개꿀.

-이 맛에 택시 못 끊지.

-공간 이동 아티팩트가 이래서 중요함. ㅋㅋ.

태양은 약통에서 냉기 저항 알약을 꺼내 씹었다.

이번 작전을 위해 개인에게 냉기 저항 알약이 한 통씩 보급됐다. 듣자 하니 최소 한 달을 버틸 수 있는 양이라고 했는데, 벤자민이 공간 이동을 사용하지 못할 경우를 대비한 것이었다.

벤자민이 전투 불능에 빠지면, 뛰어오라는 거지.

-기차 위치는 내가 지도를 그려 가면서 찍어 두긴 할게.

공기 사출 장치를 보급받을까 잠시 고민했다가, 이내 받지 않기로 했다.

전투할 때 너무 불편할 것 같았다.

뭐, 정 급하면 란이 있기도 하고.

란이 태양에게 작은 목소리로 속삭였다.

"이번 사냥, 복잡할 거야."

"복잡하다고?"

"어. 그렇게만 알아 둬. 설명하긴 힘들어. 예감이 나쁘진 않은데, 복잡할 거야. 나도 잘 모르겠네. 바람이 엄청 갈리는 느낌이야."

"그게 무슨……."

의미는 모르겠지만, 태양은 고개를 끄덕였다.

란의 바람 점은 불명확할 때가 많지만, 어쨌든 정확도는 꽤 높은 편이었다.

뭐, 사냥은 잘될 것 같다니까 다행이다.

자줏빛 제복을 입은 커다란 덩치의 여자, 수리반장이 손에 든 레이더를 확인하며 수시로 보고했다.

"놈은 여전히 이동 없습니다."

이 혹한에서마저 담배를 뻑뻑 피워 대던 살로몬이 중얼거렸다.

"확실하죠? 그렇지 않아도 저번에 한 번 놓친 것 때문에 불안한데."

"확실합니다. 그때는 아예 마나 파장이 보이지 않았었는데, 지금은 명확히 잡힙니다."

"그럼, 예상 조우 시간이 20분쯤 되겠군."

예상 조우 시간 20분.

꽤 길어 보이지만, 걸음으로 산등성이 하나 넘는 수준의 거리였다.

즉, 백룡 운타라의 레어가 산 하나 건너편에 있다는 뜻.

그때 파카가 으르렁거렸다.

"뭔가 온다."

동시에 구휼이 칼자루를 부여잡았다.

"전원, 전투 준비."

란이 부채를 펼쳐 들고, 살로몬이 물고 있던 담배를 힘껏 빨았다.

파카와 태양은 자세를 낮추고, 수리반장은 바주카포를, 벤자민과 연대장은 각각 마법진을 띄우고, 검을 빼 들었다.

수리반장이 외쳤다.

"놈입니다! 이쪽으로 옵니다!"

"파장은 변함없다면서!"

"죄송합니다!"

후우우웅.

예술적으로 떨어지는 목선, 시리도록 하얗게 빛나는 비늘.

놈이었다.

크롸라라라라라라라라!

기다리고 있었던 걸까.

시작하자마자 놈이 브레스를 뱉어 냈다.

푸화하하하하학!

구휼이 브레스를 향해 뛰어들었다.

천중발검(天中拔劍).

태양에게 준 것이 아닌, 또 다른 라이트 세이버가 마나를 머금고 광자(光子)를 내뿜었다.

스릉.

브레스가 검에 닿는 족족 형태를 잃고 공기 중에 흩어졌다.

태양이 라이트 세이버 – 타입 B를 바라보며 중얼거렸다.

"나도 마나만 많으면 저거 할 수 있는 건가?"

"글쎄. 군단장의 검술이 대단한 것일 수도 있지. 시험해 보든가."

타닥.

브레스를 베어 낸 구휼이 바닥에 착지했다.

"작전대로 간다!"

작전.

원거리 딜러는 공격에 전념하고, 구휼이 브레스를 비롯한 원거리 공격을 요격한다.

근거리 딜러는 기회를 엿보다가 놈이 지상으로 내려오면 때린다.

예외 상황으로는 다른 괴수가 출몰하면 근거리 딜러가 맞기로 했다.

여러 상황과 변수를 고려하여 꽤 장황하게 정해 놓긴 했지만 개요는 이게 다였다.

후욱.

살로몬이 담배 연기를 내뱉었다.

연기가 커다란 마법진의 형태를 이뤘다.

콜: 라이트닝(Call: Lightning).

꽈릉!

한줄기 번개가 운타라의 비늘을 타고 흘러내렸다.

"대충하는구나, 아들."

벤자민이 손바닥을 내밀었다.

그 손 위에도 역시 같은 형태의 마법진이 빛을 발하고 있었다.

콜: 라이트닝(Call: Lightning) 다연발.

꽈자자작!

같은 번개 대여섯 발이 운타라의 비늘에 내리꽂혔다.

살로몬의 마법에는 꿈쩍도 하지 않던 운타라가 포효를 내질렀다.

크롸라라라라라!

살로몬이 인상을 썼다.

"전 아버지처럼 오래 살지 못했어요. 그렇게 마구잡이로 사용하다간 심장이 마른다고요. 아니면 폐암에 걸리거나. 아들 죽는 꼴 보고 싶어요?"

"쯧, 핑계는."

"저도 갑니다!"

콰아아아앙!

수리반장의 바주카포가 불을 뿜었다.

"오."

태양이 감탄사를 내뱉었다.

운타라의 흠결 없이 반짝이던 흰 비늘에 그을음이 생겼기 때문이다.

아크랩터 부자의 번개가 물리 저항력을 줄여 놓았던 건지, 수리반장의 바주카포가 무식하게 강력한 것인지는 모르겠다.

–태양아, 그거 보고 있을 때가 아닌 것 같은데.

"어?"

키에에에에엑!

크오오오오오!

어느새 흰색 아룡(亞龍)들이 나타나 주변을 포위하고 있었다.

운타라의 포효를 듣고 몰려온 것 같았다.

낭풍(浪風).

후우웅.

란이 풍술(風術)이 날아드는 화이트 와이번을 밀쳐 냈다.

태양이 입맛을 다셨다.

"이런, 메인 메뉴로 먹고 싶었는데."

안타깝게도 이런 상황에 대한 대처는 이미 정해져 있었다.

운타라를 제외한 다른 용종 등장 시 플레이어 셋과 연대장이 맡아야 했다.

공중으로 인한 접근은 란이 풍술(風術)로 제공권을 강력하게 접수하여 밀어내고, 딜을 넣을 수 있는 상황이 제한되는 근접 딜러 셋이 진형에서 빠져 나머지 용종을 맡았다.

그러면 본대는 원거리 딜러 셋과 군단장만 남게 되는데, 최소한의 규모라도 진형을 유지한 채 운타라를 상대하는 게 그들의 작전이었다.

크오오오오오!

집채만 한 덩치의 화이트 드레이크가 달려들었다.

연대장이 소리를 질렀다.

"진형을 짜서 한 놈씩 확실하게 처리……."

"내가 맡지."

투웅.

파카가 연대장의 말을 듣지도 않고 먼저 쏘아져 나갔다.

"참나, 자기 혼자 다 할 것처럼 말하네. 뒤에 처리할 놈들이 산더미처럼 있구먼."

콧방귀를 낀 태양이 다음으로 뛰어나갔다.

그 모습을 보던 연대장이 고개를 설레설레 저었다.

"내 병사였으면 반쯤 죽여 놨을 텐데."

"다행인 줄 아세요. 저 녀석들이 병사면 부대가 남아나겠어
요?"

란이 부채를 휘둘러 공중으로 날아올랐다.

"……쉽지 않겠어."

투웅.

검을 꺼내 든 연대장이 뒤늦게 달려 나갔다.

⚜

한편, 운타라를 상대하는 본대.

크롸롸롸롸롸롸라!

운타라의 거대한 앞발이 살로몬의 머리 위로 떨어져 내렸다.

"피해라!"

벤자민이 팔을 휘둘렀다.

후욱.

마나로 이루어진 벽이 살로몬의 몸을 밀어냈다.

콰아앙!

원래 살로몬이 있던 자리에 운석이라도 떨어진 듯 땅이 파였
다.

살로몬이 퉤 하고 침을 뱉었다.

　　"빌어먹게 빠르네. 진짜."

　　백룡은 어느새 날아오르고 있었다.

　　전투 초반엔 나무가 무성해서 조금이라도 방해가 되었던 것 같은데, 작금의 격전지는 사실상 공터가 되어 있었다.

　　후웅.

　　구휼이 날듯이 뛰어올라 검을 휘둘렀다.

　　라이트 세이버에 불이 들어와 있지는 않았다.

　　이미 두 번이나 사용했고, 더 사용하기엔 구휼의 기력이 따라 주지 않았다.

　　퍼억!

　　검이 비늘에 박혔다.

　　운타라가 귀찮다는 듯 날개를 흔들어 구휼을 튕겨 냈다.

　　구휼이 이를 악물었다.

　　"세월이 야속하군."

　　3년만 젊었어도 완력으로 비늘을 벗겨 낼 수 있었으리라.

　　혹은 비늘 사이에 칼을 박아 넣고 버틸 수도 있었겠지.

　　하지만 세월은 그에게서 근육과 연골을 앗아갔다.

　　파괴적인 검술로 적의 검을 박살 내던 구휼은 어느새 마나에 의지해 기교를 부리는 검사가 되어 있었다.

　　"나약한 소리를 하는군, 구휼."

　　벤자민이 끌끌거렸다.

신컨
원코인
클리어

"자네도 마찬가지 아닌가."

"무슨 소릴. 나는 아직 팔팔하네."

"그 젓가락 같은 다리로?"

한때는 배틀 메이지의 정석으로 추앙받기까지 했던 벤자민이었다.

지금의 그 역시 노쇠하여 마법의 보조를 받지 않으면 운타라의 공격을 피하지 못할 정도가 되었다.

치익.

살로몬이 담배에 불을 붙이며 소리쳤다.

"실없는 소리는 집어치우고 전투에 집중이나 해요!"

"놈, 그렇게 담배나 뻑뻑 피워 대니 도마뱀의 앞발도 제대로 피하지 못하는 거다. 애비가 젊었을 적엔……."

"피할 수 있는데 아빠가 먼저 밀치셨잖습니까!"

살로몬이 연기를 입안에 머금은 채 수인을 맺었다.

스모크 피스톨(Smoke pistol).

투우.

연기가 총알이 되어 운타라의 비늘에 쏘아졌다.

크롸라라라라라!

운타라는 한 번 맞아보고 따끔한 걸 느꼈는지, 나머지 연기 탄환을 예술적인 회피 기동으로 피해 냈다.

저 거대한 덩치로 어떻게 저렇게 날렵하게 움직이는지, 살로몬은 억울하기까지 할 정도였다.

"빌어먹을. 마나도 다 떨어져 가는데."

하지만 운타라에게도 분명 피해가 누적되고 있긴 했다.

흠결 하나 없어 순수 그 자체로 보였던 비늘의 반 이상이 깨지거나 부서졌고, 구휼이 라이트 세이버를 가동해 검격을 먹인 등엔 시뻘건 선혈이 흘러내리고 있었다.

하늘을 누비던 백룡이 고도를 높인 후 날개를 접었다.

구휼이 소리쳤다.

"다시 온다!"

"수리반장! 폭탄 장전은 아직인가!"

"다 됐습니다!"

"이동 준비!"

공기의 저항을 최소한으로 만든 운타라가 눈으로 쫓기 어려운 속도로 떨어져 내렸다.

궤도를 예측한 구휼이 몸을 날렸다.

"왼쪽이다!"

살로몬이 공터 오른편으로 몸을 날렸다.

벤자민은 근거리 공간 이동으로 몸을 피했고, 구휼 역시 진작에 넘어와 있었다.

반대편으로 넘어온 셋이 동시에 큰 공격을 준비했다.

아무리 놈의 몸이 단단하다지만, 이렇게 다이브한 후 30초간은 제대로 기동하지 못했다.

이때 최대한 피해를 입혀야 했다.

"수리반장!"

티익, 티익.

공터 왼편에서 빠져나오지 못한 수리반장의 얼굴이 일그러졌다.

그녀의 등에 부착된 공기 사출 장치가 검은 연기를 내뿜었다.

"하필 지금……."

너무 과도하게 사용해 엔진이 퍼졌다.

자리를 피하지 못한 수리반장이 이를 악물고 백룡을 향해 총구를 들어 올렸다.

콰아아아아아아앙!

거대한 폭음과 함께 먼지 구름이 일었다.

구휼이 먼지구름 안으로 달려 들어갔다.

꽈드득.

어느새 납검한 검 자루를 부여잡는 구휼의 손등에 시퍼렇게 힘줄이 올라왔다.

"몸뚱어리야, 버텨라."

구휼이 눈을 시퍼렇게 떴다.

얼마 남지 않은 구휼의 마나가 라이트 세이버로 흘러 들어갔다.

우우웅.

라이트 세이버의 검날이 새하얀 순백색 빛으로 변모했다.

"자네의 그 목숨, 헛되이 보내진 않겠네."

후욱.

안개를 넘어오니 수리반장을 상체부터 씹어 먹고 있는 백룡이 보였다.

바주카포를 정면으로 받았는지 아가리 부분이 시뻘겋게 그을려 있었다.

천중발검(天中拔劍).

투웅.

구휼이 백룡을 목을 노리고 검을 휘둘렀다.

퍼어어억.

크롸라라라라라라라라라라라!

❦

태양이 냉기 저항 알약을 입안에 털어 넣었다.

"으득. 으, 써. 이놈이 마지막인가?"

어느새 홀로 남은 화이트 드레이크가 고개를 쳐들고 포효했다.

크오오오오오오!

파카가 대답했다.

"더 보이지는 않는군."

"와이번은?"

란이 부채를 휘두르며 대답했다.

"저게 마지막!"

연대장이 검을 휘둘러 날에 묻은 피를 털어 내며 말했다.

"저건 내가 처치하지, 너흰 먼저 가서 군단장님을 도와라."

"오, 웬일로 그런 이타적이고 상식적인 발상을?"

"어차피 너흰 먼저 갈 거잖나."

태양이 피식 웃었다.

"잘 아네."

파카는 이미 몸을 날리고 있었다.

말로 표현하지는 않았지만, 파카 역시 괴수의 최정점이라는 드래곤이 얼마나 강력한 존재인지 겪어 보고 싶은 모양이었다.

–와, 진짜 드래곤 잡을 각 나오나?

–난 그거보다 이번 스테이지 클리어하면 업적 몇 개나 줄지 ㄹㅇ 궁금 ㅋㅋㅋ.

–10개는 기본으로 찍겠지?

–와, 난 이번 스테이지에서 이렇게 판 크게 노는 유저는 처음 봐.

콰아아아앙!

파카와 태양이 격전지에 도착했을 땐 이미 먼지구름이 사위를 뒤덮고 있었다.

크롸라라라라라라라라라라!

"커헉."

이내 군단장, 구휼이 피투성이가 된 채 먼지구름 바깥으로 튕겨 나왔다.

수리반장은 어디로 갔는지 보이지 않고, 살로몬 아크랩터 역시 전신이 부상.

벤자민 아크랩터가 그나마 상처는 없었지만, 얼굴이 창백했다.

-ㄷㄷ

-조졌나?

-상황이 생각보다 너무 나쁜데?

-군단장이 부상당할 정도면… ㄷㄷ.

-마법사들도 제정신 아닌 것 같은데?

"아니, 오히려 좋아."

태양은 냉철하게 판단했다.

벤자민 아크랩터는 사전에 귀환 마법을 메모라이즈(Memorise)해 뒀다.

처음 이동할 때처럼 단번에 기차로 돌아갈 수 있는 이동 마법을.

그래 놓고도 벤자민 아크랩터는 돌아가지 않았다.

잡을 수 있다고 판단한 거다.

'이건 오히려, 막타를 칠 기회야.'

곧 먼지구름이 걷히고, 태양이 주먹을 불끈 쥐었다.

예상대로.

신컨의
원코인
클리어

운타라의 오른쪽 날개가 아예 찢겨 있었다.

게다가 선혈이 낭자하여, 고결한 흰색 비늘은 그 모습이 연상
되지 않을 정도로 더럽혀져 있었다.

─상황 나쁘지 않아! 그래도 혹시 모르니까 브레스 조심하고!

현혜가 소리를 질렀다.

스톰브링어(Storm Bringer): 폭풍 소환(暴風 召喚).

　　[폭풍의 정령 군주 아라실이 플레이어 윤태양의 신체에 임합니다.

(지속 시간 60초)]

후우우웅!

폭풍이 태양의 몸에 강신했다.

"크아아아아아앙!"

파카가 운타라를 향해 달려들었다.

"어딜!"

태양이 뒤쫓았다.

속전속결.

드래곤 슬레이어는 목숨을 취한 플레이어 1인에게만 부여되
는 업적이었다.

"……타이밍 좋네."

그 모습을 보던 살로몬 아크랩터가 담배를 꺼내 물었다.

마나 탈력 현상이 일어나 손끝이 덜덜 떨렸다.

아룡(亞龍)들을 상대하면서도 전력을 남겼는지, 두 플레이어의 상태는 쌩쌩해 보였다.

"망할 흰색 도마뱀. 이번에야말로 잡을 수 있겠네요."

"……생각 이상으로 유능하군. '쥐새끼'들."

"한 대 피우고 가서 돕겠습니다. 쓰읍. 아, 살 것 같다."

아크랩터 가(家)에 내려오는 비술, 스모크 매직(Smoke magic)은 연기로 마나를 창출하고, 이적을 일으키는 특별한 계통의 마법이었다.

흡연은 그들에게 마나를 회복하는 수단이었다.

살로몬이 벤자민 앞에서 연기를 뿜어댔다.

"아버지는 쉬고 계십쇼."

"쯧, 애비를 아주 뒷방 늙은이 취급하는구나."

"그런 게 아니라, 오늘 피곤하셨잖아요. 조금이라도 쉬시라고 배려하는 겁니다."

벤자민이 아들 살로몬에게 손을 뻗었다.

"한 대 줘 봐라."

"끊으신 거 아니었어요? 무리 안 하셔도 돼요. 더 피우시다간 폐암……."

"잔말 말고."

"옙."

치익.

살로몬이 제 아버지의 입에 담배를 물린 후, 불을 붙였다.

"쓰읍, 하아."

벤자민의 입에서 연기가 흘러나왔다.

"달구나."

그때 옆에서 군단장, 구휼이 꿈틀거렸다.

"쿨럭."

구휼의 상태를 확인한 벤자민이 담배 연기를 내뿜었다.

그의 상체 전반이 화상으로 뒤덮여 있었다.

"늙고 보니, 쓸데없는 욕심이 늘더군. 내 자네에게 다른 마음이 있는 건 아니었네."

"아버지?"

콜: 라이트닝(Call: Lightning).

콰릉!

번개가 구휼의 몸을 채찍처럼 때렸다.

살로몬이 혼비백산해서 소리쳤다.

"아버지! 지금 뭐 하시는 겁니까!"

후우우.

벤자민이 연기를 내뿜은 연기가 거대한 마법진의 형상을 그렸다.

벤자민이 아들 살로몬을 바라봤다.

"돌아가자 살로몬."

"아버지? 지금 뭐 하시는……."

후웅.

공간 이동 게이트가 열렸다.

벤자민 아크랩터가 무표정한 얼굴로 말했다.

"이 정도면 충분하다. 상처도 충분히 입혔고, 어차피 곧 수면기야. 몇 달 정도 더 날뛰겠지만 기차는 그때쯤 세계 반대편에서 달리고 있을 거다."

"지금 배신을 하자는 말씀이세요?"

살로몬의 목소리가 떨렸다.

배신을 하자는 말씀이 아니라, 이미 배신을 했다.

너무도 급작스러운 상황에 머리가 뻑뻑하게 돌아가는 듯했다.

"운타라가 수면기에 들어가면 철로가 부서질 일을 걱정하지 않아도 돼. 혹여 파손이 있다고 해도 미리 스캔하고 고치면 그만이다."

살로몬 아크랩터가 참지 못하고 언성을 높였다.

"지금 그게 중요한 게 아니잖습니까!"

"연대장이랑도 상의한 일이다. 용은 잡았다고 선포하고, 연대장은 2대 군단장에 취임하기로 했다."

스읍.

벤자민이 태연한 안색으로 담배 연기를 내뿜었다.

"저 '쥐새끼'들. 생각보다 잘 싸우기는 하지만 딱 저 정도가 한계지. 우리가 가세하지 않으면 결정타가 없어. 딱 좋은 시간 벌이가 될 거다."

태양에게 주어진 라이트 세이버가 걸리긴 하지만, 라이트 세이버는 젊었을 적 드래곤 하트를 섭취한 구휼도 사용하고 나면 힘겨워 하는 물건이었다.

벤자민은 태양이 라이트 세이버를 사용하지 못할 거라고 단언했다.

애초에 그런 계산이 깔려 있었기에 구휼이 라이트 세이버를 넘긴다고 했을 때도 반박하지 않았다.

"내 평생 네가 하고 싶어 하는 일을 막지 않았다. 많은 걸 바라지는 않으마. 너도 딱 한 번만 눈을 감거라."

"그럴 수는 없어요. 구휼 아저씨는 평생을 기차에 헌신하신 분이에요."

벤자민이 그의 아들을 빤히 바라봤다.

살로몬도 눈을 피하지 않았다.

"아버지. 이건 잘못된 일이에요."

"……네가 이 일에 동의하지 않을 거라 예상했다."

후욱.

벤자민이 살로몬을 향해 연기를 내뿜었다.

스모크 그랩(Smoke Grab).

살로몬이 민첩하게 뒤로 물러났지만, 연기는 더 빠르게 그의 몸을 붙잡았다.

스모크 그랩.

시전자와 대상의 거리를 고정하는 마법.

전투 중 마법사에게 달라붙는 전사나 암살자에 대응하기 위한 마법으로 개발되었으나, 연구 끝에 다인 공간 이동의 기초가 된 마법이기도 했다.

"무슨!"

동시에 공간 이동 마법진이 작동을 시작했다.

뒤늦게 벤자민의 의도를 깨달은 살로몬이 얼굴을 구겼다.

이 시점에 벤자민과 함께 돌아가 버리면 살로몬 본인의 의사와는 상관없이 그도 배신에 참여한 사람이 되어 버리는 것이다.

뒤늦게 살로몬의 손에 희뿌연 연기가 감돌았다.

캔슬 핸드(Cancel Hand).

인공적인 마나 가공을 강제로 해체하는 손이 벤자민의 연기를 부여잡으려 했다.

"살로몬. 항상 말하지만, 넌 대응이 반 템포 늦어."

캐스팅 가속.

쿠웅.

공간 이동 마법진이 벤자민을 집어삼키고, 이내 살로몬까지 집어삼켰다.

＊＊＊

크롸라라라라라라!

백룡이 포효를 내질렀다.

신권의
원코의
클리어

"태양. 뒤에……."

"어, 봤어."

"괜찮을까?"

벤자민과 살로몬이 사라졌기 때문에 하는 말이었다.

태양이 굳은 얼굴로 고개를 끄덕였다.

"우리끼리 해 보자. 할 수 있을 것 같아."

말과 동시에 빈틈을 포착한 태양이 운타라에게 쏘아져 나갔다.

콰아앙!

폭풍이 가미된 태양의 주먹이 흰색 비늘을 가차 없이 박살 냈다.

-크.

-어찌어찌 상대가 되네.

-첨에 브레스 맞았을 땐 진짜 답도 없었는데.

-브레스가 드래곤 전력 절반이긴 함. ㅋㅋㅋㅋ.

-더군다나 얘는 마룡(魔龍)도 아니어서.

-ㅇㅇ 그래서 그나마 할 만한 거임.

-그나마도 당장 강신 꺼지면 딜도 안 들어갈걸? 빨리 끝내야 할 텐데.

크아아아아앙!

파카가 운타라의 왼 날갯죽지에 올라타 주먹을 박아 넣다가 꼬리에 직격당해 튕겨 나갔다.

거의 다 잡은 것 같은데, 막상 목숨을 걸고 항전하는 운타라의 명줄을 끊는 건 생각보다 어려웠다.

풍아(風牙).

퍼억.

란의 송곳 같은 바람이 운타라의 속살을 헤집었다.

환경이 환경이라서 그런지, 란의 풍술(風術)은 평소보다 3배 이상 강해 보였다.

태양이 등에 멘 라이트 세이버: 타입 - B를 움켜쥐었다.

정령 군주가 강신해 있을 때는 가용 마나 대부분이 정령의 보조를 받았다.

사용할 거면 지금 사용해야 했다.

'그런데 타이밍이 애매하게 안 나와.'

벤다면 목이다.

태양은 이미 군단장이 먼저 베어 너덜너덜해진 바로 그 부위를 노리고 있었다.

하지만 운타라 역시 그 부위만큼은 철저하게 경계했다.

"란! 조금만 더 몰아붙여 봐! 틈이 안 나와!"

"무리야! 지금도 최고 출력이라고!"

란이 대답과 동시에 부채질에 박차를 가했다.

"이익!"

괴력난신(怪力亂神) - 칼바람.

"뭐야, 한다면 하는구먼."

신전
원코인
클리어

"무리한 거야. 여기서 뭔가 만들어야 해."

현혜의 말과 동시에 파카가 튀어 나갔다.

크아아아아아앙!

두 번의 바람을 몸으로 버텨 내던 운타라가 파카의 주먹질만큼은 막아 내기 힘들었는지 뒤쪽으로 펄쩍 뛰었다.

쿠궁.

태양의 눈이 번뜩였다.

놈이 펄쩍 뛰어오르는 과정에서 저도 모르게 목에 두르고 있던 날개를 펄럭거렸다.

그동안 태양이 노렸던 결정적인 찬스가 바로 지금이었다.

태양의 손이 안주머니로 들어갔다.

[위대한 기계장치(The Greatest Machinery)의 태엽이 빠르게 감깁니다.

(쿨타임 12시간)]

[플레이어 윤태양에게 빨리 감기 2단계 버프가 부여됩니다.]

2단계. 30초 동안 6배 가속.

태양의 몸이 비과학적인 빠르기로 움직였다.

스릉.

손때 묻은 검의 손잡이가 손아귀에 감기고, 태양이 발을 굴렀다.

콰앙!

진각도 뭣도 아닌, 우악스럽게 마나를 먹여서 만들어 낸 도약.

태양의 몸이 잔상을 남기며 공중으로 치솟았다.

-ㅅㅂ 무슨 CG야?

-눈으로 따라가기도 어렵네… ㄷㄷ

태양은 완벽한 템포로 운타라의 너덜거리는 목 앞에 진입했다.

남은 것은 마지막 일격.

"될지 모르겠네."

태양이 허공에서 자세를 잡았다.

자세는 별것 없었다.

뛰어오른 상태에서 양손을 90도로 꺾어 검극이 하늘을 향하게 만들면 끝이다.

-어? 이 자세는?

-또 킹피야?

아넬카식(式) 인간 절단.

태양의 몸이 붉은 기운에 휘감겼다.

마나의 유동을 느낀 태양이 씨익 웃었다.

"되네."

크롸라라라라라라라라!

동시에 막대한 마나가 검으로 빨려 들어갔다.

태양이 쥔 검, 라이트 세이버: 타입 - B가 광선을 내뿜기 시

신컨의
원코인
클리어

작했다.

"어, 야. 잠깐."

이건 상상 이상인데.

태양이 당황하는 동시에 양손을 내리그었다.

심정과는 별개로 내리그어지는 검로(劍路)는 깔끔했다.

다행히도.

❋

—윤태양 우승! 윤태양 우승! 윤태양 우승!

—윤태양 선수입니다! 윤태양 선수입니다! 윤태양 선수입니다!

—드래곤 슬레이어!!!!! 드래곤 슬레이어!!!!! 드래곤 슬레이어!!!!!

—두유 노 태양 윤? 두유 노 태양 윤? 두유 노 태양 윤? 두유 노 태양 윤?

—엄마, 왜 제 이름은 태양이 아닌 거죠? 엄마, 왜 제 이름은 태양이 아닌 거죠?

—ㅋㅋㅋㅋㅋㅋㅋ 채팅 창 미쳐 날뛰네ㅋㅋㅋ.

태양이 라이트 세이버를 내려다보았다.

"더럽게 잘 드네."

란이 고개를 끄덕이며 공감했다.

다만, 성능이 좋은 만큼 대가도 컸다.

60초가 지나고, 강신이 끝남과 동시에 태양이 휘청거렸다.

"조심해! 어려운 일 다 해 놓고 허무하게 뒤통수 깨져서 죽을 일 있어?"

란이 다급하게 태양을 붙잡았다.

"얘가 갑자기 왜 이래?"

"이거. 마나 잡아먹는 게 상상 이상이야."

"아."

그때 파카가 주위를 살폈다.

"마법사 두 놈이 보이지 않는다."

태양이 시체가 되어 버린 군단장을 내려다보며 중얼거렸다.

"애초에 이번 전투. 목적이 달랐어."

운타라 사냥은 연극이고, 진짜 목표는 군단장 암살.

태양을 비롯한 플레이어들은 엔지니어들의 계략에 얽힌 엑스트라일 뿐이었다.

란이 팔짱을 낀 채 중얼거렸다.

"연대장. 뒤늦게 빠져서 나타나지 않는 것을 보니 녀석도 애초에 엔지니어 녀석들 편이었던 거네."

그림은 뻔했다.

애초에 이 일행에 군단장의 편은 없었다.

용종 괴수들이 들이닥치면 변수인 플레이어 셋을 연대장이 데리고 일행에서 떨어진다.

신의탑
원코인
클리어

그러면 남는 건 군단장과 엔지니어 쪽 인간 셋.

벤자민은 애초부터 이 자리에서 군단장을 죽인 후 운타라에게 죄를 뒤집어씌울 생각이었다.

"인간 족속들은 한결같이 역겹군."

파카가 이를 드러냈다.

란이 슬쩍 부채를 부여잡았다.

운타라가 쓰러진 설원 한복판의 분위기가 급작스럽게 내려앉았다.

-이거 위험한데.

플레이어만 남은 상황에서 수인족은 경계해야만 하는 대상이었다.

태양은 지금 탈진 상태인 데다가 현혜 역시 몰아붙이는 일격으로 무리를 한 상태.

심지어 마지막 보루나 다름없던 '위대한 기계장치'도 운타라를 해치우느라 사용해 버린 상황이다.

그때 태양이 입을 열었다.

"일단 부산물부터 챙기지."

"뭐?"

"부산물?"

파카와 란이 동시에 반문했다.

태양이 담담히 웃었다.

"드래곤의 사체. 흔히 볼 수 있는 게 아니잖아. 가져갈 건 가져가야지."

"아……."

파카가 눈살을 찌푸렸다.

"욕심이 과하군. 인간. 별다른 시설도 없이 네가 손수 이 사체를 끌며 기차를 따라잡겠다는 거냐?"

"물론 다 가져가겠다는 건 아니야. 발톱이나 비늘 일부 정도만 떼어 가겠다는 거지. 너도 챙기는 게 어때? 쉽게 볼 수 없는 기회인데."

"전리품을 챙기는 걸 마다하진 않지만, 지금 상황에선 과한 욕심이다."

란은 걱정 어린 표정으로 물었다.

"……당장 기차를 찾는 게 먼저 아니야?"

태양이 작게 중얼거렸다.

"그거 있잖아. 귀신."

"아. 그분이 찾아 주셔?"

"응. 놀랍게도 좌표를 찍어 두셨거든."

더 정확히는 가디언들이 보여 줬던 지도를 캡처했다.

작전 설명 도중 적어 놓은 메모까지 디테일하게 다 잡아 놔서 현재 위치, 시간당 기차의 예상 위치까지 모두 적힌 지도를.

ㅡ달님 졸지에 귀신행 ㅋㅋ.

ㅡ자비스라고 안 부르는 게 어디야.

ㅡ달님? tv 틀어 줘~.

신전의
원코인
클리어

-ㅋㅋㅋㅋㅋㅋ 달님? 기차 위치 찾아 줘~.

-문비스 ㅋㅋㅋ.

"인간, 네놈이 기차를 찾을 수 있다고?"

"찾을 수 있으니까 하는 말이지. 왜. 넌 못 찾나?"

태양의 도발에 파카가 발끈했지만, 반박하지 않았다.

이런 눈밭 한복판에서 기차의 위치를 찾는 건 파카에게도 막막한 일이었다. 더구나 벤자민의 공간 이동 마법으로 한 번에 왔기 때문에 왔던 길을 되돌아갈 수도 없었다.

"수인들이 인간을 혐오하는 정서. 나도 알아. 거래하자고. 기차에 도달할 때까지 만이라도 대립각을 세우지 않기로."

태양이 악수를 청했다.

파카가 잠시 망설이다가, 이내 태양의 손을 맞잡았다.

그 장면을 보던 현혜가 중얼거렸다.

-야. 근데 귀신? 와. 씨. 기분 팍 상해 버리네.

"에이. 상할 것 뭐 있어. 이것보다 적절한 설명이 없잖아."

-아니, 그래도 아 다르고 어 다른 건데……

"뭐, 엄청나게 예쁜 처녀 귀신이라고 할 걸 그랬나?"

태양의 능글맞은 대구에 현혜가 발칵 소리를 질렀다.

-그런 이야기가 아니잖아, 이 바보야!

"아님 말고."

-확 씨. 퓨즈 뽑는다?

"죄송."

─길게.

"죄송합니다."

─ㅋㅋㅋㅋㅋㅋㅋ 이 맛이지.

─아 이게 원조집인가.

─난 솔직히 란태양보다 달태양 티키타카가 훨 잼 ㅋㅋㅋㅋ.

─태양. 달. 이름부터 행성 근본임.

그나저나.

쓰읍.

태양이 입맛을 다시며 운타라의 사체를 노려봤다.

"야, 이거 대박이다. 이 정도면 짜 놓은 시나리오 중 최고 루트보다 좋은 거 아니야?"

─최고 중의 최고지.

고래(古來)로부터 용의 시신만 한 기연은 없는 법이라 했다.

어디 한번. 기연 맛 좀 볼까?

용의 사체에서 얻을 수 있는 부산물은 많았다.

대표적으로 비늘과 뼈(손톱, 발톱, 이빨을 모두 포함해서)가 있고.

주술이나 마법에 고등급의 시료로 사용되는 피도 있다.

문제는 너무 고등급의 재료라는 것.

재료째 사용해도 무리 없긴 하지만, 무기든 방어구든 사용자에 맞춰 제작해야 그 성능을 최대한 끌어낼 수 있는 법이다.

그리고 용의 부산물을 제련할 수 있는 곳은 많지가 않았다.

─아마 제대로 활용하려면 15층 쉼터에 있는 마이스터 클랜의

신컨텀
원코인
클리어

손을 빌리거나, 36층 이상의 스테이지 보상으로 들릴 수 있는 대장간이나 공장에 가야 할 거야.

"심지어 마이스터 클랜에 돈을 주고 제작하면 남는 게 없다고 했지."

당장 아크샤론의 허물도 방어구로 만들지 못하는 상황.

혹시 모르니 소량 챙겨 두긴 하겠지만, 그래서 비늘과 뼈는 태양의 목표가 아니었다.

태양의 목표는 더 귀한 것이었다.

용의 심장.

다른 말로 하면, 드래곤 하트.

순수한 마력의 집결체이자 용의 영혼이 담긴 그릇.

섭취하기만 하면 엄청난 마나를 얻어 낼 수 있는, 영약.

콰드득.

태양이 라이트 세이버로 운타라의 사체를 갈랐다.

사후경직 때문인지, 영 뻑뻑했다.

태양은 땀을 흘려가며 거칠게 검을 놀렸다.

―야, 칼질 조심해. 그러다 심장 상할라.

"무슨 산삼이냐?"

―산삼보다 훨씬 귀하지! 그걸 말이라고 하냐?

아, 그런가.

태양이 칼질을 하다 말고 픽 웃었다.

―무슨 드래곤 하트랑 산삼이랑 비교를 하지?

-비교할 수도 있지. 산삼 무시하나?

-?? 닥 산삼 우위 아님? 고작 게임 영약이랑 현실 영약이랑 비교를 하네;;

-Wls;

-드래곤 하트가 정력 올려줌? 산삼은 올려 줌.

-아, 그건 인정. 검증이 필요하겠는데.

-ㅁㅊㅋㅋㅋㅋㅋㅋㅋㅋ.

콰드득.

태양이 기어코 운타라의 흉부를 절개했다.

거대한 심장이 태양 앞에 드러났다.

"윽, 흉물스러워."

옆에서 열심히 비늘을 뜯어내던 란이 인상을 찌푸렸다.

운타라의 덩치가 덩치인지라, 심장의 크기만 봐도 태양의 상반신만 했다.

"도대체 내장을 왜 꺼내는 거야? 역겹게."

"왜 꺼내긴. 먹으려고 꺼내지."

"이, 이걸 먹는다고?"

무협계 NPC들은 '드래곤'에 대해 잘 모르는 경향이 있었다.

그들 세계의 '용'과 차원 미궁의 '드래곤'은 다른 존재이기 때문이다.

"다 먹는 건 아니고."

'드래곤 하트'라는 건 생물학적인 관점에서 심장을 이야기하

는 것이 아니라, 심장 중심부에 자리한 마나 결정을 지칭하는 말
이었다.

-으, 징그러워.

"또 너만 눈 감고 있지. 비겁하다, 비겁해."

태양이 운타라의 살덩이에 손을 푸욱 집어넣었다.

"으엑, 역겨워."

물컹한 감각에 태양이 인상을 썼다.

한참을 헤집은 끝에 결정을 잡아낸 태양이 팔을 뽑아냈다.

푸후욱.

바람 빠지는 소리와 함께 태양의 팔이 들어갔던 구멍에서 용
혈(龍血)이 흘러나왔다.

"이게 드래곤 하트야?"

란과 파카가 태양에게 다가왔다.

태양이 근처의 눈에 마나 결정을 비벼 운타라의 혈액을 닦아
냈다.

"투명한 돌멩이네."

"보다 보니 예쁜 것 같기도 하고."

"이게 드래곤 하트인가."

-진짜 윤태양 방송에서 귀중한 장면 많이 본다.

-ㄹㅇㅋㅋ 드래곤 하트 이렇게 제대로 나온 거 8년 단탈리안
방송 역사에 세 손가락 안짝으로 꼽을 듯.

-얘는 이렇게 쉽게 하는데 왜 다들 그동안 못 했냐?

─다른 유저였으면 군단장은 무슨 대대장 밑에서 빌빌거리다가 겨우겨우 통과하고 한숨 쉬었죠?

─근데 대대장 만나는 것도 ㅈㄴ 잘하는 거라고 빨아 주는 수준이었죠?

─윤태양이 대단한 거다?

─ㅇㅇ. 반박 시 단알못.

태양이 파카를 바라보며 물었다.

"이건 내가 가진다. 이의 없지?"

"없다."

파카가 고개를 끄덕였다.

드래곤 하트를 넘기는 대신, 용의 사체에서 두 번째로 귀중한 '역린'을 파카가 가지기로 했기 때문이다.

태양이 용의 목을 베기도 했고, 이러나저러나 기차의 위치는 태양만 찾을 수 있었기 때문에, 그 주도권을 기반으로 협상한 결과였다.

란이 물었다.

"그거. 진짜 먹을 거야?"

"먹어야지."

"딱 봐도 목구멍에 걸릴 것 같은데. 씹을 수도 없고."

"……"

맞는 말이었다.

사실 그것 때문에 태양도 망설이고 있었다.

-그냥 입안에 넣으면 된다던데? 아, 내가 해 본 건 아니고, 들은 얘기이긴 해.

"되는 거 맞아?"

　-아니면 뭐 씹어 보든가. 이빨 다 부러지면 책임은 못 진다?

"됐다. 내가 너한테 뭘 더 바라냐."

　태양은 한참 드래곤 하트를 노려보다가, 털 하고 한입에 집어삼켰다.

　마나 결정은 태양의 목구멍에 접촉하는 순간, 액체처럼 변해 식도를 타고 내려갔다.

"으."

　백룡의 것이라 그런지, 아주 차가운 냉수가 몸을 휘젓는 기분이었다.

　태양이 본능적으로 자리에 앉았다.

　용의 마나는 태양의 신체를 가볍게 한 바퀴 돌고, 이내 태양의 심장에 자리 잡았다.

　　[특전: 드래곤 하트(Dragon Heart)를 얻으셨습니다.]

꽝꽝꽝!

"문을 열어라! 나다! 연대장 아큐트러스가 돌아왔다!"

밤을 꼬박 새워 가며 기차를 따라잡은 연대장이 꼬리 칸을 두 드렸다.

"빌어먹을."

연대장의 얼굴은 일그러져 있었다.

'쥐새끼'들이 도리어 용을 죽여 버리는 바람에 목격자가 생겨 버렸다.

게다가 군단장의 상징이라 할 수 있는 라이트 세이버도 챙기 지 못했다.

한 명이었다면 무력으로 탈취할 수도 있었겠지만, 세 명이니 어떻게 할 방법도 없었다.

이대로 들어가면 벤자민이 연대장을 무능력한 인간으로 낙 인찍을 게 뻔했다.

"젠장! 문은 대체 언제 여는 거야!"

쾅쾅쾅!

연대장이 다시 한번 거칠게 칸막이를 두들겼다.

우둔한 노동자들.

평소처럼 멍청해서, 자신이 어떤 사람인지 알아보지도 못하 는 모양이었다.

아니면 어떻게 할지 갈피를 잡지 못하고 발만 동동 구르고 있 든가.

이윽고 꼬리 칸의 천장이 열렸다.

벤자민 아크랩터와 그의 친위대가 연대장을 맞이했다.

신편의
원코인
클리어

연대장이 기차 안으로 들어오며 보고했다.

벤자민의 친위대는 모든 계획을 아는 이들이므로 말을 조심할 필요는 없었다.

"쥐새끼들이 용을 잡는 것을 확인했습니다. 기차로 귀환하면 귀찮아질 겁니다."

"운타라를 잡았다고? 그들이?"

벤자민의 눈이 이채를 띠었다.

"윤태양이 라이트 세이버를 가동했습니다."

"의외군."

"이후에 마나 탈력을 겪는 것으로 보아 재사용은 불가능해 보입니다."

"군단장의 검은?"

"……못 챙겼습니다. 쥐새끼들이 회수한 채 기차로 복귀 중입니다. 기차 바깥에서 대기하고 있다가 쥐새끼들을 잡아 죽이고 회수하겠습니다."

연대장은 제복에 쌓인 눈을 털어 냈다.

곧 다시 나갈 거지만, 잠깐이라도 따뜻한 물에 몸을 담그고 싶었다.

"……."

아큐트러스는 벤자민과 그의 친위대가 차가운 얼굴로 그를 응시하고 있다는 사실을 뒤늦게 깨달았다.

어느 시간이든 사람이 북적여야 할 꼬리 칸에 인적이 없다는 사실도.

자줏빛 제복을 입은 커다란 덩치의 남자, 친위대장이 건조한 음성으로 벤자민에게 보고했다.

"배신자 아큐트러스. 죄목은 항명, 하극상, 상관 사살, 살인 미수로 기록하겠습니다."

"생포는 필요 없다. 척살."

벤자민 아크랩터가 준비해 두었던 마법진을 가동시켰다.

벤자민의 친위대가 연대장에게 화기를 겨눴다.

연대장의 표정이 악귀처럼 일그러졌다.

"권력에 미친 늙은이가!"

마법진이 불을 뿜고, 꼬리 칸 후면부가 터져 나갔다.

콰아아아앙!

연대장이 칼을 뽑아 마주 휘둘렀다.

하지만 그것은 파도에 대고 휘두르는 이쑤시개처럼 의미 없는 몸부림이었다.

"쉽군."

벤자민의 복귀 마법으로는 눈 깜빡할 정도의 시간만 필요했지만, 연대장이 걸어서 복귀하는 데에는 반나절 이상의 시간이 걸렸다.

그리고 반나절의 시간은 벤자민급의 마법사가 준비하기에는 차고 넘치는 시간이었다.

터져 나간 벽면 잔해를 바라보던 벤자민이 친위대장에게 물었다.

"살로몬의 상태는 어떻던가?"

"확인하신 그대로일 겁니다. 어떤 생명체의 접촉 없이, 자택에 구금 중입니다."

"불, 연기와 관련된 물체 반입 일절 금지하고, 마나 유동을 5분에 한 번씩 확인해. 쿨럭! 관제실장이나 그 밑에 인원들 접근 각별히……. 쿨럭! 유의하고."

벤자민이 피 섞인 기침을 토해 냈다.

아크랩터 가문의 고질병인 폐암이었다.

스모크 매직(Smoke Magic).

흡연을 기반으로 사용하는 마법이다 보니 가지게 되는 어쩔 수 없는 한계다.

나이 예순을 넘긴 벤자민이 이례적인 사례일 정도로 아크랩터 가문의 기대 수명은 짧았다.

벤자민은 세월이 지나가면서 쌓인 마나로 폐암의 진전을 저지하고 있었지만, 오늘 같은 날에는 여지없이 상태가 나빠졌다.

친위대장이 익숙하게 손수건을 내밀고, 벤자민이 그것을 받아 입을 닦았다.

"몸이 많이 불편하시면 들어가시는 게 좋을 것 같습니다. '쥐새끼'들은 저희가 처리하겠습니다."

벤자민이 고개를 저었다.

"운타라를 잡아낸 놈들이야."

당장 벤자민이 눈으로 확인한 것만으로도 '쥐새끼'들은 강했다. 군단장 암살이라는 민감한 사안이 걸려 있지 않았더라면 가디언까지 소집했을, 그리고도 안심하지 못했을 만한 전력.

게다가 운타라를 죽였다는 건 라이트 세이버의 가동에 성공했거나, 벤자민이 예상하지 못한 패가 있었다는 뜻이었다.

"얼마 살지도 못할 몸뚱이를 챙기다가 더 큰 걸 잃을 순 없지."

친위대의 전력도 충분히 강력하지만 누가 뭐래도 가장 강력한 전력은 벤자민 자신이었다.

컨디션이 안 좋다고 빠질 수는 없었다.

그때 한 친위대원이 외쳤다.

"전방에 생체 반응 3개체 잡힙니다!"

"전투 3분 전! 대형 복귀!"

그 말에 꼬리 칸 곳곳에 마법진을 설치하던 친위대원들이 각자 작업을 마감하고 친위대장 앞으로 도열했다.

친위대장이 물었다.

"라이트 세이버 두 자루가 모두 저들에게 있을 텐데. 화력 조절합니까?"

"아니. 연대장 때처럼 곧바로 척살한다. 살아서 입을 놀리면 수습이 곤란해져."

기차는 특성상 인구밀도가 높고 소문의 전이가 매우 빨랐다.

사실 더 확실한 방법은 기차 바깥에서 잡아 죽이는 거였지만,

그러기엔 꼬리 칸의 설비가 너무 효율적이었다.

꼬리 칸은 선봉과 더불어 괴수의 침입을 가장 많이 받는 칸 중 하나였고, 덕에 준비가 아주 잘되어 있었다.

"1분 전입니다!"

벤자민이 친위대장에게 물었다.

"담배 있나?"

폐암에 걸린 이후, 벤자민은 품속에 담배를 가지고 다니지 않았다.

잠시 망설이던 친위대장이 이내 긍정했다.

"……있습니다."

"한 개비 줘 보게."

담배를 건네받은 벤자민이 능숙한 손놀림으로 담배에 불을 붙였다.

"후우."

"30초 뒤 육안 식별 가능한 거리로 진입합니다!"

벤자민이 내뱉은 연기가 그의 손목에 휘감겼다.

최소한의 대화도 필요 없다.

형태가 드러나는 즉시 포격으로 지워 버릴 생각이었다.

그렇게 30초가 지나고.

"아직인가?"

"레, 레이더상으로는 기차에 들어와 있는 것으로 나옵니다."

친위대장이 손짓했다.

"가져와 봐."

레이더의 정보를 출력하는 모니터를 확인한 친위대장이 인상을 찌푸렸다.

친위대원의 말대로, 3개의 생체 반응은 기차 안에 있는 것으로 나타나고 있었다.

"이게 무슨……."

그때였다.

스걱.

연원을 알 수 없는 소리가 꼬리 칸을 울렸다.

"전투 준비!"

"전투 준비!"

친위대원들이 각자 화기를 들고 터져 나간 벽면을 겨눴다.

기이이이잉.

꼬리 칸의 벽면, 바닥, 엄폐물 곳곳에 설치한 마법진이 빛을 발했다.

스걱.

또 한 번, 소리가 들렸다.

친위대장이 과격하게 소리를 질렀다.

"위! 위다!"

소리의 진원지를 찾았지만, 친위대원들이 할 수 있는 건 총구를 들어 올리는 것뿐.

다른 대처를 할 시간은 없었다.

스경.

또 한 번의 소음.

끼이이이이이이익!

쇠가 구부러지는 소름 끼치는 소리가 꼬리 칸에 울려 퍼졌다.

"산개! 전원 산개!"

"하, 하지만 그렇게 되면 준비한 마법진이……."

멍청한 질문을 하는 친위대원 한 명을 제외한 모든 인원이 사방으로 흩어졌다.

툭.

벤자민이 필터만 남은 담배를 바닥에 지져 끄며 연기를 내뱉었다.

스경.

그리고 또 한 번의 소음과 동시에, 꼬리 칸 천장이 내려앉았다.

콰아아아아아아아앙!

내려앉은 천장 위에서, 태양이 광선검을 휘두르며 소리를 질렀다.

"충격과 공포의 시간이다! 거지 깽깽이들아!"

꼬리 칸의 천장에서, 란이 조심스럽게 물었다.

"······차라리 기관실로 들어가는 게 낫지 않아?"

"경계가 너무 심해. 선봉 수비 대대에서 못 봤어? 기차 전면부는 바깥까지 철저히 경계하고 있어. 꼬리 칸이니까 그나마 이렇게 접근할 수 있는 거야."

상황은 생각한 것보다 훨씬 나았다.

가디언을 비롯한 기차 무력 체계 전부가 기다리고 있었다면 막막했을 텐데, 상황을 보아하니 그렇지는 않았다.

파카가 불평했다.

"그냥 정면으로 들어가서 깨부수면 그만인데, 왜 이렇게 귀찮게 일을 벌이는 거냐."

"다인 공간 이동 마법까지 쓰는 최고위급 마법사를 상대로 정면 돌파를 강행하자고? 자살하고 싶으면 그것도 나쁘지 않은 방법이겠네."

마법사는 준비할 시간이 많을수록 까다로워지는 존재다.

그리고 벤자민은 기차에서 가장 높은 경지를 이룬 마법사다.

그러므로 그런 마법사가 대기하고 있는 공간으로 아무 대비 없이 들어가는 건 명청한 짓이다.

그래서 란은 굳이 적지 않은 기운을 들여 태양 일행을 기차 천장으로 옮겼고, 태양도 굳이 마나 소비가 엄청난 '라이트 세이버'를 사용할 생각을 했다.

거대한 면적의 천장을 내려 앉히며 순식간에 저들 한복판으로 뛰어드는 것.

신편의
원코식
클리어

이것으로 모든 수를 끊어 낼 수는 없겠지만, 적어도 사물이나 벽면에 새긴 마법진은 무효화할 수 있었다.

"그래도 어떻게 보면 참 운이 좋아."

Endless Express 스테이지에서 그나마 구조가 가장 많이 알려진 게 꼬리 칸이었다.

저들이 대기하고 있는 장소가 꼬리 칸이 아니었다면 이것도 할 수 없는 짓이었다.

어디쯤 모여서 서 있을지 가늠할 수 없으면, 전투를 설계할 수도 없었을 테니까.

현혜가 꼬리 칸의 예상 설계 도면을 보며 조언했다.

-거기서 한 3m 정도만 더 자르면 되겠다.

"여기 이렇게?"

-응. 거기가 운동장이랑 A 섹터 이어 주는 통로일 거야. 거기서부터 쭉 잘라서 운동장만 딱 덮어 버리면 무조건 영향을 받을 수밖에 없어.

"오케이."

태양이 아직 불이 들어오지 않은 라이트 세이버로 천장에 죽죽 검흔(劍痕)을 새겼다.

혹시 소음이 전해질까 하는 걱정은 하지 않았다.

기차의 단단한 방한 대책은 이 정도 소리를 가볍게 잡아먹는다.

검흔을 사각형으로 만들고, 주변 오브젝트의 예상 형태를 대략적으로 숙지한 후, 태양이 물었다.

"준비됐지?"

수인과 여인이 동시에 고개를 끄덕였다.

운타라를 사냥하느라 소모했던 마나도 모두 회복했고, 아티팩트와 스킬의 쿨타임도 모두 돌았다.

만반의 상태.

"그럼, 시작한다."

우웅.

막대한 마나를 밀어 넣자 라이트 세이버가 기분 좋게 울었다.

드래곤 하트를 섭취했음에도 라이트 세이버가 잡아먹는 마나는 부담스러웠다.

'빨리 끝내야겠어.'

태양이 미리 그어 둔 검흔에 대고 칼을 휘둘렀다.

스컹,

"칼이 너무 잘 드니까 손맛도 특이하네."

태양이 감탄하며 재차 칼을 휘둘렀다.

스컹, 스컹,

천장이 듣기 싫은 소음을 내며 내려앉기 시작했다.

끼이이이익.

세 플레이어가 서로의 눈빛을 확인했다.

'지금!'

스컹!

천장을 지탱하던 마지막 면을 잘라 내자 천장이 내려앉았다.

"산개! 산개하라!"

콰아아아아아앙!

"충격과 공포의 시간이다! 거지 깽깽이들아!"

동시에 란이 부채를 휘둘렀다.

괴력난신(怪力亂神) - 도깨비 바람.

끼히히히히히히-.

까하하하하하하-.

이히히히히히히-.

정신없는 상황을 난전으로 유도하기 위한 대규모 정신착란 술법.

"끄아아아아!"

"괴수! 괴수가 나타났다!"

꼼짝없이 속아 넘어간 몇몇 친위대원이 허공에 총을 쏴 갈기기 시작했다.

크허허허허허헝!

그나마 정신이 남아 있는 놈들은 파카의 몫.

그는 탄력적인 움직임으로 피식자들의 골통을 쳐부쉈다.

채앵!

퍼억!

태양이 불이 꺼진 라이트 세이버와 무투를 섞어 친위대원들을 상대하며 주변을 살폈다.

"어디 있지?"

벤자민, 살로몬 아크랩터 부자.

그들이 가장 경계해야 할 대상이자, 걸어 다니는 업적.

"왼쪽!"

란의 찢어지는 듯한 고음에 태양이 즉시 허리를 숙였다.

파아앙!

"놈, 재빠르기가 역시 쥐새끼답구나."

"크아아아앙!"

벤자민을 발견한 파카가 곧장 달려들었다.

벤자민의 옆에 서 있던 친위대장이 파카에게 총구를 겨눴다.

LBK – 2020: Model – 작열.

푸화아아아악!

총구에서 겁화가 뿜어 나왔다.

그에 란이 부채를 휘둘렀다.

"어딜!"

낭풍(浪風).

파도와 같은 바람이 겁화를 밀어 올렸다.

낭패한 표정의 친위대장.

하지만 파카는 그를 가볍게 무시하고, 벤자민의 얼굴에 주먹을 꽂아 넣었다.

파앙!

연기로 화(化)해 사라진 벤자민이 반대편에서 그 형체를 재구성했다.

"응. 기다리고 있었어."

이번엔 태양이었다.

스타버스트 하이킥(Starburst High Kick).

파앙!

다시 한번 연기로 화하는 벤자민.

"뭐야. 무적이야?"

태양이 인상을 찌푸렸다.

물리 공격에 면역일 것을 대비해서 마나도 잔뜩 때려 박았는데, 다시 한번 신체를 재구성한 벤자민은 타격이 없어 보였다.

"조준, 발포!"

"발포!"

콰아아아앙!

그사이 대형을 수습한 친위대원들이 태양을 향해 방아쇠를 당겼다.

태양은 신경 쓰지 않고 벤자민을 향해 달려들었다.

캐스팅할 시간을 조금이라도 주면 곤란해진다.

슬쩍 상황을 지켜보니 파카는 친위대장을 상대하고 있었다.

태양에게 총알이 덮쳐들었다.

잘 훈련된 대원들의 총알은 화망(火網)을 구성해 회피를 불가능하게 만들었다.

근데 딱히 무섭지는 않았다.

"란!"

후웅!

바람이 총알을 흩어냈다.

크으, 이 맛에 부채쟁이 데리고 다니지.

스모크 피스톨(Smoke Pistol).

투우.

캐스팅할 시간을 주지 않으려고 최대한 압박하는데도 벤자민은 기어코 마법을 캐스팅했다.

숨 한 번 몰아쉴 시간이었는데, 대단하긴 대단하다.

태양이 몸을 날려 총알을 피했다.

차라리 머리를 노렸다면 어떻게든 고개를 꺾어 흘리면서 접근했을 텐데, 노회한 마법사는 총알을 복부로 쏘아서 밸런스를 흩어 놓는 선택을 했다.

콰아앙!

"대장님!"

반대편에서 폭음.

보아하니 파카가 친위대장을 잡아낸 모양이었다.

친위대원들도 란의 풍술에 맥을 추지 못하고 있었다.

"나만 잘하면 되겠구먼."

생각보다 상황이 굉장히 좋았다.

강력한 전력 중 하나인 살로몬이 보이지 않는 것도 가장 큰 이유 중 하나였다.

승리를 예감한 태양이 벤자민에게 뛰어드는 순간.

스모크 그랩(Smoke Grab).

메모라이즈(Memorise) – 디스펠 안티 매직(Dispel Anti Magic).

메모라이즈 – 환염(幻焰)의 창.

거리 고정 마법.

마법 해제 무효화 마법.

그리고 공격 마법.

태양이 발칵 소리를 질렀다.

"야! 시간 안 주면 이런 마법 못 쓴다며!"

-그, 그게 정상인데. 메모라이즈가 알차네.

무슨 대처를 하기도 전에 공격을 맞아야만 하는 모양새.

태양이 날아드는 창을 바라보며 라이트 세이버를 쥐었다.

남은 마나가 부담되긴 하지만, 어쩔 수 없다.

우우우웅!

라이트 세이버의 검날이 순백색의 빛으로 뒤덮였다.

퍼억.

칼질 한 번에 벤자민이 쏘아 낸 불꽃 창이 불똥을 튀기며 튕겨 나갔다.

동시에 연기 족쇄도 베어졌다.

"와, 뭐야 이거."

"정말로 라이트 세이버를 사용하다니."

벤자민 역시 퍽 놀란 얼굴이었다.

태양이 벤자민을 향해 칼을 찔러 넣었다.

"크윽!"

윈드 프레셔(Wind Pressure).

전방에 바람을 쏘아 내 태양에게서 멀어지는 벤자민.

태양이 웃었다.

"어라? 연기화(化)는 안 하시네?"

이제 못 쓰시나?

아니면, 이 칼은 연기도 잡아낼 수 있는 건가?

3초 전에 마법 2개를 베어 낸 참이라 후자에 무게가 실린다.

"크아아아앙!"

반대편에서 파카가 달려들었다.

"어딜!"

혹시라도 업적을 빼앗길라, 태양도 달려들었다.

절체절명의 상황.

벤자민이 눈을 번뜩였다.

그의 오른팔에 휘감겨 있던 연기가 순식간에 뻗어 나와 마법
진을 그렸다.

소환: 아틀라스의 봉인된 오른팔.

마법과 동시에, 거대한 악마의 오른손이 마법진을 찢고 태양,
파카를 동시에 내려찍었다.

피할 수도, 그렇다고 대응할 수도 없이 순식간에 벌어진 일이
었다.

콰아아아아아앙!

두 인형이 순식간에 반대편 벽에 처박혔다.

"쿨럭, 좋지 않군."

벤자민이 피가 묻어 나오는 기침을 대충 닦아 내며 오른팔에 박힌 라이트 세이버를 회수했다.

실수의 연속이었다.

기차의 방비를 과신한 것도, 들이닥친 세 플레이어의 기량을 얕잡아 본 것도, 비밀을 지키겠답시고 친위대만 부른 것도 실수였다.

그 대가로 친위대장을 잃은 것은 물론이고 꼬리 칸도 여섯 달은 사용할 수 없을 정도로 망가져 버렸다.

"쿨럭. 후우, 살로몬 그 녀석만 좀 제대로 된 정신머리였다면……"

벤자민이 아쉬움을 삼키며 분전하고 있는 란을 바라봤다.

란은 친위대원들을 효과적으로 무력화시켰지만, 끝을 내지는 못하고 있었다.

들어올 때부터 이미 큰 기술을 남발한 탓이었다.

"끝을 내고……. 한동안은 요양을 좀 해야겠어."

후웅.

마법진을 이루고 있던 연기가 다시금 벤자민에게 모여들었다.

그때, 뒤에서 목소리가 들려왔다.

"요양, 내가 평생 시켜 드릴 수 있는데."

후우웅!

"무슨!"

벤자민이 반사적으로 연기화했다가, 이내 비명을 질렀다.

"크아아아악!"

연기화했어야 할 팔이 바닥에서 뒹굴고 있었다.

태양이 히죽 웃었다.

"라이트 세이버 앞에서는 안 통하는 게 맞았네."

그의 손에는 생전 군단장이 사용하던 라이트 세이버가 들려 있었다.

"어, 어떻게."

벤자민의 눈동자가 경악으로 떨렸다.

아틀라스의 완력은 산을 부술 정도.

제대로 피격당한 이상 전투 불능이 되어야 마땅했다.

"어. 그거 진짜 더럽게 아프더라."

ㅡㅋㅋㅋㅋㅋ.

ㅡ'위대한 기계장치'라고 아냐?

ㅡ아티팩트 씹사기 ㅋㅋㅋㅋ.

ㅡ템빨 에반데.

태양이 마나를 잔뜩 처먹은 광선검을 들어 올렸다.

아넬카식(式) 인간 절단.

후웅!

태양이 광선검을 내려침과 동시에, 세상이 회색으로 점멸했다.

⁂

스테이지를 살펴보고 있던 마왕, 키메리에스가 턱을 쓰다듬었다.

"이건, 곤란하군."

태양과 란, 파카가 꼬리 칸의 천장을 베어 내던 바로 그 시점이었다.

"이대로 두면 'Endless Express' 스테이지가 무너지겠어."

이렇게 잘 구성되고, 스테이지로 사용되게 걸맞으면서 풍부한 이야깃거리를 만들어 내는 '환경'을 또 만드는 건 마왕인 키메리에스에게도 결코 쉬운 일이 아니었다.

애초에 이 스테이지는 멸망한 차원 하나를 통째로 사용한 케이스였다. 게다가 수많은 원주민이 있음에도 플레이어의 존재를 그나마 자연스럽게 끼워 넣을 수 있는 환경이기도 했다.

자연 발생한 차원에 이 정도로 부드럽게 플레이어의 존재를 끼워 넣을 수 있는 환경은 정말 몇 없었다.

하지만 이렇게 잘 조형됐음에도 불구하고, 기차는 단시간에 너무 많은 일을 겪어 버렸다.

기차의 무력을 대표하는 인물, 군단장 구휼이 죽었다.

게다가 그를 대체할 수 있는 인물인 연대장 아큐트러스도 죽었다.

기차를 이끌어 갈 다음 세대의 리더로 꼽히던 살로몬 아크랩터는 심적인 충격을 받고 두문불출.

여기서 벤자민 아크랩터까지 죽어 버리면, 당장 기차를 통제할 사람이 없었다.

인류가 단합해서 버티려 해도 겨우겨우 버텨 나가던 실정에 이렇게 통제부가 통째로 사라져 버리면, 키메리에스가 직접 손을 대지 않는 이상 스테이지는 끝이었다.

"죽이는 것만큼은 막아야겠어."

Endless Express의 장점은 멸망 과정에서 자연스럽게 형성된 환경과 분위기였다.

키메리에스가 손을 대어 버리면 호평을 받던 스테이지의 장점 하나가 사라져 버리는 것이다.

"어. 그거 진짜 더럽게 아프더라."

아넬카식(式) 인간 절단.

짧은 생각을 마치는 사이, 태양이 광선을 내리긋고 있었다.

키메리에스가 손을 튕겼다.

따악!

　　관리자 옵션 – 일시 정지

꼬리 칸이 회색으로 물들었다.

키메리에스가 중얼거렸다.

"아끼는 스테이지라, 이렇게 부서지게 둘 순 없어서 말입니다."

네 번째 쉼터

"아끼는 스테이지라, 이렇게 부서지게 둘 순 없어서 말입니다."

흑색 마왕, 키메리에스가 손가락을 튕겼다.

따악.

회색의 마나가 꼬리 칸을 집어삼켰다.

⁂

태양이 정신을 차렸을 때, 그는 이미 다른 공간에 있었다.

"흐억."

태양이 본능적으로 몸을 긴장시키며 주변을 둘러봤다.

란, 벤자민, 파카.

한쪽 구석에 창백한 안색으로 널브러져 있는 친위대장까지.

꼬리 칸에 있던 사람들이 보였다.

그리고 태양은 거대한 체격의 흑인 남자, 키메리에스를 발견했다.

란이 혼란스러운 표정으로 중얼거렸다.

"뭐지? 여긴 어디야?"

혼란스러워하는 건 비단 란뿐이 아니었다.

태양도, 파카도. 꼬리 칸 안에 있었던 그 누구도 상황이 어떻게 돌아가는지 파악하지 못했다.

따악.

키메리에스가 손가락을 튕겼다.

모든 일행이 그에게 이목을 집중했다.

그제야 그들은 이 남자가 이 일을 벌였음을 깨달았다.

"처음 뵙겠습니다. 이번 스테이지를 담당한 마왕, 키메리에스입니다."

벤자민이 졸도할 것 같은 표정으로 키메리에스를 삿대질했다.

"키, 키메리에스!"

"벤자민, 당신 처지에서는 오랜만이겠군요. 그 피부에 주름이 새겨지기 전에 봤죠."

친위대장이 창백한 안색으로 벽에 기대앉은 채 키메리에스에

신편의
원코어
클리어

게 총을 겨눴다.

"당신은 누구지?"

키메리에스는 친위대장의 궁금증을 풀어 줄 용의가 없었다.

그는 질문을 무시하고 대뜸 태양, 란, 파카에게 사과했다.

"죄송하게 됐습니다. 개인적인 사정 때문에 여러분들의 시련을 방해하게 되었습니다."

크르릉.

파카가 간신히 몸을 추스르며 으르렁거렸다.

"설명이 필요하다. 이제까지 해 온 게 있는데, 설마 다른 스테이지를 깨야 하는 건 아니겠지?"

"천만의 말씀이죠. 여기는 기관실입니다. 제 임의가 들어가긴 했지만, 여러분들은 이번 12층의 스테이지를 클리어하셨습니다."

"뭐라고!"

친위대장이 놀라서 소리를 질렀다.

살아있던 몇몇 친위대원도 혼란스러운 얼굴이었다.

키메리에스는 그들을 무시하며 말을 이었다.

"플레이어 윤태양, 란, 파카. 당신들은 지금 시점까지의 플레이를 토대로 업적을 지급받는 것은 당연하고, 추가로 2개의 업적을 더 지급받을 겁니다. 클리어가 코앞이었으니 딱히 손해 보는 일은 아닙니다. 이의 있습니까?"

태양이 힐끔 벤자민 아크랩터를 바라봤다.

업적 2개.

모르긴 몰라도 벤자민을 죽였다면 최소 업적 1개는 족히 얻었으리라.

하지만 반대로 어떻게 될지는 모르는 일이었다.

확실히 끝난 상황은 분명 아니었고, 벤자민은 변수를 창출할 기량이 충분한 마법사였다.

다만 약간 아쉬운 게 있다면, 부상을 입은 파카를 제거할 기회였는데 이렇게 되면 놓치게 된다는 것 정도.

뭐, 이 정도야 나중에 또 기회를 보면 되는 거니까.

같은 층이라면 태양에게 필요한 수준의 카드나 아티팩트를 가지고 있을 가능성은 적었다.

란이 조심스럽게 질문했다.

"업적을 2개나 주면서까지 갑작스럽게 스테이지를 클리어시켜 주는 이유가 뭐죠?"

"그대로 두면 'Endless Express' 스테이지가 무너질 상황이었으니까요."

키메리에스의 말과 함께 채팅 창이 주르륵 내려갔다.

－스테이지가 무너진다고?

－ㄷㄷㄷㄷ 마왕이 스테이지에 이렇게 대놓고 개입하는 거 첨봄.

－일시 정지? 개사기네. ㅋㅋㅋ.

－사실상 운영자네 운영자.

–저 새끼들 npc가 아닐지도 몰라.

–gm인 거 아님?

–암튼, 스테이지 무너진다는 건 벤자민 때문인가?

–걍 운타라 레이드에서 고위층 다 죽어서 그런 거 아님?

키메리에스가 고개를 돌려 벤자민을 바라봤다.

사실 모르는 일이다.

여기서 벤자민이 죽어도, 기차에 남은 인류는 어떻게든 자기들끼리 해결책을 낼지도 몰랐다.

어쩌면 더 근사한 스테이지가 만들어질 수도 있겠지.

하지만 그 스테이지는 지금처럼 키메리에스의 입맛에 맞지는 않을 것이다.

이 잘 만들어진 환경을 보존하기 위해, 키메리에스는 이례적으로 일개 인간을 살렸다.

"당신은 여기서 나가면 됩니다. 상황은 대충, 기관사가 당신을 구한 것으로 하면 되겠군요."

벤자민이 입술을 비틀었다.

"이 미래 없는 세상에서 꾸역꾸역 계속 살아가라고? 역겹군."

"미래 없는 세상? 글쎄. 그렇게 생각하십니까?"

백룡을 잡아낸 장면에선 키메리에스도 놀랐을 정도였다.

벤자민의 눈동자가 침잠했다.

그는 아직 할 일이 많았다.

적어도 그는 스스로 그렇게 믿었다.

하지만 그의 목숨이 이렇게 대놓고 이용당하는 것 또한 마음에 들지 않았다.

자존심이 판단을 어지럽게 만들었다.

"뭐, 다 포기하고 자살을 선택하시고 싶다면 말리지는 않겠습니다."

키메리에스가 플레이어들을 돌아봤다.

"당신들은, 다음 층으로 가시면 됩니다. 아. 그 전에 총평을 보러 잠시 들르셔야겠네요. 여긴 12층이니까."

후웅.

키메리에스가 손을 휘젓자 허공에 문이 생겨났다.

***

　[4-3 Endless Express: 기관실에 도달하라. – Pass]

　[획득 업적: 요크셔테리어, 우렁각시, 고양이적 행동 양식, 군단장 대면, 방주 제작자 대면, 권력의 실태, 괴물 신입, 백룡 대면, 영웅 행보, 주연급 조연, 드래곤 슬레이어, 드래곤 하트, Endless Express 클리어, 키메리에스의 보상, 키메리에스의 보상]

　ㅡ12층에서만 업적 몇 개를 먹은 거야 세기도 어렵네.

　ㅡ15개 ㅋㅋㅋㅋㅋㅋㅋㅋㅋㅋㅋ.

　ㅡㅅㅂ 말도 안 되네. ㅋㅋㅋㅋㅋㅋ.

-이쯤 되니까 초반에 업적 5개 먹었다고 놀라워했던 내가 우스워지네. ㅋㅋㅋㅋㅋ.

-생각해 보니까 윤태양이 ㅈㄴ 잘하는 게 아니라 그냥 업적 때문에 피지컬이 미친 듯이 좋아진 거 같기도 하고.

-ㄹㅇㅋㅋ 업적이 먼저인지 실력이 먼저인지 슬슬 구분 안 되기 시작하네.

태양이 얼떨떨한 얼굴로 시스템 창을 확인했다.

-생각보다 엄청나게 많이 나왔네.

"놀랍긴 한데. 그럴 만했던 것 같기도 하고."

이번 스테이지에서 얻은 건 업적만이 아니었다.

라이트 세이버: 타입 - B.

마나를 엄청나게 빨아먹는 동시에 무엇이든지 베는 검.

태양이 라이트 세이버를 만지작거리며 인상을 찌푸렸다.

라이트 세이버는 검이라는 무기 특성상 태양의 플레이 스타일과 맞지 않는 부분이 일정 부분 있었다.

"아넬카도 가끔 하긴 했지만, 역시 익숙한 건 주먹질이란 말이지."

익숙함의 차이.

전투 시에 본능적으로 이루어지는 거리 재기, 심리전, 개인 전술.

태양의 마인드 셋은 검사의 것이 아닌 무투가의 것으로 맞춰져 있었다.

오랜 시간을 들인 결과이기에 뜯어고치기도 쉽지 않은 문제였다.

태양이 입맛을 다시며 고민했다.

또 그렇다고 포기하기에는 라이트 세이버가 너무 좋은 무기란 말이지.

"고민이네. 현혜야, 어때? 검을 써야 할까?"

ㅡ쓸 수 있으면 쓰는 게 좋지. 분명 좋은 검이니까. 그렇다고 억지로 쓸 거면 안 쓰는 게 낫고.

"그거 참 결정하는 데 도움이 되는 조언이구나."

ㅡ선택은 네가 해야지. 그걸 왜 나한테 미뤄?

반박할 구석 없는 정론에 태양이 쪼그라들었다.

잠시 고민하던 태양이 고개를 흔들었다.

"상황 봐 가면서 바꿔 써야지 뭐."

라이트 세이버의 소유권에 대한 이슈가 불거지거나 하지는 않았다.

란은 애초에 태양에게 반박할 수 없는 입장이었고, 파카는 군단장이 사용하던 라이트 세이버를 가져갔다.

드래곤 하트를 섭취한 태양도 겨우 사용하는 검이라 파카가 사용할 수 있을지는 모르겠지만, 그건 태양이 고려할 문제는 아니었다.

아, 그리고 이번 스테이지에서 얻은 또 한 가지.

[특전: 드래곤 하트]

효과는 간단했다.

태양의 몸에 엄청난 양의 마나가 깃드는 것.

마나가 엄청나게 들어가는 라이트 세이버를 얻은 시점에서 같이 얻은 특전이라 그 효용이 더했다.

키메리에스가 태양에게 말을 붙였다.

"플레이어 윤태양. 덕분에 오랜만에 스테이지를 흥미진진하게 관찰했습니다."

"아, 뭐."

"드래곤 하트. 좋은 특전입니다. 하지만 조심하십시오. 용의 마나는 운용하는 건 신체에 꽤나 부하를 주는 일입니다."

태양이 고개를 끄덕였다.

벤자민과의 전투에서 한 번 사용했을 뿐이지만, 그도 어느 정도는 느꼈다.

정령 군주 아라실이 강신했을 때 따라붙는 마나와는 다른 느낌이었다.

감당하기 힘든 거대한 용적의 무언가가 억지로 몸을 누비는 느낌이랄까.

태양은 키메리에스의 총평이 적힌 석판 앞으로 다가갔다.

란은 이미 제 총평을 읽고 있었다.

[15층 밑에서는 그 적수를 찾기 어려울 것 같은 수준의 성장. 스테이지마다 정확한 판단 능력과 임무 수행 능력을 기반으로 좋은 성과를 거머쥐었습니다. 백미는 백룡 운타라를 사냥하는 장면. 급작스럽게 닥친 상황을 기지와 압도적인 무력으로 풀어내는 모습은 12층에서 볼 수 있는 최고의 엔터테인먼트였습니다.]

[획득 업적: 키메리에스 공인 S+등급.]

[추가 보상: 130골드.]

-ㅋㅋㅋㅋㅋㅋㅋ 이쯤 되면 윤태양 때문에 새로운 등급 만들어내는 거 아님?

-그니까. ㅋㅋㅋㅋㅋㅋ.

-KK좌 15층 최고 업적 개수 몇 개였음? 지금 윤태양이 더 많을 것 같은데.

-KK좌 80개. 윤태양 12층 클리어 시점 84개. 윤태양 승 ㄷㄷㄷㄷ

-미쳤네. ㅋㅋㅋㅋㅋㅋㅋㅋㅋ.

-이 정도면 15층에서 고위 클랜 낙점인가?

-모셔 가겠지. KK때도 어지간한 클랜에서 오퍼 다 들어왔었는데.

란이 태양에게 물었다.

"다 읽었어?"

"응."

"무슨 등급이야?"

"S."

"와우, 여지없네."

란이 휘파람을 불었다.

"넌?"

"A."

"같이 다녔는데, 차이가 나네."

"어쩔 수 없지."

란은 결과에 의문이나 불만을 느끼지 않았다.

백룡 운타라의 브레스를 정면에서 버텨 낸 것. 그리고 목을 벤 것.

태양과 란이 같이 겪은 일이지만 일의 중심에는 항상 태양이 있었다.

태양은 란이 맡은 역할을 할 수 있었지만, 란은 태양이 할 수 있는 일을 하지 못했다.

"갈까?"

"가자. 으. 씻고, 쉬고 싶어."

파카가 다가왔다.

다른 이유는 아니고, 그들 역시 쉼터로 향하는 문에 다가온 것이었다.

현혜가 문득 끼어들었다.

─다음 스테이지에서도 동행하면, 나쁘지 않을 수도 있지 않나?

수인족 파카.

확실히 준수한 전투력을 가진 NPC이긴 했다.

생각이 어떨지는 모르겠지만 같이 움직이는 걸 권유해서 잃을 것은 없다.

"어이."

태양의 부름에 파카가 고개를 돌려 태양을 바라봤다.

"다음 스테이지에서 같이 활동하는 거 어때? 이번에도 손발 꽤 잘 맞았는데."

파카가 코웃음을 쳤다.

"인간, 다음 스테이지에서 마주치면 죽는다. 운 좋은 줄 알아라."

"아, 오케이. 잘 가고."

—바로 까였죠?

—칼 같네.

—종족 특성임. 예의 없기.

디폴트부터 인간에게 항상 적대적인 수인족이다.

이상할 것도 없었다.

……저렇게 칼같이 자르니까 좀 짜증이 나기는 하네.

"그럼, 먼저 가지."

파카가 문밖으로 사라졌다.

태양과 란도 사라졌다.

키메리에스가 그 광경을 보며 피식 웃었다.

스테이지를 설계하는 마왕에게 스테이지의 새로운 모습을 발견해 주는 태양은 꽤 기꺼운 존재.

똑똑.

그때, 기관실의 문에 누군가 노크했다.

키메리에스가 문을 바라봤다.

다른 플레이어가 있나?

거의 죽은 것으로 알고 있었는데.

대답이 없자, 노크의 주인공이 문을 열고 들어왔다.

풀어 헤쳐진 적색 제복을 입은, 다크 서클이 눈 밑까지 내려온 남자.

살로몬 아크랩터였다.

살로몬은 키메리에스를 대면하자마자 본론을 쏟아 냈다.

"알고 왔다."

"무엇을 말입니까?"

"우리 세계의 실체."

마왕이라는 존재가 만든 게임판이라는 것.

"나도 갈 수 있나?"

키메리에스가 잠시 고민했다.

살로몬 아크랩터.

엔지니어 진영의 2인자이자, 벤자민 아크랩터의 잠재적인 정적이자, 그의 후계자.

그가 빠져나가면 기차에 남은 강자가 너무 없어진다.

'곤란한데.'

하지만 도전자를 거절하지 않는 것이 '차원 미궁'의 원칙이기도 했다.

키메리에스가 이내 미소를 지었다.

"물론입니다. '차원 미궁'은 도전자를 마다하지 않습니다. 다만, 조건이 있습니다."

⁂

쉼터의 여관으로 들어가는 태양을 보며 현혜가 주먹을 꼬옥 쥐었다.

기록으로 본 Endless Express는 클리어에 전념해도 플레이어들이 마구 죽어 나가는 스테이지였다.

실제로, 스테이지 초반에 '쥐새끼'로 의심받아 죽어 나간 대부분은 플레이어였고.

현혜는 Endless Express에서만큼은 업적을 포기하고, 클리어에 전념하자고 했었다.

하지만 결과는 어떤가.

─어쩌면. 정말로.

초반에 보여 줬던 태양의 가능성은 '클리어할 수 있을까?'에 대한 의심을 희망으로 바꾸었었다.

그리고 지금 이 순간, 희망은 확신이 되었다.

적어도 현혜에게만큼은.

─태양아.

"응?"

─이 게임. 클리어하자. 꼭.

태양이 피식 웃었다.

"당연한 얘기를 하고 있어."

"태양아."

─응?

"이 게임, 클리어하자. 꼭."

화면 속의 태양이 피식 웃었다.

─당연한 얘기를 하고 있어.

태양이 쉼터 안 여관으로 들어갔다.

현혜가 그에 맞춰 스트리밍을 종료했다.

─??? 구해? 누구를?

─윤태양 지인도 단탈리안에 갇힌 거?

─ㄷㄷ 하긴 그러니까 접속했겠지. 목숨 거는 일인데.

─누구임?

─말해 줘 봤자 우리가 알겠냐? 그냥 유저 1 정도 되겠지.

─전에 얘기 들어 보니까 가족인 거 같던데.

—달바~.

—저 고연수는 스트리머 달님의 캠 방송을 기다립니다.

—달바~ 냅바~.

채팅 창을 보던 현혜가 작게 이죽거렸다.

"내일 봐는 무슨. 반나절 뒤면 또 보게 생겼는데. 으아아앗, 허리야."

방송을 끈 현혜가 가장 먼저 하는 일은 별림이 무사한지 확인하는 것이었다.

별림의 집은 태양의 오피스텔 바로 옆 단지여서 멀리 갈 것도 없었다.

"다행히 상태는 괜찮아 보이네."

그녀는 태양과 마찬가지로 아무 일 없다는 듯 편안한 표정으로 캡슐에 누워 있었다.

누가 남매 아니랄까 봐 묘하게 편해 보이는 무표정한 얼굴이 닮았다.

캡슐은 법적으로 사용자가 장시간 누워 있는 경우를 대비한 시스템이 갖춰져야 했다.

영양 공급과 요의, 욕창이나 혈액 순환 저하 등에 관한 대비책들.

처음에는 쓸데없이 기기값을 올리는 거냐며 캡슐 회사와 정부를 비아냥대는 여론이 많았는데, 지금은 이 법률이 단탈리안 피해자들을 구하고 있었다.

실제로 일부 불법 개조한 캡슐을 사용하던 게이머 중에는 욕창으로 심각한 상태가 된 사례도 있었다.

별림의 상태를 확인한 현혜는 이젠 거의 본인의 집처럼 느껴지는 태양의 오피스텔로 돌아왔다.

"휴우, 내가 게임한 것도 아닌데 왜 이렇게 지치지."

현혜가 소파에 몸을 묻었다.

사실 지칠 만한 일과였다.

신경을 곤두세우며 태양의 상황에 집중하고, 채팅이나 커뮤니티를 통해 쓸 만한 정보가 나타나지는 않을까 끊임없이 찾는게 그녀의 일이었기 때문이다.

"밥. 밥만 먹고 자야겠다."

종일 모니터를 보느라 침침한 눈을 부여잡고 배달 음식을 고르고 있던 도중 스마트폰이 울렸다.

모르는 번호.

현혜는 끊을까, 잠시 고민하다가 받았다.

"여보세요?"

"주현혜 님 맞으십니까?"

가늘게 떨리는, 대략 중년쯤 될 것 같은 여성의 목소리.

현혜는 전화기를 귀에서 떼어 내는 동시에 이마를 부여잡았다. 휴대폰을 바꾼 지 얼마나 되었다고 전화번호가 새어 나간 걸까.

핸드폰 통신사 쪽에서 정보를 흘린 걸까?

아니면 자주 시켜 먹는 음식점을 통해서?

"……우리 아들 친구들이 그러는데, 아들이 게임을 퍽 잘하는 놈이라 12층까지는 갔다고, 소문 들었으면 쉼터에 있을 거라고 하더라고요. 혹시 여건 되면……."

현혜는 유출 경로를 고민하며 아무런 대답도 하지 않고 전화를 끊었다.

마음 같아서는 들어주고 싶었지만, 이미 태양과 이야기가 끝난 사항이다.

이런 이야기를 하나하나 다 들어주느라 태양의 플레이에 영향을 받게 할 수는 없었다.

결론적으로, 게임을 클리어하면 그게 모두를 구하는 거니까.

"근데 이것도 범죄 아닌가."

전화를 끊은 현혜가 뚱하니 입술을 내밀었다.

남의 휴대폰 번호를 빼내다니.

태양의 단탈리안 방송 시청자가 많아지고, 그 파급력이 더해질수록 이런 일은 많아지고 있었다.

얼마 전에는 9시 뉴스에 태양의 얼굴이 대문짝만 하게 실렸다.

'킹 오브 피스트' 월드 챔피언십 챔피언 출신의 프로게이머 윤태양,
단탈리안 클리어를 위해 직접 접속.

신전의
원코인
클리어

유명해지면서 현혜의 통장 숫자도 반사 이익을 봤지만, 마냥 좋아할 일은 아니었다.

협박, 사기, 루머 유포 등 유명해지면서 겪는 별의별 일들이 현혜를 타깃으로 삼기 시작했기 때문이다.

"이러다가 별림이 신상도 털리겠어."

실제로 태양과 별림 사이의 상관관계를 의심하는 사람들이 꽤 있었다.

윤태양, 윤별림.

성이 같았기 때문이다.

태양이 가족을 구하기 위해 접속했다는 사실도 그들의 의심을 뒷받침하는 근거였다.

'오히려 아직까지 들통 나지 않은 게 신기하네.'

일주일 전에 바꾼 휴대폰 번호도 알아내는 사람들인데, 별림과 태양의 관계를 알아내지 못할 것 같지는 않았다.

"휴. 그나저나 진짜 문제는 이건데."

인터넷 기사를 보던 현혜의 눈이 깊어졌다.

파죽지세로 타 플레이어를 죽이며 차원 미궁을 오르는 윤태양. 유저를 죽였을 가능성은?

윤태양 살인 의혹.

단탈리안 내에서 유저를 죽이면 살인인가?

지금까지 태양이 죽인 플레이어가 유저일 가능성은 거의 없었다. 아니, 아예 없었다.

애초에 태양이 게임을 시작한 시점이 '단탈리안 사태' 이후 거의 한 달이 지나서였다.

즉, 죽을 사람은 죽고 올라간 사람은 15층을 넘었을 것이며 포기한 사람만 쉼터에 있었을 시간인 것이다.

그리고 애초에 유저들은 말하는 것, 행동 양식이 NPC와 달리 이질적이라서 확 티가 났다.

메시아와 같이 '단탈리안 사태' 이후 접속한 유저들은 현실과의 소통을 위해 스트리밍을 하고 있었으니 이들을 만났으면 채팅 창에서 알려 줬겠지.

하지만, '만약'이 문제다.

만약 태양이 플레이어를 죽였을 때 그 플레이어가 유저라는 게 확실해 보이는 정황이 나온다면?

경찰이나 정부 측에서 태양의 플레이에 간섭하려 할지도 몰랐다.

"어떡해야 하지? 태양이한테 플레이어랑 다투는 건 줄이자고 말해야 하나?"

이 얘기 때문에 플레이에 지장이 오면, 그건 또 어떡하지?

그렇다고 이대로 두자니 정말로 살인이 되어 버리면 그건 또 어떡하고?

"아, 모르겠다."

고민하던 현혜는 스마트폰을 집어 던지고 소파에 얼굴을 파묻었다.

소파 구석에 처박힌 스마트폰이 곧 모르는 숫자 11개를 띄워 놓고 다시금 울었다.

※

12층 쉼터 여관.

침대에 누운 태양이 깍지 베개를 한 채 생각에 잠겨 있었다.

더 정확히는 스테이지를 진행하느라 놓쳤던 부분들을 복기하고 있었다.

가장 큰 주제는 이것이었다.

"……그 목소리, 뭐였을까?"

처음 운타라를 맞이해서 브레스를 정면에서 막아 낼 때.

스킬 스톰브링어를 이용한 강신 상태로 '스타버스트 하이킥 - 캐논 폼'을 준비하던 그 시점에서 들렸던 목소리.

목소리가 들리고 난 후 기적적으로 마나가 안정되지 않았더라면, 태양은 그 자리에서 브레스를 맞고 죽었을지도 몰랐다.

당연히 대충 짐작 가는 바는 있었다.

스톰브링어(Storm Bringer): 폭풍 소환(暴風 召喚), 폭풍의 정령 군주 아라실을 육체에 소환하는 기술.

태양은 '아마도' 이 폭풍의 정령 군주 아라실이 그 순간 그에게 도움을 준 것이 아닐까 의심하고 있었다.

태양이 다루기 애를 먹고 있던 마나는 분명 강신 정령화로 인해 따라붙은 바람 속성의 마나였으니 아귀도 맞았다.

만약 태양을 도와준 것이 정말로 폭풍의 정령 군주 아라실이었다면.

아라실과 직접 계약해서 스킬 카드의 도움 없이 아라실을 소환할 수 있게 된다면 거의 '위대한 기계장치'급의 엄청난 수확이었다.

침대에 누워 있던 태양이 인상을 찌푸렸다.

"확인해 보고 싶은데. 답답하네."

쉼터에서는 카드를 통한 스킬 사용이 불가능했다.

스테이지에 돌입하면 쿨타임 때문에 또 스킬을 함부로 사용할 수 없으니, 그 목소리가 아라실인지 확인하는 것 역시 자연히 요원한 일이 되었다.

생각을 마친 태양은 침대에서 일어났다.

당장 자고 일어나서 1층에서 란을 만나기로 하기는 했지만, 바로 다음 층을 향할 생각은 아니었다.

근래 너무 달려와서 피로가 쌓인 탓이다.

몸이야 게임에서의 보정으로 금방 낫고 회복되지만, 정신적으로 몰린 것이 컸다.

특히 마지막 전투에서 벤자민이 사용했던 마법, 아틀라스의 오른팔에 직격당했을 때, 태양의 신체는 순간이지만 거의 박살

신전의
원코인
클리어

나다시피 했을 정도였다.

"일단 란에게 먼저 말해 두고, 방송도 그냥 현혜가 켤 때까지 기다려야겠다."

생각을 정리하며 여관 1층의 주점에 들어간 태양은, 상상하지도 못한 장면과 마주했다.

란이 당혹한 얼굴로 모르는 플레이어들에게 둘러싸여 있었다.

"이 사람이 란 맞지?"

"메시아가 얘기했던 인상착의랑 완전히 똑같은데? 근데 진짜 예쁘네?"

"일단 부채 보니까 빼박."

"당신들 뭐야? 저리 안 비켜?"

앙칼진 반응에 사람들이 물러나기는 하지만, 관심을 완전히 끄지는 않았다.

"태양은 어디 있어? 어떻게 생겼다고 했었지?"

"키 한 180 넘는 격투가 캐릭터. 근육질이라고 했고. 원래는 무기 안 들고 있었는데 이번 스테이지 끝내고 아마 검 하나 들고 있을 거야."

"그나저나 메시아는 어디 간 거야?"

"그러게? 아까까진 여기 있었는데?"

태양이 저도 모르게 걸음을 멈췄다.

아니, 지금 이게 무슨 상황이지?

그때 때마침 현혜가 방송을 켰다.

─태하!

─달─하!

─태하!

─지금 메시아 방 난리 났던데?

─쉼터에 있는 거 진짜 메시아 맞음?

─ㄹㅇ??

─메시아랑 태양이랑 같은 쉼터임?

방송을 켜자마자 채팅이 미친 듯이 내려간다.

메시아? 이게 무슨 소리야.

그때 누군가 태양의 어깨를 잡았다.

"찾았다."

태양이 반사적으로 어깨를 뿌리치며 뒤돌았다.

흰머리, 광기에 찬 듯 희번덕거리는 눈동자.

그리고 얼굴 전반을 가로지르는 검상.

남자를 확인한 태양이 놀랐다.

검상 때문에 알아보는 데 잠시 시간이 들었지만, 앞뒤 상황을 고려했을 때 이 남자를 알아보지 못하는 게 더 이상하다.

"메, 메시아?"

"윤태양, 맞지?"

남자가 씨익 웃었다.

─메시아!

−ㅅㅂ 소문이 맞았다고?

−? 얘가 왜 여기 있음? 한참 먼저 시작하지 않음?

−다 따라잡혔지.

−ㅋㅋㅋㅋ 절대 따라잡힐 일 없다고 호언장담했는데 여서 만나누.

−심지어 얘가 더 늦게 올라옴. ㅋㅋㅋㅋㅋ.

현혜가 당황한 목소리로 중얼거렸다.

−아니, 이게 무슨…….

"너도 아는 거 없어?"

−나도 자고 일어나서 방금 접속한 거야. 밥 시키고 네가 방송 안 켜기에 내가 켰는데. 이게 무슨 상황이야?

그때 반대편에서 누군가 소리를 질렀다.

"메시아 저기 있다! 남자랑 있는데?"

"어? 저거 윤태양 아니야?"

"저 남자가 윤태양이라고?"

"칼 한 자루 달랑 들고 있고, 아크샤론의 허물. 갑옷 종류. 인상착의 맞는데?"

란의 주위에 몰려 있던 유저들이 태양을 향해 우르르 몰려들었다.

"태양! 이게 무슨 일이야? 자고 내려왔더니 갑자기 사람들이 네 이름을 부르면서……."

나도 몰라.

"잠깐만. 상황 정리 좀 하자."

"어? 어?"

"어이! 잠깐만요! 우리랑 잠시 얘기 좀!"

태양이 란의 손목을 잡고 다시 숙소로 들어갔다.

태양은 현혜를 통해 상황을 파악했다.

너무 당황해서 방송도 껐다.

"그러니까, 나보다 훨씬 먼저 게임에 접속했었던 플레이어 메시아가 나 다음으로 12층 쉼터로 들어왔다는 거지? 다른 유저들이랑 같이?"

─어. 아마 몇 명은 원래 12층 쉼터에 있던 유저들이고.

란 주변에 몰려 있던 여덟 명가량의 유저.

12층만 하더라도 상위 1%에 가까운 하이랭크였다.

"참나. 게임에 접속한 사람이 나랑 걔 말고도 8명이나 더 있었다고?"

─6명은 쉼터에서 메시아 만나고 따라 나온 거래.

"아."

확실히.

혼자라면 못 할 일도 무리를 지으면 용기가 생기는 법이지.

메시아와 같은 구심점이 있다면 더더욱.

-저쪽 방송 봤는데, 아예 빨대 꽂고 싶은 모양이던데.

"흠. 그건 마음에 안 드는데."

"뭐?"

대화를 듣지 못한 란의 반문에 태양이 상황을 설명했다.

"아, 저 녀석들이랑 딱히 같이 움직이고 싶지는 않다고."

"나도 그래."

태양의 미간에 골이 파였다.

"따라 들어오면 못 막잖아."

-응, 그게 진짜 문제지.

단탈리안의 시스템적인 문제다.

같은 쉼터에 배정되면, 아슬아슬하게 스테이지 인원이 잘리는 게 아닌 이상 같은 스테이지로 배정됐다.

"어떡하지? 죽인다고 협박할까? 그럼 안 따라오려나?"

-아, 안 그래도 그거 때문에 할 말이 있었는데.

현혜가 현실에서의 상황을 설명하고, 태양이 이마를 짚었다.

"하루 자고 일어났는데, 왜 이렇게 상황이 복잡해졌지?"

현혜가 쓴웃음을 지었다.

"아무튼."

태양이 자리에서 일어났다.

"메시아를 불러 보자. 저쪽 얘기를 들어 봐야 무슨 진전이 있겠어."

현상금 (1)

태양이 메시아를 방으로 초대했다.

메시아 한 명만.

이에 나머지 유저들이 아쉬워했지만, 태양은 단호했다.

애초에 거절할 생각이었기 때문이다.

태양의 의사를 전해 들은 메시아가 입술을 삐뚜름히 비틀었
다.

"난 당신이 왜 우리랑 같이 움직이는 걸 싫어하는지 모르겠는
데."

"뭐?"

"유저잖아. 이 세계에서 유저가 유저를 믿지 않으면 누구를
믿을 수 있는데?"

"글쎄. 내가 듣기로 NPC가 유저를 배신하는 경우만큼이나 유저가 유저 뒤통수를 때리는 사례도 많던데?"

실제로 엄청나게 많았다.

몇몇 비매너를 콘셉트로 잡은 일부 유저는 악의적 배신을 하는 플레이로 인기를 얻기도 했었고.

메시아가 반박했다.

"그거야 상황이 이렇게 되지 않았을 때의 얘기지. 지금 게임 안에서 사람을 죽이면 말 그대로 살인이야. 알잖아?"

─……맞아. 그것도 네가 하면 수만 명 앞에서 중계되는 살인이지.

태양이 인상을 찌푸렸다.

"그건 그렇다 치자고. 12층까지 올라오면서 업적 몇 개나 모았어?"

"그건 왜?"

"잔말 말고. 어차피 방송 켜 놓고 플레이했을 거 아니야. 난 84개 모았어."

"84개? 와우!"

메시아가 눈을 동그랗게 뜨며 감탄했다.

"나는 55개."

─오. 생각보다 엄청 알뜰하게 챙겼네.

15층까지 가면 KK의 기록을 깰 만한 페이스.

현혜가 상정했던 것보다 뛰어난 성과였다.

"그래. 너는 그나마 쓸 만하겠네. 너랑 같이 올라온 나머지 녀석들은?"

"……아마 30개? 안 되는 녀석도 있고, 40개 가까이 되는 녀석도 있고."

태양이 고개를 흔들었다.

메시아와 같이 다니기 싫은 이유는 많았다.

그리고 이런 업적 차이 역시 그 이유 중 하나였다.

"너도 알겠지만, 난 이미 엄청나게 스펙을 쌓았어. 그걸 기반으로 플레이하면 더 많은 업적을 얻을 수 있지. 너희한테 맞춰서 움직이다 보면……."

"같이 움직이기에 수준이 안 맞는다?"

잘 아네.

태양이 어깨를 으쓱였다.

메시아가 란을 바라보며 물었다.

"그쪽은 몇 갠데?"

"나?"

란이 갑작스러운 언급에 얼떨떨한 얼굴이 되었다.

"뭐야, 당연히 알려 줘야 한다는 얼굴이네."

"아니, 딱히 말할 필요는 없어. 업적 개수랑 상관없이 너랑 나는 호흡이 맞잖아."

실제로 플레이어들은 자기 업적 개수를 밝히는 것을 꺼렸다.

능력이 수치화되어 드러나는 것이니 당연한 일이었다.

오히려 태양과 메시아처럼 아무렇지도 않게 밝히는 게 일반적인 NPC 플레이어들의 시선에서는 비정상적인 행태였다.

란이 팔짱을 끼며 메시아를 쏘아봤다.

"정확히 밝히기는 싫지만, 한 가지 말해 두자면 너보다는 내가 많아."

"대충 비슷하다는 거네?"

란은 대답하지 않았다.

그것은 동의하는 의미의 침묵이었다.

실제로 메시아보다 많이 쌓긴 했지만 그렇게 차이가 크지는 않았다.

두 사람의 적대적인 분위기에 메시아가 피식 웃음을 짓더니 짝! 하고 박수를 쳤다.

"그럼 이렇게 하지."

태양이 팔짱을 꼈다.

"말해 봐."

"저 나머지 유저들 말고, 나만 같이 데려가는 건 어때?"

"뭐?"

"너도 란은 쓸모가 있다면서 데리고 다니잖아. 나도 쓸모가 있지 않겠어?"

의외의 대답.

태양이 되물었다.

"……사람들 의사 안 물어보고 너 혼자 그렇게 막 결정해도

신전의
원코인
클리어

돼?"

"저 사람들도 좋아할걸? 목숨 걸고 등반하는 것보다 등 따뜻한 쉼터에서 커피 마시면서 기다리는 게 남는 장사 아니겠어?"

"하."

태양이 헛웃음을 내뱉었다.

저렇게 말을 막 하는 것으로 보아하니, 태양이 송출을 중단한 것을 확인하고 메시아도 방송을 중단한 모양이었다.

그렇지 않았다면 이렇게 아무렇지도 않게 버리겠다는 말을 하지 않았겠지.

"그동안 같이 올라온 팀을 깨고, 나랑 합류하겠다고?"

메시아 이 친구.

말이 많이 얄팍하다.

목숨 걸고 등반하는 것보다 등 따듯한 쉼터? 뭐?

그런 사람들이 12층까지 올라왔다?

웃기지도 않는 이야기다.

애초에 그런 사람들이었다면 여기까지 올라올 리가 없었다.

3층, 6층, 9층. 세 번의 쉼터가 있었는데 그 기회를 모두 포기하고 12층까지 올라온 사람들이다.

−그렇지 않아도 메시아가 리더일 텐데 말이지.

메시아가 미간을 찌푸렸다.

"이봐 친구. 상황을 거국적으로 보자고."

"거국적?"

"저 녀석들의 처우가 중요한 게 아니야! 우리에게 중요한 건 게임을 클리어하고, 게임 속에 갇힌 인간들을 구원하는 거! 내 말 틀려?"

응, 틀려.

태양이 마주 반박했다.

"그것보다 더 중요한 건 신뢰야. 넌 지금 아무렇지도 않게 네 팀원들과의 신뢰를 깨고 나와 손을 잡고 싶은 거잖아."

"그거 참 옳은 소리네."

란이 고개를 끄덕였다.

태양이 말을 이었다.

"내가 뭘 믿고 너랑 같이 올라야 하는데? 나를 버리고 네가 올라갈 수 있는 상황에 직면하면 넌 분명 그렇게 할 거잖아. 아니야? 또 지껄이겠지. 거국적인 시야 어쩌고 하면서."

"……뭔가 오해가 있는 것 같군. 내가 팀원들을 버려두고 너희와 가겠다는 건 여기가 쉼터여서 할 수 있는 결정이야."

"말은 쉽지."

팔짱을 낀 태양이 고개를 흔들었다.

애초부터 같이 갈 생각은 없었지만, 대화를 나눠 보니 결론이 더 확실히 굳어졌다.

"됐어. 확신이 드네. 너랑 같이 갈 일은 없어."

"이봐!"

"이봐? 이봐 메시아. 네 의사를 존중받고 싶다면 남의 의사도 존중할 줄 알아야 하지 않겠어?"

메시아가 태양을 노려봤다.

물론 태양은 꿈적도 하지 않았다.

"다음에 다시 물어보지."

"미리 대답해도 돼?"

콰앙.

메시아가 신경질적으로 방을 나갔다.

바깥에서 기다리던 동료들이 메시아에게 달라붙었다.

"대장?"

"저쪽에서 뭐래요? 다음 스테이지부터는 같이 움직이는 겁니까?"

"업적이 70개가 넘는다면서요? 거의 네임드 NPC급 무력일 텐데!"

유저들의 기대에 찬 시선에 메시아가 고개를 저었다.

"저쪽에서는 우리와 딱히 움직이고 싶지 않은 모양이야."

"그, 그런……."

"그럼 이 멤버로 계속 가는 겁니까?"

메시아가 주먹을 쥐었다.

"아니, 그렇다고 순순히 물러날 순 없지."

"네?"

"그 친구, 유저와 합을 맞춰 본 경험이 없는 것 같더라고."

메시아가 피식 웃었다.

"한번 보여 주자고. '유저'들이 만들 수 있는 시너지."

⁂

메시아가 나간 후.

현혜가 조심스럽게 입을 열었다.

—굳이 이렇게까지 할 필요가 있어?

"뭐가?"

—메시아. 의도가 별로 좋아 보이진 않지만, 믿을 만한 전력인 건 맞아. 게임에 대한 이해도 깊고.

"……갑자기 생각이 바뀌었어? 같이 다니는 게 나을 것 같아?"

—솔직히 말하자면, 어. 도움이 될 것 같아.

메시아는 유저다.

현혜는 이 한 가지 이유만으로도 그가 태양에게 도움이 될 것 같았다.

단탈리안의 세계에 떨어진 사람이 태양 혼자가 아니라는 점만으로도 정신적으로 크게 위안이 될 수 있을 것 같았다.

물론 실제로 메시아는 유능한 플레이어라는 게 가장 큰 이유이기도 했다.

하지만 태양은 단호하게 고개를 흔들었다.

"안 돼."

-왜?

"그 녀석이……. 방송을 하고 있으니까."

방송.

메시아에게 말하지 못한 결정적 이유.

태양의 눈동자가 낮게 가라앉았다.

절대 일어나서는 안 되는 일이지만.

만약.

만약에.

유저가 태양의 미궁 등반을 방해한다면?

별림을 구하는 일을 방해한다면?

충분히 일어날 수 있는 일이다.

다른 NPC의 협박, 스테이지 클리어 조건 등.

경우의 수는 충분히 많으니까.

그리고 만약 그런 상황에 닥친다면 태양은 '방송을 끄고' 문제를 해결할 생각까지도 하고 있었다.

누군가는 비인도적이라고 욕할지도 모른다.

용서받을 수 없는 일도 맞다.

하지만 태양에게는 별림의 목숨이 타인의 목숨보다 더 큰 가치를 지니고 있었다.

말하자면 최후의 보루.

이 보루를 보루로서 남기기 위해서는 메시아와 멀어져야만 했다.

"휴우."

마음이 무거워진 태양이 한숨을 내쉬자 란이 뭘 고민하느냐는 듯 눈썹을 들었다.

태양은 척 보기에도 유능했고, 그 능력에 승차하길 바라던 플레이어들도 많았다.

그리고 태양은 그런 플레이어들을 보며 고민한 적이 없었다.

"따라오면 죽이면 되는 거 아니야? 이제까지 했던 것처럼."

태양이 뒤통수를 벅벅 긁었다.

"그게 그렇게 간단한 문제가 아니라서 말이야."

유저.

죽이는 장면이 방송을 통해 나간다면 상황은 좋지 않게 흘러갈 게 분명했다.

최악의 경우 태양의 살인 행위를 막는다는 명목으로 접속을 끊어 버릴 가능성도 있었다.

공권력의 개입은 태양이나 현혜가 제어할 수 없는 경우의수였고, 태양은 이를 고려해야만 했다.

태양이 말을 뭉개고 있자 란이 다시 물었다.

"저 녀석들, 못 죽이는 이유가 있는 거야?"

"응, 내 손으로는 못 죽여."

"그럼 내가 죽일게. 그럼 문제없잖아."

"아니, 그것도 좀……."

살인은 아니지만, 살인 교사, 살인 방조 정도만 해도 현실에서는 충분한 중죄다.

태양이 또다시 한숨을 내쉬었다.

-으음. 딱히 다른 방법은 생각이 안 나네.

"일단 기다려 보자. 녀석들이 먼저 출발하면 한참 뒤에 가는 식으로."

"하던 대로 하지. 왜⋯⋯."

"쉬었다가 가자고. 이 기회에 피로도 풀고 가자. 그동안 안 쉬고 달렸잖아."

-그래. 확실히 쉴 시간이 필요하긴 하지.

태양답지 않은 어정쩡한 대처에 란이 입술을 삐죽였다.

머피의 법칙.

과거 미공군 소속의 대위 에드워드 머피가 주장한 법칙이다.

머피의 법칙을 간단히 요약하자면 이렇다.

'잘못될 수 있는 일은 결국 잘못되기 마련이다.'

메시아의 일 역시 그랬다.

-추접하네.

-ㄹㅇ. 그냥 갈 길 가면 되는데 끝까지 기다리네.

-나였어도 그랬다. ㅋㅋㅋ 공짜 버스인데 왜 안 탐?

-이거 그냥 죽이면 안 됨?

-그거 살인이야, ㅁㅊ넘아 ㄷㄷ.

-게임에서 죽음이 현실의 죽음으로 이어지는 이유가 명확히 밝혀지진 않았음. 직관적으로 보면 살인이긴 한데. 하여튼 과학적으로 증명 안 돼서 처벌은 못 할걸?

-그렇다고 대놓고 죽이면 사이코패스지.

-그건 또 ㅇㅈ.

그렇게 3일.

태양이 한숨을 내쉬었다.

"안 되겠다."

피로도 모두 풀렸고, 이제는 지나가는 시간이 아깝게 느껴지기 시작했다.

"가게?"

"가야지."

이 순간에도 별림이는 게임에 갇혀 있었다.

-근데 12층, 평균 업적 33개 크루인데 쓸 만하지 않음?

-아깝지 않나?

-스테이지 갈리지만 않으면 숫자로 깡패 짓할 수 있잖아.

-근데 윤태양이랑 격차가 너무 많이 나긴 해.

-근데 업적 쓸어 담는 플레이는 이렇게 무리 지어 가면 좀 애매해지지 않아?

-ㅇㅇ 몰아주면 할 수 있긴 한데, 그럼 나머지 플레이어들이 너무 못 커서.

태양과 란이 다음 스테이지와 연결되어 있는 문을 향하자 대기하고 있던 플레이어들이 몰려들었다.

개떼처럼 몰려드는 유저들의 모습에 란이 작게 중얼거렸다.

"이건 무슨 거지새끼들도 아니고."

메시아가 웃으면서 태양을 맞았다.

"같이 가지."

"난 너희 책임 안 져. 확실히 해. 스테이지로 넘어가면, 너희를 도와주지도 않을 거고, 돕지도 않을 거야."

"말이 좀 섭섭하네. 물론 우리도 딱히 도움이 필요하진 않아."

펴이나.

태양이 콧방귀를 끼었다.

이에 관한 이야기는 충분히 들었는지, 다른 유저들의 표정도 큰 변화는 없었다.

"가자."

쿠웅.

태양이 문을 넘어 들어갔다.

란이 따라 들어오고, 메시아 일행도 따라 들어왔다.

무슨 생각인지, 쉼터에서 그들을 관찰하던 NPC 플레이어 몇몇도 따라 들어왔다.

말이 오가는 낌새로 무언가 얻어먹을 구석이 있다고 생각한 모양이었다.

쿠웅.

문이 닫힘과 동시에, 공간이 변화했다.

"여긴?"

"오우."

눈에 가장 먼저 들어온 건 하늘을 찌를 듯 서 있는 건물들.

그리고 뾰족하고 날카로운 스카이라인.

—오.

—뭐야. 지구 배경임?

—현대 배경 ㅅㅅㅅㅅㅅ.

['파카발바닥젤리' 님이 10,000원을 후원하셨습니다!]

[정답. 신탁 피하기.]

—스테이지 얘기하는 거임?

—ㅇㅇ.

—맞는 듯?

['바나' 님이 10,000원을 후원하셨습니다!]

[ㄴㄴ 현상금 스테이지임. 달님이랑 나랑 방송도 했음.]

현혜가 후원 창을 보며 피식 웃었다.

—기억하네.

바나는 단탈리안 고인물이자 현혜의 동료 스트리머였다.

현혜는 그와 함께 수금하기 스테이지를 깬 적이 있었다.

반면 태양은 어색하게 머리를 긁적였다.

"현상금? 기억이 잘 안 나는데. 뭐였지?"

신컨의
원코인
클리어

대답보다 먼저 시스템 창이 떠올랐다.

　[5─1 현상금: 범죄자를 사냥하라. 0/20,000,000]

동시에, 플레이어들 사이에 거대한 철통이 내리꽂혔다.

콰아아아앙!

수많은 이름과 숫자가 적혀 있는, 우체통과 비슷한 형태의 철통.

태양이 철통을 올려다보며 중얼거렸다.

"아, 대충 기억났다."

'현상금' 스테이지.

규칙은 간단했다.

플레이어는 도시 곳곳에 숨어 있는 범죄자를 찾아서 죽여야 했다.

죽이는 데 성공하면, 플레이어는 해당 범죄자의 현상금만큼 포인트를 얻었다.

목표는 20,000,000포인트.

모두 모은 후, 철통으로 돌아오면 스테이지 클리어.

태양이 주변을 두리번거리며 중얼거렸다.

"엔드리스 익스프레스도 그렇고. 스케일이 큰 스테이지를 많이 만나네."

─이제 '중층'에 가까워졌다는 거지. 점점 더 커질 거야.

철통과 미션의 상관관계를 떠올리기가 어렵지는 않았던지라, 플레이어들은 순식간에 철통으로 모여들었다.

　　슈바이처 앙헬 - 10,000,000
　　마루야마 사피엔스 - 1,000,000
　　제임스 하라리 - 500,000
　　안젤라 훈 - 1,300,000
　　안티고네 플롯 - 6,000,000
　　비말 스트레이트 - 3,500,000
　　……

　　이름과 현상금.
　　철통이 알려 주는 정보는 이게 다였다.
　　외모를 비롯한 인적 사항은 플레이어들이 직접 몸으로 뛰며 알아내야 했다.
　　"란, 움직이자."
　　"어? 이름이랑 액수 외워 가야 하는 거 아니야?"
　　"알면서 왜 그래."
　　이러는 게 한두 번도 아닌데.
　　"아."
　　태양이 눈을 찡긋거리자, 란이 작게 웃고는 그를 따라나섰다.
　　별난 일도 아니었다.

또 그 옆에 붙어 있는 귀신씨가 알려 줬겠지.

문득 현혜가 물었다.

-그나저나 방송 안 꺼도 되겠어? 시청자들이 저쪽에 진행 상황 계속 보고할 텐데.

"뭐, 하라고 해."

태양이 태연한 얼굴로 대답했다.

그들의 위치? 어떤 일을 꾸미고 있는지?

태양은 솔직히 알려져도 상관없다고 생각했다.

어차피, 그들은 태양이 하려는 일을 막을 수 없었다.

그게 뭐가 됐든 간에.

-올 ㅋ.

-이건 좀 멋있었다.

-ㅎㅎ 킹피 시절 격언 하나 있잖음. 분석요? 하라고 하세요.

-ㄹㅇㅋㅋ.

-그다음 말이 더 걸작이었는데 여기서 끊네.

-뭐였는데?

-안 알려 줌.

-??

-???

슬쩍 돌려 메시아 일행을 확인하니 그들 역시 움직이고 있었다.

철통을 제대로 확인하지도 않고, 누구보다 빨리 빌딩 숲으로 나가는 모습.

―쯧, 동선 겹치겠네.

"뭐, 예상한 일이잖아."

스테이지를 막론하고, 메시아와 동선이 겹치는 건 당연한 수순이었다.

메시아나 현혜나 고일대로 고인 플레이어들이었기 때문이다.

공략법은 유저들끼리 공유한 정보로 만들어지는 것.

사소한 디테일의 차이는 있겠지만, 메시아와 현혜의 공략은 크게 다르지 않을 가능성이 컸다.

그나저나.

고개를 홱 돌린 태양이 란에게 물었다.

"너, 귀신에 대해서 좀 알아?"

"귀신? 마물이나 괴수 말고?"

"응. 흡혈귀라든가. 그런 종류."

"아, 알긴 알지. 네가 아는 것과 내가 아는 것이 같은 종류인지는 모르겠는데."

음, 아마 맞을 거다.

란이 인상을 찌푸렸다.

"설마. 여기에서 나타나는 것들이야?"

"어. 바로 맞췄네."

흡혈귀.

퇴마사.

그리고 마피아.

'수금' 스테이지의 배경, 도시 아메리고의 콘셉트는 '어반 판타지'였다.

※

메시아가 빠르게 걸으며 동료들에게 브리핑했다.

"일단은 두셋씩 찢어져서 뒷골목을 돌아보자."

"졸개 마약쟁이부터 찾는 겁니까?"

"응. 타고 들어가는 부분은 그쪽이 제일 빠르니까. 양아치 같은 애들 만나도 숙여 주고, 마찰이 일어나더라도 차라리 그냥 도망치는 쪽으로. 이해하지?"

이제까지의 메시아와는 다르게 유독 급한 태도.

메시아의 유저 무리에서 2인자 노릇을 하는 플레이어, 셀타비고가 걱정스러운 얼굴로 물었다.

"뱀파이어면 기본 천만 원 단위 현상금이 맞긴 한데, 굳이 위험을 감수하고 그 녀석들을 노릴 필요가 있을까? 클리어는 잔챙이 녀석들 잡아서 해결하는 게 더 안전하지 않겠어?"

"100, 200 하는 녀석들 잡으려면 손이 열 번도 더 가. 우리 입이 몇인데."

"그래도……."

우뚝.

메시아가 걸음을 멈췄다.

"언제부터 이렇게 잔소리가 많았지? 누누이 얘기했을 텐데. 단탈리안은 난이도에 겁먹어서 소극적으로 플레이하면 그대로 잡아먹히는 게임이야."

"……."

"그리고 최고 현상금 업적. 밤의 귀족 대면. 콘스탄틴. 대략 생각나는 업적만 해도 3개야. 잔가지를 쳐 내면 5개는 우습게 더 나오고."

셀타비고가 한숨을 내쉬었다.

"윤태양을 너무 의식하는 것 같아서 하는 말이야. 최고 현상금, 뱀파이어 대면. 그렇게 서두르지 않아도 되는 일이잖아."

"서두른다고?"

메시아가 이죽거렸다.

"이봐, 윤태양이 지금 업적 몇 개를 쌓았는지 알아? 어? 셀타비고. 그리고 친구들. 잘 생각해. 이번 스테이지는 전과는 달라. 이건 우리 쓸모를 증명하는 장이라고."

쓸모를 증명.

셀타비고를 비롯한 유저의 표정이 굳어졌다.

메시아의 눈이 가라앉았다.

그렇겠지.

자존심 상하겠지.

하지만 그게 현실이다.

메시아가 그들의 표정을 보며 말을 이었다.

"여기 지금 13층이야. 그런데 지금 윤태양의 업적이 몇 개인 줄 알아?"

"……."

"84개야. 지금 내 페이스가 KK를 갱신할 거라고? 무슨 의미야? 저쪽은 이미 갱신했어. KK도 이미 녀석 앞에서는 퇴물이라고."

쯧.

시간 아깝게.

입을 닫은 유저들을 보며 메시아가 다시 걸음을 재촉했다.

유저들이 황망한 표정으로 메시아의 뒷모습을 쳐다봤다.

윤태양이 대단하다는 이야기는 들어서 알고 있었지만, 메시아가 이 정도까지 생각하고 있는 줄은 몰랐다.

그들이 생각하기에 메시아도 이미 일류의 수준이었다.

그와 활동하는 자신들 역시.

메시아가 저렇게 자신을 깎아 평가하는 모습은 반대로 이야기하면 그들의 자존감도 깎아내리는 행위였다.

셸타비고가 메시아의 등에 대고 소리쳤다.

"메시아, 솔직히 잘 모르겠어. 이렇게까지 해야 할 이유가 있어?"

메시아가 걸음을 멈췄다.

"젠장! 솔직해지자고. 난 네가 윤태양에게 집착하는 이유를 모르겠어. 윤태양? 대단하지. 근데 그게 뭐? 저 녀석은 저 녀석 대로 잘나가게 두자고. 우린 우리대로 할 거 하고. 지금까지 잘 해 왔잖아! 뭐가 문젠데?"

메시아가 작게 웃었다.

문제?

"친구. 얘기했잖아. 난 단탈리안을 클리어하고, 이곳에 갇힌 모두를 구원하러 왔다고."

메시아는 관심을 좋아하고, 또 평범한 시각에서는 약간 미쳐 보이는 인물이었지만, 거짓된 사람은 아니었다.

그는 진심으로 단탈리안에 갇힌 삼억의 인류를 구할 생각으로 게임에 접속했다.

그리고.

적어도 메시아의 눈에는, 태양과 같이 탑을 오르는 게 가장 효율적인 방법 같아 보였다.

"물론 윤태양도 완벽하지는 않겠지. 사람이니까. 스트리머 달님? 꽤 유명하지만, 나보다 게임을 더 잘 안다고 자부할 수도 없을걸."

그래서.

메시아는 보여 줄 생각이었다.

자신의 쓸모를.

혼자 힘으로 할 수 없는 것들을.

유저 간의 긴밀한 연대로 보여 줄 수 있는 성과를.

"클리어에 가장 가까운 건 윤태양이야. 인정 못 하겠으면 꺼져. 다시 한번 말해 두지만, 난 여기 클리어하러 왔어. 소꿉놀이가 아니라."

말을 마친 메시아가 다시 등을 돌려, 골목으로 사라졌다.

그리고 남은 유저들 사이에서 감탄사가 흘러나왔다.

"역시 메시아야. 난 자존심에 얽매여서 저런 생각은 전혀 못 했는데."

"솔직히 맞는 말이지. 업적이 84개. 역대 최고잖아! 만약 클리어한다면 우리가 아니라 저쪽이지."

"휴, 맞아. 인정해야 해. 우리끼리 하는 게 더 편하긴 하겠지만, 클리어를 생각하면 그건 효율적인 선택이 아니야."

"뭐 해? 얼른 따라가자고."

유저들이 메시아를 뒤따라갔다.

혼자 남은 셀타비고가 복잡한 표정이 되었다.

"메시아, 정말로 그게 네 진심이야?"

아메리고는 마피아 갱단 여럿이 파벌을 만들어 꾸뻑하면 서로 총구를 겨누는 치안 나쁜 도시였다.

밤중에 총소리가 들리는 건 예사고, 자고 일어나면 옆집에

살던 사람이 죽거나 없어지는 것도 이 도시의 주민들에겐 평범한 일이었다.

도시의 치안을 지켜 내야 할 경찰 역시 마피아들에게 고개를 숙일 정도.

"그리고 그 마피아들의 주 수입원은 마약이야."

"마약이라."

"응. 저기 쟤 눈 풀린 거 보이지?"

태양을 스쳐 지나가는 한 남성.

눈 밑이 퀭 하고, 초점이 없는 게 딱 봐도 마약에 중독되어서 집이고 가정이고 싹 다 날린 부랑자가 분명했다.

"놈들은 체계적으로 마약을 다뤄."

싸구려 대마부터, 고차원적인 공정을 통해 직접 제조하기까지.

심지어는 흡혈귀들의 주술까지 이용했다.

태양의 설명을 들은 란이 깜짝 놀라서 되물었다.

"흡혈귀들이 마약을 만든다고?"

"놀랍게도."

"흡혈귀와 인간이 양립할 수 있는 존재야?"

"왜 안 된다고 생각해? 총구 앞에서 모든 생명체는 평등해."

방아쇠를 당기는 순간 죽는 건 개나 인간이나 흡혈귀나 마찬가지다.

"우리가 할 건 간단해. 놈들이 제조한 마약 중, 가장 귀한 걸

훔치는 거지."

V-헤로인.

일순간 몸을 뱀파이어로 변이시키며 확장된 감각으로 평범한 인간이라면 겪을 수 없는 극치감을 느끼게 해 주는 마약.

V-헤로인은 '현상금' 스테이지에서 얻을 수 있는 가장 유명한 보상이었다.

실제로 전투 중 복용하면 신체 전반의 뱀파이어화(化)가 진행되어서 재생력이 급상승하고 뱀파이어 특유의 일부 권능을 사용할 수 있었다.

-그나저나, 뽕 맛 느끼는 애들 있지 꽤 많지 않았음?

-ㅇㅇ 뉴스 좀 탔던 거로 기억함. 게임 속 마약도 진짜 마약이냐. ㅋㅋ.

-문제 안 됨?

-KK도 14층 등반 성공률 50%가 간당간당할걸?

-ㅋㅋㅋㅋ 마약 하고 싶어서 단탈리안을 하기엔 14층은 너무 빡세지...

-그리고 보니 윤태양은 싱크로율 100이잖아.

-헐, 진짜.

그러게. 궁금하긴 하네.

태양이 채팅 창에서 눈을 떼며 말을 이었다.

"훔치는 과정에서 분명 세 부류의 놈들이 걸리게 되어 있어. 마피아, 흡혈귀. 그리고 퇴마사."

그리고 도시에서 가장 가치 있는 물건인 V-헤로인과 연관된 인물이라면, 무조건 거물이다.

"그래서, 이렇게 옥상에 올라온 이유는 뭔데?"

태양과 란은 도시에서 높은 빌딩의 옥상에 올라와 있었다.

경계가 꽤 심해서 이목을 따돌리는 데 꽤 심력을 소모할 정도였다.

태양이 팔짱을 낀 채 자신만만하게 외쳤다.

"V-헤로인은 초고가의 물건이고, 도시의 최고 권력자들만 접할 수 있는 물건이지."

"그리고?"

"그런 놈들은 높은 곳을 좋아하기 마련이잖아?"

드라마를 보더라도, 회장의 방은 항상 가장 꼭대기에 위치하곤 했다.

이 무법지대 같은 도시에서 가장 높은 빌딩.

우연인지 아닌지, 온통 암막 커튼이 쳐져 있기까지.

현혜가 떨떠름한 얼굴로 물었다.

"……들이박자고?"

"간단한 게 최고잖아. 굳이 어렵게 갈 필요 있어?"

사실 메시아가 선택했던 마약쟁이들을 찾아 라인을 파내는 게 가장 일반적인 루트이긴 했다.

몸으로 뛰어서 마약쟁이들을 찾고, 그들 틈에 섞여 마약 판매상을 찾고, 판매상을 시작으로 줄을 쭉쭉 당겨 꼭대기까지 이

신컨의
원코인
클리어

르는 방법.

현혜가 처음 말해 준 방법도 역시 저것이었다.

─근데 다시 생각해 보니까 네가 그 고생을 할 필요가 없더라고.

84개.

다른 플레이어는 물론이고, 스테이지의 보스급 괴수들과도 맞부딪칠 만한 수준의 스펙.

활용하지 않으면 손해다.

"물건만 손에 넣으면, 따로 뭐 할 필요 없어. 우리가 찾아가야 할 놈들이 알아서 찾아올 테니까."

덤으로, 쓸 만한 도핑 아이템도 얻고 말이지.

스릉.

태양이 허리에서 라이트 세이버 ─ 타입 : B를 꺼내 들었다.

"작업. 들어가 보자고."

후두둑.

태양이 라이트 세이버를 휘두르자, 사람 한 명 드나들 만한 공간이 생겨났다.

란이 그를 보며 묘한 표정으로 중얼거렸다.

"말은 뭐 다 깨부술 것 같이 하더니."

"뭘 모르네. 가장 좋은 건 싸우지 않고 이기는 거야. 싸우고 이기는 건 상중하로 따지자면 고작 중일 뿐이라고."

손자병법 몰라? 모르는구나?

태양의 뻐기는 듯한 표정에 란이 어이없다는 듯 한숨을 내쉬었다.

태양이 먼저 구멍에 몸을 던졌다.

란이 뒤따라 들어왔다.

"와."

동시에 채팅 창이 좌르륵 내려갔다.

─대박.

─ㄷㄷㄷㄷ 빌딩 꼭대기 층이 사실 금고였던 거임.

─무슨 금이 이렇게 많음?

─저기서 수영해도 되겠네. ㄷㄷㄷ.

─현실도 이럴까?

─대기업 회장들 회장실은 그럴 수 있을 것 같긴 해. ㄷ.

─킹리적 갓심으로다가 그럴지도 모름.

─ㄹㅇ

─저 고연수는 스트리머 달님의 캠 방송을 기다립니다...

아메리고는 마약 중독자들의 도시였다.

거리에 마약 중독자가 아무렇지도 않게 널브러져 있을 정도
의.

그 말인즉슨, 마약 유통자에게 도시의 현금, 부가 대부분 집
중된다는 뜻이다.

"제대로 찾아오긴 했나 보네."

"그러게. 이렇게 뭐가 많은 걸 보니까."

하지만 란이나 태양의 반응은 크지 않았다.

돈 혹은 금.

보통 사람들에게 통용되는 재화.

플레이어들에게는 무의미한 것들이었기 때문이다.

플레이어들에게 가치 있는 재화는 차원 미궁의 보상으로 떨어지는 금화뿐이다.

주변을 살핀 태양이 인적이 없음을 확인하고 중얼거렸다.

"약봉지를 찾아야 한다는 말이지."

"너무 어두운데."

"커튼부터 젖히자."

나쁜 방법은 아니었다.

이렇게 암막 커튼이 쳐져 있다는 건 방의 주인이 흡혈귀일 가능성이 크다는 뜻이었다.

커튼을 젖혀 놓으면 바깥에서 봤을 때 티가 좀 나긴 하겠지만, 방의 주인이 들어올 경우 전투에 도움이 될 수 있었다.

티가 난다고 하긴 하지만, 애초에 건물 바깥에서 봤을 때에나 알아볼 수 있는 것이기도 하고.

문득 란이 고개를 갸웃거렸다.

"싸울 생각 없다며?"

"내가 언제? 안 싸우고 넘어가면 좋다고 했지."

"참나."

한국말은 '아' 다르고 '어' 다른 법이다.

둘은 빠르게 수색했다.

층 전체를 살펴봐야 했기 때문에 작업량이 적지는 않았지만,
구조가 간단한 것이 그나마 다행이었다.

-크. 한 층을 통째로 방처럼 써 버리네.

-멋있긴 하다.

-진짜. 나도 나중에 이런 집에서 살고 싶다.

뭔가를 먼저 발견한 건 란이었다.

"태양."

"어?"

"이거 봐 봐."

란이 발견한 것은 금고였다.

벽장 뒤에 숨겨져 있는 통짜 철로 된 금고.

발견된 위치, 생김새, 재질.

둘은 금고 안에 뭔가 중요한 것이 들어있음을 직감했다.

란이 다이얼로 된 잠금장치를 보며 중얼거렸다.

"어떻게 열지?"

"어떻게 열긴."

스릉.

태양이 다시금 허리춤에서 라이트 세이버를 꺼내 들었다.

-ㅋㅋㅋㅋㅋ 라이트 세이버 진짜 효자 템이네.

-ㄹㅇㅋㅋ.

-쓰임새가 ㅈㄴ 많음. ㅋㅋㅋㅋ.

-드래곤하트 먹은 게 진짜 크다 커. ㅋㅋㅋ.

처음 얻었을 땐 손에 익지 않아서 전투에서 활용도가 떨어질 것을 걱정했는데, 생각보다 쓰임이 엄청 많다.

그때 란이 손을 들어 태양을 저지했다.

"잠깐."

"왜?"

"느낌이 좋지 않아."

그녀가 날카로운 눈으로 허공을 노려봤다.

"열면 큰 소란이 있을 거야."

"'바람 점'이야?"

란이 고개를 끄덕였다.

그때 현혜가 조심스럽게 끼어들었다.

─그래도 안 열어 볼 수는 없어. 안에 뭐가 있는 건 확실하잖아.

태양이 잠시 고민했다.

현혜의 말 역시 맞았다.

게다가 방을 수색하는 데 들인 시간이 적지 않았다.

찾아볼 만한 곳은 대부분 찾아봤고, 아무것도 없었다.

잠시 고민하던 태양이 결국 검을 들어 올렸다.

"어차피 열긴 해야 해. 게다가, 찾아볼 만한 곳은 다 찾아봤잖아."

지켜보던 란이 침음을 흘렸다.

"으음. 하긴. 이대로 성과 없이 나가는 것보다는……."

"게다가 소란이 일어나는 것도 꼭 나쁜 건 아니야."

애초에 V-헤로인을 얻는 것도 태양의 목표였지만, 더 근본적인 목표는 V-헤로인을 얻음으로써 집중되는 이목을 활용해 스테이지를 깨는 것.

금고 안에 V-헤로인이 들어있다는 전제하에, 오히려 좋을 수도 있었다.

우웅.

막대한 마나를 집어먹은 라이트 세이버가 청명한 울음을 토해 냈다.

연거푸 라이트 세이버를 시동한 태양이 인상을 찌푸렸다.

"확실히 무리가 좀 가네."

마나가 부족하지는 않지만, 몸에 부하가 걸릴 거라는 키메리에스의 경고가 정확히 들어맞았다.

막대한 마나의 유동을 감당한 심장과 오른팔에 불편한 느낌이 들었다.

툭.

통짜 강철이 베어지고, 태양의 얼굴에 화색이 돌았다.

"있다!"

붉은빛이 감도는 흰색 가루가 들어있는 투명한 봉지.

현혜가 설명해 준 V-헤로인의 모습과 같았다.

동시에.

위이이이이이이이이이이잉!

커다란 경보음이 빌딩 내부에 울려 퍼졌다.

신컨의
원로이
클리어

"소란. 칼 같네."

"아무렴. 내 점이 틀리는 거 봤어?"

태양이 약봉지를 집어 들고 곧바로 들어왔던 구멍을 향해 뛰었다.

란이 먼저 올라감과 동시에 사람들이 방문을 열고 들이닥쳤다.

"침입자!"

"잡아라!"

아메리고의 중심가.

제 사무실에 왕처럼 앉아있던 창백한 인상의 남성이 문득 인상을 찌푸렸다.

"느낌이 좋지 않군."

그때, 부하가 그에게 다가왔다.

"보스, 손님이 찾아왔습니다."

"손님?"

"이 시간에?"

남성이 주머니에서 회중시계를 꺼내 들었다.

오후 세 시.

남자가 되물었다.

"'손님' 맞아?"

손님.

마약을 구매하고 싶어 하는 사람을 지칭하는 은어였다.

"맞습니다. 보스를 찾아왔다고 했습니다."

"이 시간에?"

"예. 보스를 '슈바이처 앙헬'이라고 불렀습니다."

남자, 슈바이처 앙헬이 고개를 갸웃거렸다.

자신의 진명(眞名)이 '슈바이처 앙헬'임을 알고 있는 사람이라면, 자신이 흡혈귀라는 것도 알 터.

오후 3시. 흡혈귀에게는 새벽 3시나 다름없는 시간.

인간에게는 방문하기 나쁜 시간대가 아니지만, 흡혈귀를 상대로 지금 찾아오는 것은 명백한 결례다.

자신이 흡혈귀인 건 아는데, 흡혈귀를 대하는 예의는 모른다?

앙헬이 물었다.

"아는 녀석이야?"

"모르는 얼굴입니다."

"돈은?"

"총총이 보증했습니다."

고리대금업자 총총.

그의 소개라면 금력 하나는 확실하다는 뜻이었다.

앙헬이 와인 잔을 들며 부하에게 명령했다.

"손님으로 받아."

"모십니까?"

"그래."

앙헬이 와인 잔에 든 음료를 삼켰다.

비릿한 철분의 맛이 앙헬의 뇌를 짜릿하게 자극했다.

달칵.

"이쪽입니다."

부하의 말과 함께 한 남자가 나타났다.

얼굴을 가로지르는 흉터.

형형한 안광.

'미친놈이군.'

앙헬은 남자를 보자마자 본능적으로 판단했다.

'아직 마약을 접해 본 적은 없군. 타지에서 온 녀석이다. 아메리고 특유의 냄새 안 나.'

앙헬이 남자에게 손을 내밀었다.

"슈바이처 앙헬이다."

"메시아."

앙헬이 픽 웃었다.

"구원자라고?"

"이름일 뿐이다. 별다른 의미는 없어."

앙헬과 악수를 마친 메시아는 곧바로 자리에 앉았다.

자기 안방이라도 되는 양, 방만한 자세로.

그리고 아무렇지도 않게 본론으로 들어갔다.

"V-헤로인. 나에게 팔아라."

V-헤로인이란 말에 앙헬의 눈썹이 한껏 들어 올려졌다.

V-헤로인.

흡혈귀 마약상인 앙헬의 가장 큰 무기이자, 도시의 모두가 원하는 가장 가치 있는 자원.

그런 만큼 앙헬은 V-헤로인을 만들 때 보안에 심혈을 기울였다.

그런데 눈앞의 남자, 메시아는 아무렇지도 않게 자신에게 V-헤로인이 있다는 사실을 확정짓듯 말하고 있었다.

'허세인가?'

자신이 흡혈귀라는 사실을 아는 만큼 모르면서 배짱을 부리는 것일 가능성도 있었다.

앙헬이 짐짓 모르는 척 되물었다.

"소문을 잘못 듣고 왔나 보군. V-헤로인은 이미 팔린 지 오래야."

메시아가 당황하지 않고 대답했다.

"이미 공장 다 돌아보고 오는 길이야. 말 꼭 길게 해야겠어?"

"공장?"

"알 거 다 알고 왔다고. 지하 공장이랑, '저 위'에서 두 번 작업했잖아. 주술은 한 일주일 전에 박았고."

V-헤로인의 제작 과정을 알고 있기에 할 수 있는 대답이었

다.

　메시아 본인도 이유는 모르지만, V-헤로인의 재료가 되는 헤로인은 굳이 장소를 두 번 옮겨 가며 제작했다.

　주술의 시기 역시.

　V-헤로인 제작 주술은 마약 중독자들의 정신에 특별한 파장을 미치는데, 메시아는 이미 탐문 수사를 통해 그런 일이 일어난 시기를 조사해 왔다.

　앙헬의 입이 다물렸다.

　유저의 공략을 모르는 그의 시선에서 메시아는 확실히 알고 온 사람처럼 보였다.

　"돈은 있나?"

　"이야기 못 들었어?"

　"총총이 보증했다는 이야기는 들었지. 하지만 그것만으로는 부족해."

　메시아가 얼굴을 찌푸렸다.

　"흠. 총총 말고 다른 증명은 생각 안 해 봤는데."

　"없나?"

　"여기서 지폐 몇 장 보여 준다고 증명이 되지는 않을 거 아니야."

　"잘 아는군."

　앙헬이 와인 잔을 들어 올렸다.

　"그 특색 있는 얼굴을 아는 사람이 아무도 없다는 걸 보아하니, 도시에 들어온 지 얼마 안 된 것 같군. 맞나?"

"맞아."

"어디서 V-헤로인에 관한 이야기를 들었나 본데, 네가 어떤 이야기를 들었든 실체는 상상 이상이다. 어지간한 금력이 아니라면 포기하는 게 좋아. 금력만 있어도 포기하는 게 좋고."

꿀꺽.

앙헬이 와인 잔 속에 담긴 액체를 들이켰다.

"좋아. 증명 대신 흥미로운 이야기를 하나 해 주지."

"들어는 보지."

"흥미로우면, 경매장 위치 정도는 알려 줄 수 있겠지?"

앙헬이 작게 웃었다.

"꽤나 많이 주워들었군."

"V-헤로인 제작 주술 원본."

메시아의 말과 동시에, 앙헬의 표정이 급속하게 굳었다.

"어디로 갔을까?"

"너……."

메시아가 처음으로 웃었다.

"위치 먼저."

"……클럽 판테온이다. 경매는 내일 밤 12시."

메시아가 커다란 의자에 등을 묻었다.

경매.

애초부터 메시아의 목적은 V-헤로인 그 자체가 아니라 경매장에 들어가는 것이었다.

슈바이처 앙헬 그 자체로도 1천만 포인트짜리 거물이다.

그리고 V-헤로인의 경매는 그와 비슷한 수준의 목표물들이 수 명, 많으면 열댓 명까지도 모이는 자리.

메시아는 동료 유저들과 경매장을 급습해서 포인트를 단번에 벌어들일 속셈이었다.

"그보다 이야기가 듣고 싶군. V-헤로인의 제작 주술 원본. 어디서 그런……."

그때, 쾅 소리와 함께 부하가 다급한 기색으로 들어왔다.

"보스!"

"하라리. 지금 중요한 이야기 중이니까 잠깐만 기다리지."

"가, 간략히 보고만 드리겠습니다. 너무 중요한 이야기라."

앙헬이 인상을 찌푸렸다.

하지만 이렇게까지 이야기하는데 듣지 않을 수도 없는 노릇이었다.

앙헬이 자리에서 일어났다.

"잠시 실례하지."

"원래 사업가들이 다 그렇지 뭐. 다 이해해."

앙헬이 방에서 나가고, 혼자 남은 메시아가 방송을 켰다.

채팅 창이 좌르륵 내려갔다.

─속보) 윤태양 V-헤로인 탈취.

─앙헬 빌딩 꼭대기 폭파 ㅋㅋㅋㅋㅋㅋㅋㅋㅋㅋ.

−미쳤다 미쳤어.

−메시아는 뭐 하고 있음?

−모름 방송 방금 킴.

−끄기 전에는 마약상이랑 접선 어쩌고 하지 않음?

−ㅇㅇ 껐으니 접선 끝난 거 아닐까.

−ㄷㄷ 뛰는 메시아 위에 나는 윤태양.

−실제로 윤태양 지금 도시 상공 날아다니는 중. ㅋㅋㅋㅋㅋ.

메시아의 미간이 좁아졌다.

"뭐야? 윤태양이 뭐?"

콰앙.

그때 슈바이처 앙헬이 거칠게 문을 열고 들어왔다.

그의 안색은 원래부터 새하얬었는데, 놀랍게도 지금은 그것보다 더 하얗게 질려 있었다.

"미안하게 됐다. 급한 일이 생겼어. 이야기는 다음에 들어야겠군."

그는 메시아의 반대편 자리에 앉지 않고, 그를 지나쳐 서랍을 열었다.

"다시 한번 사과하지. 많이 급한 일이라."

철컥.

앙헬이 서랍에서 팔뚝만 한 핸드 캐넌(Hand Canon)을 꺼냈다.

"남은 이야기는 클럽 판테온에서 듣자고. 실례하지."

쿵.

파다다다닥.

문이 닫히고, 앙헬이 박쥐화(化)해서 사라졌다.

메시아의 얼굴이 잔뜩 일그러졌다.

"이게 무슨……."

두 인형(人形)이 도시 상공을 가로질렀다.

수직으로 떨어지는 것이 아니라, 새가 비행하듯 완만하게.

란의 풍술(風術) 덕분이었다.

"와우! 이거 장난 아닌데!"

신이 난 태양이 소리를 질렀다.

빌딩 사이를 지나다니는 기류가 그의 몸을 때려대고 있었다.

-크으.

-속도감 장난 아니네.

-거의 뭐 패러글라이딩 아니냐?

-도시에서 저러고 있으니까 ㄹㅇ 관종이네. ㅋㅋ.

-근데 솔직히 재미있어 보이긴 함.

-살짝 부럽다.

-아. 단탈리안 마렵다.

-ㄹㅇ 윤태양 겜 ㅈㄴ 맛깔나게 하네. ㅜㅜ

타앙! 타앙! 타앙!

반대편에서 총성이 이어졌다.

의미 없는 소리였다.

란의 풍술(風術)은 다재다능했다.

그리고 원거리 투사체를 막아 내는 데에 특히 탁월한 모습을 보였다.

란이 외쳤다.

"곧 떨어진다!"

"뭐? 안 들려!"

"곧! 떨어진다고!"

바람 소리가 너무 거세서 란이 말이 들리지 않았지만, 태양은 뜻을 유추해 내는 데 성공했다.

그를 둘러싼 바람의 마나가 한 올 한 올 풀려 나가고 있었기 때문이다.

태양이 재빨리 주변을 스캔했다.

현재 그들은 상공 15층 높이에 있었다.

그가 서 있던 건물이 40층짜리 건물이었으니 절반이나 내려온 셈이었지만, 높은 건 마찬가지.

이대로 아무 대비 없이 떨어지면 그게 바로 추락사다.

"저쪽!"

태양이 손가락으로 근처 빌딩을 가리켰다.

건물 중간에 그냥 들어갈 생각이었다.

후웅!

란이 부채를 휘두르자 바람이 빌딩을 향해 태양의 신체를 쏘아 냈다.

태양이 유리창을 확인하고, 두 발을 내뻗었다.

쨍그랑!

"뭐, 뭐야!"

"미친! 비둘긴가?"

"사람! 사람이야!"

"말이 돼? 여기 15층이라고!"

"어떻게 들어왔지? 내가 마약이라도 한 거야?"

평범한 회사 사무실의 모습.

태양이 당당하게 소리쳤다.

"하하. 죄송하게 됐습니다! 수고하십쇼!"

슬쩍 뒤를 돌아보니, 란은 보이지 않았다.

하긴.

태양의 몸을 옮기는 건 몰라도 스스로 날아다니는 건 기똥차
게 잘하는 그녀다.

굳이 태양을 따라 건물 안으로 들어오는 것보다 여유롭게 1층
에서 기다리는 편이 경제적인 방법이긴 했다.

-건물은 좁으니까. 이편이 그녀에게도 낫긴 하지.

태양은 엘리베이터가 아니라 계단으로 향했다.

쿠웅.

햇빛이라고는 들이치지 않는, 차가운 회백색 형광등의 빛만
이 어둠을 밝히는 철제 통로.

파다다다다닥.

작은 포유류의 날갯짓 소리를 들으며 태양이 작게 미소 지었

다.

"빠르네."

"쥐새끼. 숨으면 못 찾을 줄 알았나?"

철컥.

슈바이처 앙헬.

그가 나타나서 태양에게 핸드캐넌을 겨눴다.

"어우. 그거 쏴도 되겠어? 실내인데?"

태양이 여유롭게 대답했다.

아메리고에서 흡혈귀의 기동성은 상식 이상.

이곳이 아니더라도 마주칠 것을 예상했기 때문이다.

콰아아아아아앙!

태양이 허리를 꺾어 대포알을 피해 냈다.

동시에 한발 앞으로 전진.

콰득.

연약한 콘크리트 지반이 태양의 진각을 견디지 못하고 조각

났다.

초월 진각 - 선풍권(旋風拳).

파앙!

파드득!

타격과 동시에 박쥐화(化)하는 슈바이처 앙헬.

태양이 주먹을 뻗어 도망치는 박쥐 한 마리를 잡아 뜯었다.

끼에에엑!

어느새 태양의 뒤에서 현신한 앙헬이 다시금 핸드캐넌을 겨눴다.

"그건 장전도 필요 없나?"

앙헬은 반응하지 않고 방아쇠를 당겼다.

콰아아아아아앙!

이번에는 태양이 앞으로 굴렀다.

계단실의 벽을 이루고 있던 석면이 박살 나서 흉한 철제 공격이 모습을 드러냈다.

─아니, 이렇게 싸우는 데 한 명도 안 들어와 본다고?

─개시끄러워 보이는데. ㅋㅋㅋ.

─왜 들어옴? 괜히 머리 들이밀었다가 그대로 박살 나는 거임.

─그래도 싸움 구경인데.

─이걸 참네. ㅋㅋㅋ.

쿠웅.

앙헬이 발을 굴렀다.

"움직임이 잽싸군."

"칭찬 고마……."

투웅.

심상치 않은 마나 유동.

태양이 대답 도중 몸을 날렸다.

절영(絶影).

앙헬의 그림자가 태양의 그림자를 향해 달려들었다.

"이런."

물리적으로 피하기 어려운 기술.

태양의 행동이 순간적으로 정지했다.

"끝이다. 도둑."

철컥.

"하하. 친구? 잠깐 말 좀……."

콰아아아앙!

"듣지! 젠장!"

태양이 주먹을 내뻗었다.

혈기충천(血氣充天).

새빨개진 주먹이 핸드캐넌의 대포알을 정면으로 깨부쉈다.

콰아아아아앙!

정권이 저릿하다.

통증을 완화해 주는 혈기충천 스킬이 아니었다면 상당히 고통스러웠으리라.

태양이 온몸에 마나를 돌려 속박을 털어낸 후 앙헬에게 달려들었다.

파다다닥!

다시 박쥐화(化)하는 앙헬.

십 수 마리의 박쥐를 바라보며 태양이 이를 악물었다.

예상은 했지만, 저도 모르게 아쉬운 소리가 튀어나온다.

"다른 공략법은 없어?"

-원래 까다로워. 범위 공격으로 박쥐를 싹 다 잡아 죽이든가, 박쥐화(化)하기 전에 때리든가 해야 해.

햇빛으로 인한 행동 제약만 떼 놓고 보면, 뱀파이어는 무적처럼 보이는 족속이었다.

실제로 48층까지 도달했던 랭커 제수스는 해당 회차에서 현상금 스테이지에서 의도적으로 흡혈귀에게 물려서 종족을 바꾸기도 했었다.

태양이 등 뒤에 찬 라이트 세이버를 잠시 집었다가 놓았다.

까다롭긴 하지만, 저쪽에서 태양을 딱히 잡지는 못하고 있는 상황.

굳이 사서 무리할 필요는 없었다.

콰아앙!

"뻔하다 뻔해."

태양이 다시 한번 포격을 피해내자 앙헬이 반사적으로 박쥐화(化)를 사용했다.

그러자 태양이 밑으로 뛰어내렸다.

"더러워서 다음에 붙자!"

파다다다닥!

급하게 따라붙는 박쥐 무리.

태양이 씨익 웃었다.

"……는 낚았고."

그의 손이 어느새 품속으로 들어가 있었다.

[빨리 감기 – 신체를 가속한다. (쿨타임 12시간)]

째각, 째각, 째각.

[위대한 기계장치(The Greatest Machinery)의 태엽이 빠르게 감깁니다.
(쿨타임 12시간)]
[플레이어 윤태양에게 빨리 감기 1단계 버프가 부여됩니다.]

1단계.
1분 지속, 3배 가속 버프다.
태양이 계단 난간을 밟고 뛰어 올랐다.
투웅.
오른손을 내뻗는다.
콰득.
1마리.
동시에 왼손으로 스쳐 지나가는 박쥐를 휘어잡고, 그 옆에 있
는 박쥐에게 내던진다.
상식 이상의 완력에 박쥐가 형체를 잃고 붉은색 덩어리로 화
했다.
파드득. 퍼억.

신권의
원코인
클리어

3마리.

태양의 양손이 순간 잔상이 남을 정도로 가속했다.

끼에에에에에에엑!

—손은 눈보다 빠르다.avi

—크. 싸늘하다.

—킹태양! 킹태양! 킹태양! 킹태양!

—금태양! 금태양! 금태양! 금태양!

—금태양이 뭐임?

—금발 태닝 양아치

—ㅗㅜㅑ……

태양이 피에 젖은 손을 털었다.

후둑 하고 박쥐들의 핏방울이 진득하게 떨어져 나왔다.

"아깝다."

결론적으로 말하면, 한 마리 놓쳤다.

현혜가 속 터지는 목소리로 쏘아붙였다.

—잘하는 짓이다. 여분의 목숨이니까 아끼라고 그렇게 말을 해
도…….

슈바이처 앙헬은 경악한 얼굴이었다.

아찔했겠지, 순식간에 그대로 끝장날 뻔했으니까.

태양이 그를 바라보며 씨익 웃었다.

"한 번 봐준다."

애초에 죽일 생각도 없었다.

저 녀석이 다른 현상금 덩어리들을 모아 줘야 일이 쉬웠으니까.

게다가 이런 방식으로는 잡기 불가능하다시피 한 녀석이기도 하고.

저 흡혈귀와 대거리를 한 이유는 도시 권력자들의 수준을 알아보기 위해서일 뿐이었다.

쿠웅.

어느새 1층.

태양이 위를 보고 느긋하게 중얼거렸다.

"다음에 보자고 친구."

그때는 현상금 회수할 거니까, 목 깨끗하게 닦고.

태양이 상쾌한 표정으로 문을 나섰다.

수준 파악은 끝났다.

평가는. 음. 적절히 날뛰기 편한 정도.

끼익.

빌딩 밖으로 나오자 란이 지루한 표정으로 서 있었다.

"왜 이렇게 늦게 나와?"

"아, 미안. 구경 좀 하느라."

콰앙.

문이 닫히고, 앙헬이 딱딱하게 굳은 표정으로 중얼거렸다.

"쉽지 않겠군."

메시아의 동료들이 웅성거렸다.

"이거 어떻게 되는 거야?"

"그럼 우리가 했던 밑 작업들 다 날아가는 거야?"

"총총을 비롯한 인맥도?"

"그건 남지. 대부분 남아. 어디에든 써먹을 수 있는 것들이니까. 정보는 특히 더욱. 다만…… 상황이 좀 아쉬워지긴 했어. 그건 부정할 수 없지."

"아깝다."

모든 일이 뜻대로 되지 않으면 아쉬운 법이지만, 이번 사례에서 그들이 느끼는 아쉬움은 더했다.

메시아의 빡빡한 지휘 아래, 그들은 말 그대로 역대급 페이스로 밑 작업을 끝마쳤던 것이다.

가진 것 없는 무일푼 상태에서 시작해서, 도시의 최고 권력층까지 도달하기까지 든 시간이 고작 6시간이었다.

심지어 V-헤로인을 만들어 내는 흡혈귀 공급원은 말하자면 도시에서 가장 베일에 싸인 인물 중 하나.

셀타비고가 중얼거렸다.

"아쉽긴 해. 이번 스테이지의 판 자체를 잡고 흔들 수 있을 정도까지 왔었는데."

메시아가 기운이 빠진 유저들을 격려했다.

"오히려 좋아."

"다른 방법이 있는 겁니까?"

"아니, 계획대로 진행한다. 바뀌는 건 없어."

"바뀌는 게 없다고?"

셀타비고가 반문했다.

메시아가 고개를 끄덕였다.

상황이 어그러졌음을 인지한 후 메시아가 가장 먼저 한 일은 총총을 비롯한 인맥을 통해 정보가 얼마나 빠져 나갔나 확인한 것이었다.

"앙헬 빌딩이 털렸다는 소문은 났어. 뭔가 중요한 것을 훔쳐 갔다는 이야기도 돌고 있고."

"그럼 그게 V-헤로인이라는 것도……."

"쉿!"

메시아가 목소리를 낮췄다.

"목소리 낮춰. 남이 들어서 좋을 것 없는 이야기니까."

"아."

"태양이 훔쳐 간 물건이 '그거'라는 소문은 오히려 돌지 않고 있어."

"뭐? 어떻게 그럴 수 있지?"

"앙헬 쪽에서 '표면적'으로 대처를 안 하고 있으니까."

셀타비고가 뒤늦게 깨달았다.

"고작해야 도둑 하나. 윤태양이 훔쳐 간 물건이 '그거'였다면 오히려 더 과민 반응했어야 했다?"

"상식적으로는 그렇지."

유저 하나가 반문했다.

"그게 말이 됩니까? 도시에 사는 사람이 몇이고, 폭음에 집중된 이목이 몇인데."

메시아가 손가락을 튕겼다.

"그게 포인트야."

놀라운 수준의 정보 통제였다.

"아마 도시 권력층이 똥파리 들러붙는 걸 방지하려고 단체로 손을 쓴 것 같아."

그것도 상호 의견 교환도 없이.

"합의도 안 하고서 일사불란하게 정보를 차단했다고? 다 같이?"

"한두 번 한 솜씨가 아니잖아. 현 말대로 도시에 시선이 몇 개인데."

"고일대로 고인 거지. 아니면 지금 상황을 다르게 설명할 수 있겠어?"

도시로 유입된 플레이어들이 곳곳에서 소란을 피워 시선을 끌어주니, 아주 불가능한 일은 또 아니었다.

다른 유저가 물었다.

"그럼, 경매는 예정대로 진행되는 겁니까?"

메시아가 고개를 끄덕였다.

"어차피 우리에게 중요한 건 '그 물건'이 아니잖아. 오히려 경매에 참여하기 위해 모여든 인간들이었지."

"확실히. 이렇게 보니까 달라질 건 없네요."

"앙헬 측에서 '물건'을 탈환하지 못해도 경매를 열까요?"

"열겠지."

클럽 판테온에서 열리기로 한 경매.

하이라이트는 V-헤로인으로 예정되어 있었지만 그것 말고도 올라올 물건은 많았다.

"일단은 예정대로. 현금을 모으는 데 집중하자고. 그곳에 올라올 물건들은 꽤 귀해서, 위층에서도 쓸 수 있을 정도니까."

≈≈≈

경매 날. 클럽 판테온.

정장을 입은 메시아가 클럽 앞에서 동료들에게 일렀다.

"신호 주기적으로 확인하고. 변동 사항 없어도 계속 보낼 테니까."

"확인하겠습니다."

동료들과 짧게 주먹을 마주친 메시아가 클럽으로 들어섰다.

덩치 큰 가드가 그를 제지했다.

"성함이 어떻게 되십니까?"

"메시아."

"확인했습니다."

초대받은 손님의 이름 정도는 모두 숙지하고 있는지, 곧바로 문을 열어 주는 가드.

클럽 안으로 들어간 메시아가 주변을 확인하고는 주먹을 쥐었다.

'틀리지 않았어!'

현상금 6,000,000포인트인 안티고네 플롯, 3,500,000포인트의 비말 스트레이트, 4,800,000포인트의 레베카 헨드레이크까지.

어젯밤 사진을 통해 외워 둔 얼굴들이 아무렇지도 않게 주변 테이블에 앉아 있었다.

메시아가 얻을 수 있는 업적을 계산했다.

'밤의 귀족 대면, 최초 대면은 내가 가져갔을 게 확실하고. 5분 안에 저 중 두세 명만 따면 일확천금도…….'

곧 클럽의 불이 꺼졌다.

그리고 경매 주최자, 슈바이처 앙헬이 나타났다.

창백한 피부의 고딕(Gothic)한 남성이 우아하기 짝이 없는 자세로 무대에 섰다.

"바쁜 분들이 많지요. 인사는 피차 따로 할 것이니, 여기서 굳이 시간을 끌지는 않겠습니다."

그는 빙긋 웃으며 여유로운 말씨로 경매를 진행하기 시작했다.

파앗.

라이트가 클럽 전면부에 설치된 무대에 집중적으로 쏘아졌다.

"메인 콘텐츠, 경매. 바로 시작하죠. 첫 번째 물건입니다."

그때였다.

"드, 들어오시면……."

콰아아아아아아앙!

"아이참. 너희 보스가 보면 눈 까뒤집고 날 모실 거라니까? 내기할래?"

강단 있고, 약간은 건들거리는 남성의 목소리.

테이블이 소란스러워졌다.

"앙헬도 다 죽었군."

"참. 예전에는 이렇지 않았는데 말이야."

"하긴. 흡혈귀라고 해도, 늙지 않는 건 몸뿐인가 봐요."

"이번 경매엔 '그' 물건도 안 올라온다며?"

"얼마 전에 2인조 도둑에게 털렸다잖아요."

"정말로? 그렇게까지 떨어졌다고? 저 앙헬이?"

"쉿. 너무 몰아세우지 마. 잊은 건 아니지? 이러나저러나 해도 '물건' 공급처는 여기밖에 없어."

슈바이처 앙헬의 얼굴이 일그러졌다.

윤태양이 태연한 얼굴로 나타났다.

그가 품속에서 붉은빛이 도는 흰색 가루 봉지를 꺼내 흔들었다.

"메인 디시가 빠진 레스토랑이 있다고 해서 도와주러 왔는데. 불만 있는 사람?"

메시아가 홱 고개를 돌렸다.

'여길 왔다고?'

왜?

무슨 생각으로?

순간 메시아의 머릿속에 수십 가지 생각이 스쳐 갔다.

그리고 곧 그 수십 가지 생각은, 한마디의 말로 정리됐다.

메시아가 한숨을 내쉬며 중얼거렸다.

"네가 왜 여기서 나와?"

다음 권으로 이어집니다

꿈의 도약, 로크에서 하십시오
(주)로크미디어에서 신인 작가를 모십니다

즐거운 세상, 로크미디어는 꿈을 사랑하고 도전을 두려워하지 않는 작가 분들의 참신한 작품을 기다리고 있습니다. 21세기 장르 문학계를 이끌어 갈 차세대 선두 주자 (주)로크미디어에서 여러분의 나래를 활짝 펴 보시길 바랍니다.

모집 분야 판타지와 무협을 포함한 장르 문학
모집 대상 아마추어 작가, 인터넷 작가
모집 기한 수시 모집
작품 접수 시 유의 사항
   1. 파일명은 작가명_작품명.hwp형식을 갖춰 주십시오.
   1. 파일에 들어갈 내용은 다음과 같습니다.
      - 성명(필명인 경우 실명을 밝혀 주세요), 연락처, 이메일 주소
      - 제목, 기획 의도
      - A4용지 1장 분량의 등장인물 소개
      - A4용지 2장 분량의 전체 줄거리
      - 본문
   1. 작품이 인터넷에 연재되고 있다면, 게시판명과 사이트의 구체적이고 정확한 주소를 기재해 주십시오.

선택된 작품은 정식 계약 후 출판물로 간행되어 전국 서점에 유통됩니다.
작가 분은 (주)로크미디어의 전폭적인 지원하에 전속 작가로 활동하시게 됩니다.
※ 자세한 내용은 로크미디어 홈페이지(rokmedia.com)를 참조하세요.

(04167)서울시 마포구 마포대로 45 일진빌딩 6층
(주)로크미디어 편집부 신간 기획 담당자 앞
전화 : 02) 3273 - 5135
www.rokmedia.com   이메일 : rokmedia@empas.com

우리 교황님 좀 말려 주세요

판미손 퓨전 판타지 장편소설

비정상 교황님의
듣도 보도 못한 전도(물리) 프로젝트!

이세계의 신에게 강제로 납치(?)당한 김시우
차원 '에덴'에서 10년간 온갖 고생은 다 하고
겨우 교황이 되어 고향으로 귀환했건만……

경고! 90일 이내 목표 신도 숫자를 달성하지 못할 시
당신의 시스템이 초기화됩니다!

퀘스트를 달성하지 못하면 능력치가 도로 0이 된다고?
그 개고생, 두 번은 못 하지!

"좋은 말씀 전하러 왔습니다, 형제님^^"

※주의※ 사이비 아닙니다, 오해하지 마세요!

ROK
MEDIA
로크미디어

망한 가문의 검술 천재가 되었다

소구장 퓨전 판타지 장편소설

역사에서도 잊힌 비운의 검술 천재
최강의 꼰대력으로 무장한 채
후손의 몸으로 깨어나다!

만년 2위 검사 루크 슈넬덴
세계를 위협하던 마룡을 물리치며
정점에 이른 순간

이대로 그냥 죽어 다오, 나를 위해서.

라이벌인 멀빈 코넬리오에게 목숨을 잃……
……은 줄 알았는데,
200년 후의 몰락한 슈넬덴가에서 눈뜨다!
가족이라고는 무기력한 가주, 망나니 1공자뿐
망해 버린 가문을 살리기 위해
까마득한 조상님이 팔을 걷었다!

설풍 같은 검술, 그보다 매서운 독설로
슈넬덴가를 정점으로 이끌어라!